NICHTS ALS ERINNERUNG

MILO DOR

NICHTS ALS ERINNERUNG

ROMAN

OTTO MÜLLER VERLAG SALZBURG

ISBN 3-7013-0844-6

Umschlaggestaltung: Leo Fellinger
Druck und Bindung: Wiener Verlag, Himberg

Für meinen Vater
und für meinen Sohn

Le Loriot

3 septembre 1939

Le loriot entra dans la capitale de l'aube.
L'épée de son chant ferma le lit triste.
Tout à jamais prit fin. René Char

Der Pirol

3. September 1939

Der Pirol betrat die Hauptstadt der Morgendämmerung.
Das Schwert seines Gesangs schloß das unfruchtbare Bett.
Und alles ging für immer zu Ende.

SONNTAG ABEND

Die verrostete Lanze

Zuerst hörte Sascha nichts, er wußte nur, daß er gerufen wurde. Er wußte, daß jemand draußen stand und seinen Namen rief, er wußte aber nicht, wo dieses Draußen war und wer dieser Jemand war, der ihn zu sprechen begehrte. Das alles war weit weg, er konnte weder etwas sehen noch hören, und das Ganze hätte ihn nicht sonderlich gestört, wenn er nicht plötzlich verstanden hätte, daß etwas Furchtbares geschehen war. Da wurde Sascha wach. Er richtete sich mit einem Ruck auf und begann sinnlos über die Steppdecke zu tasten, als wollte er sie zurechtrücken. Dabei fiel ihm die Zeitschrift für Pferdesport in die Hand. Er war über dem Bild des letzten englischen Derby-Siegers eingeschlafen und hatte vergessen, das Licht auszudrehen. Er wollte gerade die Zeitschrift auf den Nachttisch legen, als er endlich begriff, was ihn so jäh aus dem Schlaf gerissen hatte. Jemand klopfte gegen die Fensterscheibe und rief leise, aber beharrlich seinen Namen. Es war eine Frau. Sascha sah auf die Uhr:

es war zwanzig Minuten nach elf. Er hatte kaum zehn Minuten geschlafen, und doch schien es ihm, als hätte er eine ganze Ewigkeit im Schlaf verbracht. Und währenddessen war ein furchtbares Unglück geschehen. Oder kam seine Unruhe von einem vollen Magen? Er hatte zu viel gegessen, ehe er ins Bett gegangen war. Was konnte schon geschehen sein, wenn da mitten in der Nacht eine Frau nach ihm rief?

Er schlüpfte, noch schlaftrunken, in die Hausschuhe, ging zum Fenster, öffnete es umständlich und beugte sich hinaus. Es war Margit. Sie hatte einen Regenmantel an und einen Schal um den Kopf gebunden. Das Gesicht, das zu ihm aufsah, war naß. Es regnete.

»Entschuldige bitte, daß ich dich gestört habe«, sagte sie hastig, als sie gesehen hatte, daß er im Pyjama war.

»Ich habe nicht geschlafen, ich habe nur im Bett gelesen. Was ist denn passiert?«

»Ich wollte dich bitten, daß du mit mir zu Willi gehst.«

»Ist ihm etwas passiert?« Sascha spürte, wie sein Herz einen kleinen Sprung machte. Seine Angst beim Aufwachen war nicht umsonst gewesen.

»Nein. Das heißt: ich weiß es nicht. Ich hoffe, daß alles in Ordnung ist, aber ich habe Angst um ihn. Er war heute abend so...« Sie fand nicht das passende Wort und brach plötzlich ab.

»Wie?« fragte Sascha und beugte sich noch mehr zu ihr hinunter.

»Das kann ich dir nicht so schnell erklären.«

Sascha bemerkte, daß er zitterte. Draußen war es kalt.

»Komm herein«, sagte er. »Ich mache dir gleich auf.«

Er zog sich rasch an und ließ sie herein. Er wollte ihr aus dem nassen Mantel helfen, aber sie lehnte es ab, setzte sich auf einen Stuhl und sah ihn verlegen an.

»Vielleicht ist gar nichts geschehen, ich möchte dich aber doch bitten, mit mir zu Willi zu gehen.«

»Jetzt gleich?« fragte er sinnlos.

»Ja. Gleich.«

Es wäre Sascha lieber gewesen, wenn Willi ihn geweckt hätte, um mit ihm in irgendeiner Kneipe einen Schnaps zu trinken, weil er nicht schlafen konnte, statt ihn mit seiner Braut um Mitternacht zu besuchen, um nachzusehen, ob er schon im Bett war. Mit einem solchen Anliegen war noch keine Frau nachts in seine Wohnung eingedrungen.

»Willst du mir nicht endlich sagen, worum es geht. Habt ihr gestritten?« Sascha fröstelte noch immer. Er beneidete Margit, daß sie den Mantel anhatte. Sein Zimmer war nicht geheizt; tagsüber war er nie da, sondern bei seinen Pferden oder in irgendeinem Gasthaus oder Café, er schlief nur hier, und das auch nicht immer. Es hatte einmal eine Zeit gegeben, in der er auch bei Margit gern geschlafen hätte, aber sie war Willis Braut geworden und somit Tabu für ihn; Willi war nicht nur sein Freund, er hatte ihn wirklich gern.

»Nein. Wir haben nicht gestritten.«

»Warum hast du dann Angst um ihn?«

Margit wischte sich mit der Handfläche die Nässe von

ihrem Gesicht ab und versuchte zu lächeln. Sie hatte noch immer einen schönen Mund und schöne Zähne. Sie war überhaupt noch schön. Ihre hellbraunen Augen hatten nichts von ihrem Glanz eingebüßt, und eine Strähne ihrer Haare, die mattgolden schimmerten, krauste sich noch immer keck im linken Winkel ihrer Stirn, und die Hand, mit der sie soeben über ihr Gesicht gestrichen hatte, war schmal und weich. Und wenn sie ging, berührte sie kaum den Boden, so leicht bewegte sie sich.

»Es wird doch nichts Ernstes sein«, versuchte Sascha sie zu beruhigen. »Ich glaube, du machst dir unnötige Sorgen.«

»Aber so wie heute abend war er noch nie.«

»Was hat er getan?«

»Er hat mich gefragt, was ich tun werde, wenn er nicht mehr da ist.«

»Das besagt gar nichts. Willi ist manchmal ein bißchen schwermütig, du kennst ihn doch. Das vergeht bei ihm sehr rasch.«

»Er war aber nicht wie sonst. Heute war er so feierlich, wie bei einem Abschied für lange Zeit. Es war alles anders als sonst«, sagte Margit tonlos.

Vielleicht will er sie loswerden, dachte Sascha. Was gingen ihn diese Intimitäten an. Er war doch kein Beichtvater. Sie hätten schon längst heiraten sollen, aber Willi hatte immer wieder ihre Hochzeit aufgeschoben, vom Frühling auf den Herbst und vom Herbst auf den nächsten Frühling, zwei Jahre lang. Er redete sich immer auf unsichere Zeiten aus, auf die Wirtschaftskrise, den Sieg Hitlers in Deutschland, den Krieg in Abessinien und neuerdings auch auf den Bürgerkrieg in Spanien, als hätten all diese Dinge irgendeinen geheimen Zusammenhang mit seinem Privatleben. Er könne nicht die Verantwortung auf sich nehmen, Kinder in eine so unruhige Welt zu setzen, hatte er zuweilen erzählt, wenn er ein bißchen getrunken hatte, denn alle diese einzelnen Krisen, Kolonial- und Bürgerkriege waren seiner Ansicht nach nur Vorboten einer viel größeren Katastrophe, einer Art Sintflut, die im Kommen war. Aber das alles konnte doch kein Grund dafür sein, ein Mädchen, das man liebte, nicht zu heiraten. Sicherlich hatte er Margit schon satt und wollte sie langsam loswerden. Aber das mußte er ihr schon selbst sagen und nicht diese traurige Angelegenheit seinen Freunden überlassen. Das sollte Willi schon selbst ausbaden.

»Was kann ich da tun?« fragte Sascha und fischte eine Zigarette aus der Tasche.

»Bitte, komm mit mir!« flehte sie. Sie sah ihn dabei so verzweifelt an, daß er Hut und Mantel holte, sowie einen alten Regenschirm seines Vaters, und mit ihr auf die verregnete Straße trat.

»Sei mir bitte nicht bös. Aber ich war so unruhig, daß ich nicht mehr wußte, was ich tun sollte. Ich konnte einfach nicht nach Hause gehen. Er hat mich bis zur Ecke begleitet, ich bin aber vor dem Haustor umgekehrt und bin zu dir gegangen«, sagte sie, während er sich damit abplagte, den verrosteten Schirm aufzuspannen. Dann hängte sie sich bei ihm ein.

Während sie durch die leeren, nächtlichen Straßen gingen, sprachen sie nichts. Nur ihre gleichmäßigen, raschen Schritte hallten dumpf über den nassen Asphalt. Er war entschlossen, ihnen zu sagen, sie sollten machen, was sie wollten, und ihn ein für allemal aus dem Spiel lassen. Sie ging so schnell, daß er nicht einmal seine Zigarette in Ruhe zu Ende rauchen konnte. Er warf sie ärgerlich in eine Pfütze.

Als sie vor Willis Wohnung im ersten Stock eines langen, gelben Hauses standen und Margit versuchte, sie mit ihrem Schlüssel aufzusperren, ging die Tür nicht auf; sie mußte von innen verriegelt sein. Margit läutete, doch nichts rührte sich. Margit läutete noch einmal, etwas länger. Schließlich ließ sie die Hand nicht vom Knopf. Gleichzeitig begann sie mit der freien Hand gegen die Tür zu hämmern. Saschas ursprüngliche Vermutung, daß Willi auf dem Rückweg in ein Gasthaus oder zu einer anderen Frau gegangen war, verwandelte sich immer mehr in unruhige Besorgnis und flatternde Angst, je stärker Margits Schläge im leeren Stiegenhaus widerhallten. Unwillkürlich begann er ebenfalls gegen die Tür zu schlagen.

In der Tür der Nachbarwohnung erschien der glatzköpfige Schuster in Pantoffeln und Mantel, unter dem seine lange Unterhose hervorlugte.

»Ist etwas passiert?« fragte er.

In demselben Augenblick begann Sascha sich rasend mit der Schulter gegen die Tür zu werfen. Als er zum drittenmal mit seinem ganzen Gewicht gegen die Tür fiel, sprang sie aus den Angeln und kippte nach innen um. Sascha lief über die Tür ins Vorzimmer und riß die Tür von Willis Zimmer auf. Am Fensterkreuz gegenüber der Tür hing Willi an einer Wäscheleine.

Einige Sekunden lang blieb Sascha wie gelähmt auf der Schwelle stehen und starrte auf den Freund, der, nur mit Hemd und Hose bekleidet, mit dem nach vorn gebeugten Kopf am Fensterkreuz hing. Dann hörte er einen Fall hinter sich. Das ist Margit, dachte er. Er sah sich aber nicht um, sondern lief in die Küche und holte ein Messer, mit dem er die Leine zu durchschneiden versuchte. Doch die Leine war zu hoch, so daß er nicht genügend Kraft anwenden konnte. Erst als er auf das Fensterbrett stieg, gelang es ihm, die starke Leine in mehreren Zügen zu durchschneiden. Dabei hielt er mit dem linken Arm Willis Taille umschlungen, um ihn abzufangen. Als die Leine aber endlich riß, konnte er Willi, der plötzlich ungeheuer schwer geworden war, nicht mehr halten, so daß Willis Körper hart auf den Boden aufschlug und dann zusammenschrumpfte wie eine Stoffpuppe.

Willi war noch warm, doch alle Wiederbelebungsversuche mit künstlichem Atmen und Essigumschlägen, die der glatzköpfige Schuster, der auch Margit wieder zu sich gebracht hatte, sofort anstellte, waren vergeblich. Willi war tot.

Neben ihm auf dem Boden standen seine Lackschuhe, die er ausgezogen hatte, ehe er auf das Fensterbrett gestiegen war, um sich aufzuhängen, und seine Brille lag auf dem Schreibtisch. Sie beschwerte den Abschiedsbrief, in dem nichts anderes stand als der stereotype

Satz, der in allen Briefen, die Selbstmörder an die Nachwelt richten, mindestens einmal vorkommt:

»Verzeiht mir! Ich konnte nicht mehr!«

Dieser Satz war an niemanden persönlich gerichtet. Er war auch nicht unterschrieben. Willi schien es sehr eilig gehabt zu haben. Und das alles war geschehen, während Sascha über dem Bild des letzten englischen Derby-Siegers eingeschlafen war und während er Margit ausgefragt hatte, warum sie ihn unbedingt hatte zu Willi bringen wollen. Sie hätte Willi nicht allein lassen sollen, wenn sie schon solche Ahnungen gehabt hatte, und er hätte nicht so lange zögern sollen, als sie ihn gerufen hatte. Sie beide waren schuldig. Hätten sie entschlossener gehandelt, dann würde Willi jetzt nicht so blaß und steif daliegen, neben den nutzlos gewordenen Lackschuhen.

Sascha wollte Willi ins Bett bringen, doch der Schuster erklärte ihm, daß alles so bleiben müsse, bis die Polizei und der Rettungsdienst kamen. Sie ließen Willi auf dem Boden liegen, und der Schuster – Sascha konnte sich seinen Namen nie merken, obwohl er ihn schon seit Jahren kannte – ging hinauf in eine andere Wohnung, um von dort aus zu telephonieren. Willi hatte kein Telephon; er hatte seine private Sphäre von allen Eingriffen der Außenwelt rein und unantastbar halten wollen. Er hatte noch immer in dieser alten Wohnung gelebt, obwohl er sich leicht eine moderne hätte leisten können, und hatte seine Freizeit am liebsten hier zwischen seinen Büchern, seinem Musikschrank und seiner kleinen Hausbar verbracht. Sascha wäre jetzt gern zur Hausbar gegangen, um sich einen Kognak zu holen, er wagte aber nicht, die eisige Stille, die im Zimmer herrschte, zu durchbrechen. So blieb er neben Willi sitzen, als hielte er die Totenwache.

Er wußte nicht, wie lange es gedauert hatte, bis das Zimmer sich zu füllen begann. Während dieser ganzen Zeit saß Margit im Fauteuil, in den sie der Schuster gesetzt hatte, und starrte unentwegt auf den kurzen Abschiedsbrief, als wäre er in einer Geheimschrift verfaßt, zu der sie keinen Schlüssel hatte.

Als die drei Männer von der Rettung hereinstürzten, roch es sofort im Zimmer nach Karbol. Der kleinste von ihnen, ein mageres Männchen mit verrunzeltem Gesicht, kniete neben Willi nieder, öffnete seine Tasche und betastete mit tabakgelben Fingern Willis Hals und Brust. Er war offenbar der Arzt. Seine zwei Gehilfen standen in gespannter Haltung hinter ihm. Als er ihnen aber kurz zunickte, ließ ihre Spannung plötzlich nach; sie hatten es nicht mehr eilig.

Der Polizeibeamte, ein grauhaariger Mann in dunklem, altmodisch enggeschnittenem Anzug, war überhaupt sehr langsam. Er setzte sich an den Schreibtisch und begann umständlich alle Anwesenden auszufragen und aus ihren Antworten ein Protokoll zurechtzuzimmern. Mit ihm war der Schuster ins Zimmer zurückgekehrt. Auch er hatte einen dunklen Anzug angezogen. Sascha bemerkte erst jetzt, daß er Reithose und Stiefel anhatte. Er war am Abend noch in den Stall gegangen, um zu sehen, wie es seinen Pferden ging. In zwei Wochen sollte in Belgrad ein großes Rennen stattfinden, und er selbst wollte nun die Pflege seiner Pferde überwachen. Als ihn in der Nacht Margit geweckt hatte, hatte er vergessen, einen anderen Anzug aus dem Schrank zu holen. Doch seine sportliche Aufmachung fiel niemandem auf.

Der grauhaarige Polizeibeamte gab sich nicht mit der Schilderung der äußeren Umstände und Tatsachen zufrieden, er bekleckste sich die Finger mit Tinte, während er nach dem Motiv von Willis Selbstmord forschte. Die Frage, die er immer wieder stellte, hatte Sascha seit dem ersten Augenblick, in dem er Willi am Fensterkreuz hängen gesehen hatte, beschäftigt: Warum hatte Willi es getan? Sein Geschäft, für Kerek ein großes Kaufhaus, das er von seinem Vater geerbt und etwas erweitert hatte, ging beinahe von selbst; er hatte einige tüchtige Angestellte, die alles selbst erledigten. Er verdiente so gut, daß es ihm nichts ausmachte, die finanzielle Garantie für Saschas Stall zu übernehmen, nachdem Saschas Vater mit seiner Bank zugrundegegangen war. Der Stall trug nichts ein. Obwohl die Pferde ab und zu ein Rennen machten, mußte man immer wieder zusetzen, um den Stall und das Personal – einen Knecht und einen Jockei – zu erhalten. Doch diese kleine finanzielle Einbuße hatte Willi nie viel Kopfzerbrechen bereitet. Er hatte die Leidenschaft für Pferde mit Sascha geteilt und hatte ihm immer gern unter die Arme gegriffen, damit er nicht gezwungen war, den Stall zu verkaufen. Finanzielle Sorgen hatte Willi also nicht gehabt. Liebeskummer auch nicht. Man konnte sagen, daß er mit Margit glücklich gewesen war. Warum hatte er sich dann erhängt?

Gewiß, er war ein bißchen schwermütig gewesen, besonders wenn er etwas getrunken hatte. Welcher intelligente Mensch aber war in diesem öden Provinznest nicht schwermütig geworden, und wer hatte nicht nach einem schon kurzen Aufenthalt in Kerek zu trinken angefangen? Das hielt einen doch am Leben, wenn man gezwungen war, hier zwischen den biederen Kleinbürgern aller Nationen des Donaubeckens auszuharren, zwischen diesen gleichgültigen Menschen, die sich abends früh ins Bett legten und tagsüber ihren langweiligen Beschäftigungen nachgingen. Aber auch das war kein Grund für einen Selbstmord. Willi hätte leicht nach Belgrad übersiedeln können. Aber er hatte keine Lust dazu. Das war es. Er hatte keine Lust mehr zu leben. Deshalb hatte er die Theorie von der Welt, die keinen Bestand hatte, erfunden. Deshalb zitierte er so gern schlechte Nachrichten aus den Zeitungen und die Briefe seiner Verwandten aus Deutschland. Gewiß, es war nicht angenehm, zu wissen, daß die Juden in Deutschland verfolgt wurden, daß die Hindus und Moslems in Bombay aufeinander losgingen und daß es bei ihren Auseinandersetzungen Tote gab, es war gar nicht angenehm, zu wissen, daß es in Abessinien, Palästina und Spanien Krieg gab und daß die Währungen in England, Frankreich und in der Tschechoslowakei abgewertet wurden. Er erinnerte sich, wie Willi ihm ein Bild aus dem spanischen Bürgerkrieg gezeigt hatte, auf dem ein vollkommen zerstörtes Dorf zu sehen war. Und auf der zerschossenen Straße waren tote Menschen in Zivilkleidern und tote Pferde gelegen. Der Anblick war gar nicht schön. Aber das alles war doch kein hinreichender Grund, an eine weltumfassende Katastrophe zu glauben und sich deshalb das Leben zu nehmen. Willi hatte einfach keine Lust mehr, mitzumachen. Sascha war das im Augenblick zwar unverständlich, aber er konnte sich Willis Entschluß nicht anders erklären.

Der Polizeibeamte, ein zugeknöpfter Mann, gab sich erst zufrieden, als er mit einem fast verzückten Lächeln die Lösung des Rätsels verkündete. Sie lautete: Der ortsbekannte Kaufmann Willi Weiß habe in einer Anwandlung von seelischer Depression Selbstmord begangen.

Die drei Männer vom Rettungsdienst, die gelangweilt auf das Ende der Protokollaufnahme gewartet hatten, atmeten auf und trugen Willi auf einer Tragbahre hinaus. Sie ließen Willis Brille, seine Lackschuhe und den Karbolgeruch zurück.

Ehe alle anderen weggehen durften, mußten sie noch auf Weisung des Polizeibeamten die Wohnungstür notdürftig instandsetzen und sie von außen vernageln, damit es keinem Dieb einfiele, hier einzubrechen. Der Polizeibeamte und der Schuster erboten sich, Margit, die anscheinend noch immer nicht begriffen hatte, was geschehen war, nach Hause zu bringen. Sie führten sie langsam und behutsam an der Hand, wie ein Kind, das gehen lernt. Sascha hatte ihnen den alten Schirm seines Vaters geliehen; es regnete noch immer.

Sascha hatte keine Lust, nach Hause zu gehen. So

ging er zum »Grünen Kakadu«. Es war das einzige Lokal diesseits des Kanals, das um diese Zeit, es war schon drei Uhr morgens, noch offen hatte. Sascha war es angenehm, daß das kleine Café mit den zerschlissenen Polsterbänken, das bei seiner Gründung eine Sensation in Kerek gewesen war, heute fast leer war und daß der alternde Pianist, der allabendlich auf dem etwas verstimmten Klavier klimperte, heute offenbar seinen freien Tag hatte. Nur zwei betrunkene Rumänen saßen in einer Ecke und erzählten einander endlose Geschichten. Aber sie störten ihn nicht. Sascha setzte sich in die andere Ecke und begann einen Kognak nach dem anderen zu trinken. Er wollte vergessen, was er heute Nacht erlebt hatte, er wollte seine Schuld vergessen und den Toten am Fensterkreuz, und er wollte vergessen, daß er verloren war. Wie sollte er jetzt, da Willi sich fortgestohlen hatte, wie sollte er noch jemanden finden, der bereit war, die Kosten für seinen Stall zu decken? Er war gezwungen, seine Pferde zu verkaufen, und wenn er sie nicht mehr hatte, dann hatte er auch keine Daseinsberechtigung mehr. Was sollte er, der Sohn eines zugrunde gegangenen Bankiers, hier noch anfangen? Eine Stelle suchen war für ihn unmöglich. Er konnte doch nicht zugeben, daß er darauf angewiesen war, denn dann hätte er zugeben müssen, daß seine Familie zugrunde gegangen war. Sein Vater würde ihm nie erlauben, für fremde Leute zu arbeiten. Er hatte auch keinen Beruf erlernt, außer dem eines Kavallerieoffiziers, aber auch das war er nur aus Pferde-Passion gewesen, sonst wäre er nicht im Rang eines Rittmeisters aus der Armee ausgetreten, sobald sich ihm eine Möglichkeit geboten hatte, einen eigenen Stall zu kaufen. Damals war es seinem Vater gerade besonders gut gegangen. Aber heute, nachdem die Wirtschaftskrise – er stellte sie sich immer als eine alte, magere und schrecklich hungrige Frau vor – alles dahingerafft hatte? Es blieb ihm natürlich noch immer übrig, um Reaktivierung als Kavallerieoffizier nachzusuchen, aber das war dasselbe, wie eine Stelle anzunehmen; alle Leute würden mit dem Finger auf ihn zeigen und einander erzählen, wie weit die Familie Raikow gesunken sei, wenn ihr Sohn sie als Soldat erhalten müsse.

Je mehr Sascha trank, desto mehr wurde ihm klar, daß das Unheil, das sich anschickte, über ihn zu kommen, nicht aufzuhalten war, genauso wie Willis Selbstmord unausweichlich gewesen war. Hätten sie ihn das erste Mal daran gehindert, sich aufzuhängen, dann hätte er es ein anderes Mal getan, oder er hätte Gift genommen oder sich die Pulsadern durchgeschnitten, oder er wäre mit einem Stein um den Hals in den Bega-Kanal gesprungen. Er wäre jedenfalls bald tot gewesen. Genauso würde auch Sascha bald erledigt und verloren sein, wenn er hier blieb, und das war dasselbe wie tot sein. Er durfte also nicht hierbleiben, er sollte weggehen, aber wohin?

Während er seinen sechzehnten Kognak trank, er wußte es genau, denn er machte bei jedem Gläschen einen Strich auf den papierenen Untersatz – er war nicht betrunken –, während er also seinen sechzehnten Kognak trank, fiel ihm plötzlich ein, daß er eigentlich nach Spanien gehen könne. Als er nun daran dachte, wunderte er sich darüber, daß ihm diese Idee nicht schon früher gekommen war, denn das war die ideale Lösung. In Spanien wurden Männer seines Schlages dringend gebraucht, Männer, die gut zu reiten und zu fechten verstanden. Er konnte dort angeben, daß er in Jugoslawien Rittmeister gewesen war, und man würde ihn wieder in seinem alten Rang einsetzen, es fragte sich nur, auf welcher Seite. Die Truppen General Francos waren zweifellos besser organisiert, die republikanische Armee bot jedoch einem Berufsoffizier mehr Möglichkeiten, gerade weil sie erst im Entstehen war. Das Sympathische bei Franco war, daß er ein Soldat vom Scheitel bis zur Sohle war – das Unsympathische, daß er ein Faschist war, der Hitler und Mussolini zu Verbündeten hatte. Das Sympathische bei den Republikanern war, daß sie Republikaner waren, genauso wie die Familie Raikow, zumindest seit Saschas Vater – das Unsympathische bei den Republikanern war, daß in ihren Reihen auch Kommunisten kämpften. Bei Franco spielte der Offizierskader eine große Rolle, während bei den Republikanern verschiedene Parteien und Gewerkschaften ununterbrochen miteinander stritten, so daß die Armee nicht richtig zum Zuge kommen konnte. Hingegen hatten die Republikaner allem Anschein nach mehr Geld, er hatte in der Zeitung etwas von einem Goldschatz gelesen, der geborgen werden mußte. Sie waren also imstande, ihre Leute gut zu bezahlen, und das durfte man nicht unterschätzen. Außerdem kämpften sie für eine gerechte Sache. Ja, er würde gleich morgen seine Pferde verkaufen und das Geld seiner Mutter geben, er wollte nur so viel behalten, wie die Reise nach Madrid kostete, denn er hatte sich nun doch für die Republikaner entschieden. Um seinen Entschluß zu bekräftigen, bestellte er den siebzehnten Kognak und einen achtzehnten für den Ober, einen Mann von unbestimmten Alter und einem traurigen Bulldoggengesicht, dem er in kurzen Worten sein Vorhaben und damit auch den Grund für die Einladung erklärte.

»Tun Sie das nicht, Herr Raikow«, sagte der Kellner. »Gehen Sie nicht zu den Republikanern. Die werden verlieren. Heute steht in der Zeitung, daß sie schon Mistgabeln und Sensen an ihre Leute verteilen, damit sie gegen Francos Kanonen kämpfen können. Bleiben Sie lieber zu Hause.« Er sah Sascha mitleidig an und ging zu den zwei Rumänen, die ihn gerufen hatten.

Saschas anfängliche Begeisterung flaute etwas ab, er gab sich aber nicht geschlagen. Er wollte nach Madrid. Dort wurde er schon erwartet. Wenn die Republikaner auch mit unzulänglichen Waffen kämpfen mußten, so hatte er das Gefühl, bei ihnen an der richtigen Seite zu kämpfen, und er wollte kämpfen, er wollte sich nicht aufgeben wie Willi, dessen Tod für ihn ein Zeichen war, sein Leben zu ändern. Er wollte sich schlagen, und er brauchte nichts anderes dazu als ein gutes Pferd und eine Lanze.

Er sah eine Wiese. Sie war mit Mohnblumen bedeckt. Oder mit Blut. Die Wiese war rot. Und er ritt darüber, mit einer langen Lanze im Arm, er ritt fast stehend, ganz vornübergebeugt, und die Lanze glänzte matt und ragte weit in die Leere, und das Pferd jagte in unhörbarem Galopp, und er hörte den Wind um seine Ohren sausen.

Dann sah er den Feind. Es waren ein paar Männer, die sich um ein Maschinengewehr scharten und dabei sehr eckig gestikulierten. Er wollte sich gerade mit einem wilden Schrei auf sie stürzen, als er sah, wie das Maschinengewehr, es war eigentlich eine Kanone, Feuer zu speien anfing.

Da begriff er, daß er verloren war, und wollte das Pferd zum Stehen bringen. Er wollte nicht wenden, er wollte nicht davonlaufen, er wollte nur stehenbleiben, doch das Pferd gehorchte ihm nicht mehr; es jagte weiter in unhörbarem Galopp, es flog dem Feuer entgegen, und es blieb ihm nichts anderes übrig, als aufrecht zu reiten, ganz verwachsen mit der Lanze, deren Auge und Kraft er war, ein Auge und eine Kraft und eine mattglänzende Lanzenspitze, die niemanden zu töten vermochte. Es war ihm aber recht, so einsam und verloren über die blutrote Wiese dem eisernen Tod entgegenzufliegen. Er wollte aufrecht sterben.

Etwas später jedoch kam ihm der Gedanke, daß es vielleicht gar nicht so sinnvoll war, als ein Gespenst der Vergangenheit, als ein blasser Don Quijote mit einer verrosteten Lanze zu sterben.

Vielleicht gab es einen anderen Weg.

MONTAG

Der Besiegte

Er saß allein an dem großen Speisetisch, der für zwölf Personen gebaut war, und stocherte gelangweilt im Braten, der schon kalt geworden war, herum – ein mittelgroßer, grauhaariger Mann in dunkelgestreiftem Anzug und schneeweißem Hemd ohne Krawatte. Der Raum hatte drei Türen, die in andere Zimmer führten, aber keine Fenster. Drinnen war es halbdunkel, und es roch immer nach abgestandener Luft und nach alten Möbeln. Über dem Tisch hing ein Lüster mit einem Kranz kerzenartiger Glühbirnen, von denen nur jede zweite brannte. Sie spiegelten sich blaß in dem Glas der großen, schwarzlackierten Kredenz, die sich vor der Wand ohne Tür wuchtig ausbreitete. Außer den zwölf Stühlen um den Tisch herum konnte man in dieser engen Stube nichts mehr unterbringen. Niemand wußte mehr, wer sie einst zum Speisezimmer bestimmt hatte – es gab im Hause noch genug andere, größere Räume –, aber nachdem es einmal geschehen war, wurde es auch nicht mehr geändert. Das gehörte zur Tradition, genauso wie der Ritus, nach dem die Frau des Hauses alle Mahlzeiten persönlich dem Herrn servierte. Die Kinder durften von den Dienstboten versorgt werden, aber nicht der Herr. Daran war nicht zu rütteln. Früher, als der Tisch noch von Kindern bevölkert war, hatte er die Sinnlosigkeit dieses Brauchs noch nicht so stark gespürt, aber seitdem er gezwungen war, allein zu essen, versuchte er oft, seine Frau zu bewegen, sich mit ihm an den Tisch zu setzen, doch vergeblich. Sie ließ sich nicht überzeugen und setzte sich immer erst nieder, wenn er mit dem Hauptgericht fertig war.

So aß er stets allein, lustlos. Er konnte kaum erwarten, mit dem Essen fertig zu werden, und doch hatte er Angst davor, den letzten Bissen zu sich zu nehmen, denn dann würde sich Militza zu ihm setzen und ein Gespräch mit ihm anfangen. Es war immer ein und dasselbe Gespräch, das man beliebig unterbrechen und am nächsten Tag wieder fortsetzen konnte. So wechselten sie Worte über den großen Tisch hinweg, mit der Routine zweier alter Schauspieler, die ihre Rollen schon Hunderte von Malen gespielt haben und sich nur noch bemühen, ihren Dialogen jedesmal eine neue Nuance hinzuzufügen, damit sie während der Vorstellung nicht vor Langeweile verstummen. Er schob nun die Reste des kaltgewordenen Bratens beiseite, rückte den Salatteller vor sich und wartete, leicht angewidert und doch gespannt, auf sein Stichwort.

»Der Salat scheint dir nicht besonders zu schmecken«, hörte er ihre Stimme.

»Oh, ja. Er ist ausgezeichnet«, beeilte er sich zu antworten und schob sich zur Bestätigung seiner Behauptung ein Blatt in den Mund.

»So! Ich sehe doch, daß er dir nicht schmeckt. Du würgst an ihm herum, als ob du Gras essen müßtest.«

Er hörte auf zu kauen und sah erschrocken zu ihr auf. Sie stand am anderen Ende des Tischs mit einem Tablett in der Hand. Sie hatte für sich einen Teller Suppe gebracht und seine Nachspeise, eine Schüssel Milchreis.

»Wie soll der Salat auch nicht trocken sein«, setzte sie mit ihren farblosen Lippen hinzu, »wenn es im ganzen Haus keinen Tropfen Öl mehr gibt!« Beim letzten Wort faltete sich ihr Mund kuppenartig zusammen, wie bei Kindern, wenn sie gegen das Weinen ankämpfen. Es war seltsam, eine alte Frau auf diese Art weinen zu sehen.

Er war gerade im Begriff, mit der Gabel ein neues Blättchen Salat zu seinem Mund zu führen, als ihn der Anblick seiner Frau rührte; sie stand etwas gebückt und hielt das Tablett mit der Suppe und dem Milchreis hilflos in ihren schmalen Händen, deren Finger von der vielen Arbeit ein wenig krumm geworden waren.

»Aber ich bitte dich«, sagte er. »Wann wirst du endlich aufhören, dich über jede Kleinigkeit aufzuregen. Wenn es kein Öl mehr im Hause gibt, werden wir eins kaufen.«

»Und darf ich fragen: Von was?«

»Laß das meine Sorge sein.«

Sie reichte ihm die Schüssel mit dem Milchreis, setzte sich ihm gegenüber nieder und löffelte schweigend ihre Suppe. Er ließ von dem trockenen Salat ab, goß etwas Himbeersaft, den sie schon vorher vorbereitet hatte, über den Milchreis und begann ihn zu essen. Sie sagte noch immer nichts, sondern trug die leeren Teller hinaus, brachte aus der Küche für sich etwas Braten und setzte sich wieder. Um in die Küche zu kommen, mußte sie eine große Halle passieren. Er hatte schon oft versucht, sie davon abzubringen, mit einzelnen Tellern hin und her zu gehen, aber sie konnte kein schmutziges Geschirr auf dem Tisch leiden, und er gab es auf, ihr irgendwelche Ratschläge zu erteilen. So machte sie tagaus tagein unzählige überflüssige Schritte, trippelte auf ihren müden Füßen hin und her, als wollte sie damit ein Leben vortäuschen, das es in diesem leeren Haus schon lange nicht mehr gab. – Ihr Essen war nie ganz warm, er hütete sich aber davor, ihr irgend etwas noch darüber zu sagen; sie hätte niemals Mitleid ertragen.

Die Chinesen sollen sich mit einer Handvoll Reis täglich zufriedengeben, fiel ihm plötzlich ein, während er langsam seinen Milchreis aß. Wie machen sie das nur? Wahrscheinlich durch Training. Sie gewöhnen sich dran von Kindheit an. Oder ist diese Behauptung eine Lüge? Irgend jemand hat das erfunden, um uns arme Europäer zu bluffen. Sicher.

»Hast du dich eigentlich jemals in der letzten Zeit gefragt, woher unser Essen kommt?« fragte sie plötzlich, als hätte sie seine Gedanken erraten. »Hast du mir auch nur einen Para dafür gegeben? Ja, um deine Zigaretten und deinen Schnaps hast du dich schon gekümmert, aber um nichts anderes.«

»Was soll ich denn tun?« fragte er und wußte zugleich, was sie ihm darauf antworten würde. Aber sie ging gar nicht auf seine Frage ein, sondern fuhr fort:

»Ich will dir, bei Gott, keinen Vorwurf machen. Entschuldige, bitte, daß ich überhaupt davon gesprochen habe. Ich wollte dich nur darauf aufmerksam machen, daß bald nichts mehr da sein wird, was ich verkaufen könnte, um unseren Haushalt zu bestreiten. Seit sechs Monaten schon schicke ich Savo mit Obst, Eiern, Hühnern und allem möglichen zum Markt – wir haben aber keine Hühnerfarm, und unser Obstgarten ist nicht unerschöpflich. Was soll ich ihn noch verkaufen lassen? Unsere Möbel, Bilder, Teppiche? Morgen muß Licht bezahlt werden, und ich habe nicht einmal genügend Geld, ein bißchen Öl für das Ewige Licht zu kaufen, geschweige denn für den Salat.«

Sie sprach leise, aber eindringlich, während ihr Essen immer kälter wurde. Sie beklagte sich nicht, sie berichtete nur, als spreche sie von einem Nachbarn, den sie zwar bedauerte, der sie aber nichts weiter anging; sie bemühte sich, einen sachlichen Ton beizubehalten, um ihre Stimme nicht zu einer Anklage zu erheben.

»Ich weiß, ich weiß«, sagte er. »Ich weiß, daß unser Schweinestall leer ist, ich weiß, daß unsere Reben heuer verkommen sind, weil wir nicht genügend Mittel gegen Ungeziefer gekauft haben, ich weiß, daß in unserem Keller das Wasser steigt und daß unsere feuchten Mauern repariert werden müßten, ich weiß, daß aus den morschen Grundmauern immer mehr Ratten kommen und daß sie uns eines Tages angreifen werden. Ich weiß alles. Ich bin noch da. Ich sehe alles.«

»Warum tust du dann so, als ginge es dich nichts an? Warum stellst du dich blind?«

»Ich sehe alles«, wiederholte er leise, mehr für sich. Darauf wurde es so still, daß er die große Kredenz knacken hörte. Er hatte vergessen, bei seiner Aufzählung, mit der er ihr alle weiteren Argumente vorwegnehmen wollte, auch die Holzwürmer zu erwähnen. Sie fraßen sich unablässig und beharrlich durch die alten Möbel und verursachten dieses unangenehme Knacken, das ihn nachts oft nicht schlafen ließ. Oder wurde dieses Knacken durch den feuchten Boden verursacht, der sich immer mehr senkte? Auf der Stelle, auf der ihr Haus stand, war einst die Bega geflossen, ehe man sie in den neuen Kanal, der zwei Straßen weiter südlich lag, gezwängt hatte. Man hatte nicht damit gerechnet, daß der Fluß immer wieder durch irgendwelche geheimen unterirdischen Wege versuchen würde, in sein altes Bett zurückzukehren. So stieg das Wasser in den Kellern der umliegenden Häuser von Zeit zu Zeit und schreckte die Ratten auf, die alle Sperrgürtel aus Rattengift durchbrachen und sich bis in die Flure, Küchen und Speisekammern vorwagten. Er war gestern nachmittag damit beschäftigt gewesen, ihnen Fallen zu stellen und überall, wo sie hinkommen konnten, mit Rattengift beschmierte Speckstücke zu streuen, und Savo, der einzige Diener, der bei ihnen geblieben war – er war schon zu alt, um es bei einer anderen Herrschaft noch zu versuchen –, Savo hatte währenddessen fleißig Wasser aus dem Keller gepumpt und es mit einem langen Schlauch in den Garten weitergeleitet. Heute morgen stand das Wasser im Keller genauso hoch wie gestern, und nur eine einzige Ratte war an einem vergifteten Stück Speck krepiert. Sie war in der Nähe der Schwelle gelegen, und selbst im Todeskampf hatte sie so feist und zufrieden gegrinst, als hätte ihr das Gift geschmeckt. Die Ratten fühlten sich wohl in dieser Fäulnis, die von dem Brackwasser verbreitet wurde. Es hätte keinen Sinn gehabt, die Mauern von Zimmerleuten stützen zu lassen, das hätte den vollkommenen Verfall des Hauses nur aufgeschoben, aber niemals verhindert. Man hätte Dämme errichten, den Boden trokkenlegen und einen neuen Grund für das Haus bauen müssen, oder noch besser, man sollte das Haus verlassen.

Der Augenblick, in dem das Haus, von der Feuchtigkeit vollständig zerfressen, einstürzen würde, lag bestimmt noch sehr fern – es würden wahrscheinlich noch zehn, zwanzig oder sogar dreißig Jahre vergehn, bis es soweit war –, er spürte aber, wenn er nachts wach lag, wie die Mauern stöhnten und wankten, und er war bereit, wie der Kapitän eines lecken Schiffes, mit ihnen zusammen unterzugehen.

»Warum spielst du noch immer den starken Mann, wenn du keiner mehr bist?« fragte Militza plötzlich. Sie hatte inzwischen ihren Braten, den sie kaum angerührt hatte, fortgetragen und eine Weile, hinter ihm stehend, gewartet, daß er seinen Milchreis aufesse.

»Der Milchreis ist wirklich gut«, sagte er. »Ich kann ihn aber nicht aufessen. Es tut mir leid.«

Sie machte eine automatische Bewegung, um die

kleine Schüssel vom Tisch zu nehmen, ließ sie aber doch stehen. Dann beugte sie ihr blasses Gesicht zu ihm und sagte ohne Groll und Bosheit, ruhig, fast flehend:

»Slobodan, du bist erledigt, gib es auf, gib zu, daß du verloren hast. Rette, was noch zu retten ist. Laß uns in Frieden unsere letzten Jahre verbringen. Verkauf diesen unglückseligen Hopfen zu jedem beliebigen Preis, es wird uns noch genügend übrigbleiben. Denk bitte an die Kinder. Dein Widerstand ist sinnlos. Worauf wartest du noch? Bis alles in den Kisten verfault?«

»Das verstehst du nicht«, sagte er müde. Sie hatte wieder die wunde Stelle ihrer immer wiederkehrenden Gespräche berührt, und ihm war elend zumute. So gern hätte er sich jetzt einen Schluck Schnaps genehmigt, aber sie stand neben ihm und achtete darauf, daß er keine falsche Bewegung machte; der Schnaps war nicht gut für sein krankes Herz. Und ihre Worte? Aber sie hatte recht, er sollte sich geschlagen geben, er sollte seine Geschäfte, oder was davon noch übriggeblieben war, liquidieren und sich endgültig zurückziehen. Er hätte das schon vor drei Jahren tun sollen, gleich nachdem man ihn gezwungen hatte, seine Bank und seine Geschäftshäuser aufzugeben. Er konnte sich nicht erinnern, daß er Fehler gemacht hatte, und doch war es so weit gekommen; er war über Nacht ruiniert.

Eines nassen Märzmorgens hatten sich zwei Herren aus Belgrad, die er vorher nie gesehen und von denen er nie etwas gehört hatte, bei ihm angemeldet. Der eine von ihnen war groß und grauhaarig und hatte ein junges Gesicht – er verbreitete einen diskreten Parfümgeruch –, der andere war klein und dick und hatte eine Glatze, auf der immer scheinbar grundlos glänzende Schweißperlen standen. Beide trugen schwarze Anzüge und blickten kummervoll drein, als kämen sie gerade von einem Begräbnis. Der Glatzköpfige hatte eine funkelnagelneue Aktentasche, die er sich über die Knie legte und deren Schloß immer wieder ganz von selbst aufging, so daß er es mit seinen fetten Fingern jeden Augenblick zudrücken mußte. Dieses Geräusch des Zuschnappens bezeichnete imaginäre Punkte der gesprochenen Sätze und verlieh ihrer Botschaft etwas Endgültiges. Sie teilten ihm nämlich mit, daß die Onyx-AG, eine große Export-Import-Firma in Belgrad, an der er mit dem Geld seiner Bank wesentlich beteiligt war, in Konkurs gegangen sei. Konkurs war ein viel zu milder Ausdruck für das, was eigentlich vorgefallen war: das Unternehmen war mit einem Riesenverlust von vielen Millionen Dinar zugrunde gegangen, und der Generaldirektor, ein mit allen Wassern gewaschener, lebenslustiger Dalmatiner aus einer alten Ragusaner Familie, hatte sich umgebracht. Der jüngere der beiden Herren in Schwarz, der so diskret-aufdringlich nach Parfüm roch, zeigte ihm die Extraausgabe eines Belgrader Sensationsblattes – die Herren waren an diesem Morgen gleich im Auto zu ihm gereist –, in der von den dunklen Machenschaften der Onyx-AG die Rede war und davon, daß der Generaldirektor aus Angst vor Verantwortung und Gefängnis sich erschossen habe. Slobodan kam aber nicht dazu, den Artikel eingehender zu lesen, weil der Dicke ihm die Zeitung, nachdem er sie kurz überflogen hatte, wieder wegnahm und sie sorgfältig in seine Aktentasche steckte, als handelte es sich um wichtiges Beweismaterial, das man unbefugten Händen nicht lange überlassen dürfe.

Später war eine Reihe von Kommissionen bei ihm erschienen, geschäftige Beamte, die mit großen Aktenbündeln arbeiteten. Er sah ihrem eifrigen Treiben eine Zeitlang teilnahmslos zu – er konnte auch jetzt nicht begreifen, wie das alles geschehen war – und machte dann diesem unwürdigen Zustand durch einen kühnen Entschluß ein Ende. Er verkaufte seine Holz- und Kohlengroßhandlung, sein Warenhaus auf dem Hauptplatz sowie ein großes Mietshaus und etwas Land und ersetzte mit dem Erlös den Verlust, der durch falsche Spekulationen der Onyx-AG entstanden war. Erst dann liquidierte er seine Bank; er wollte sich mit reinen Händen aus der Affäre ziehen. Aber er dachte nicht daran, alles aufzugeben. Er war doch vor fast fünfzig Jahren aus Jablanowo, dem Dorf seiner Väter, in die Stadt gezogen, um sie zu erobern, und von da aus die ganze Welt; durch die Verbindung mit der Onyx-AG hatte er schon einen Fuß nach Belgrad gesetzt. Und jetzt sollte er sich geschlagen zurückziehen? Mit einer Energie, die er nicht einmal in seinen jüngeren Jahren besessen hatte, begann er ein neues Geschäft zu organisieren.

Er wunderte sich darüber, daß niemand vor ihm darauf gekommen war, obwohl die Sache so einfach war: er wollte in der fruchtbaren Erde des Banats Hopfen pflanzen, an die Tschechen verkaufen und dafür Pilsner

Bier einführen. Die Einfuhr von Pilsner Bier war die Bedingung für den Hopfenankauf, aber gerade das wollte er haben, ein Koppelgeschäft, an dem er doppelt verdienen konnte. Das reizte ihn um so mehr, als es sich um ein Export-Importgeschäft handelte, also um ein Gebiet, auf dem er durch fremdes Verschulden so viel verloren hatte. Er wollte beweisen, daß er mehr davon verstand als der arme Ninkovitsch, Generaldirektor der Onyx-AG, der sein klägliches Versagen mit dem Leben bezahlt hatte.

Slobodan besaß zwar nicht mehr viel Land, aber Militza hatte über hundert Hektar guten humusreichen Ackerboden von ihrem Vater geerbt. Er kaufte Tausende von Telegrafenmasten bei einem Staatslieferanten und ließ sie in die Erde schlagen, dann kaufte er Hunderte von Kilometern Draht, aus dem über und zwischen den Masten ein riesiges Netz gespannt wurde, denn der Hopfen brauchte, um in die Höhe zu klettern, festen Halt.

In den ersten Monaten, in denen er darauf gewartet hatte, daß der Hopfen zu keimen, zu wachsen und zu blühen beginne, war er öfters als sonst in das Gasthaus »Rosza« auf dem Hauptplatz gegangen und hatte dort Bier bestellt, nur um sagen zu können, daß es schlecht sei; er war doch im Begriff, das berühmte Pilsner Bier einzuführen. Er bedauerte sehr, daß der alte Baldoni, dessen Namen die größte Brauerei Jugoslawiens trug, schon gestorben war, weil er ihm mit großer Freude seinen kommenden Sieg angekündigt hätte; er hätte gern gesehen, wie der kleine, magere Mann, der mit seiner bräunlichen Haut wie ein geräucherter Hering aussah – man hatte ihn auch schon im Gymnasium Hering genannt –, darauf reagiert hätte. Es war wirklich schade, daß er schon gestorben war. Was für ein Gesicht hätte Baldoni gemacht, wenn Slobodan ihm an einem Sonntagvormittag bei der gewohnten Billardpartie alles erzählt hätte? Es wäre sicherlich nicht leicht gewesen, auf diesem dunklen, zerfurchten Gesicht irgendwelche Regung festzustellen; Baldoni hatte nie Bier getrunken, er hatte es geradezu nicht ausstehen können, sondern nur bittere Aperitifs, die sein Gesicht noch trockener und verbitterter gemacht hatten. Aber Slobodan hätte schon aus einer kaum merklichen Zukkung seiner Nasenflügel oder seiner dichten Augenbrauen eine Genugtuung erhascht. Durch den frühzeitigen Tod seines alten Billardpartners war er jedoch dieser Genugtuung beraubt. So blieb ihm nichts anderes übrig, als sich vom Anblick des blühenden Hopfens Kraft zu holen.

Immer wenn er aufs Land hinausfuhr und durch die endlosen Alleen von Hopfenmasten schritt, hatte er das Gefühl, daß er, zusammen mit den Pflanzen, die erstaunlich rasch wuchsen und die Drähte hinaufkletterten, in die Höhe stieg, und es war ihm, als sei auch er genauso wie sie darauf versessen, in kurzer Zeit selbst die hohen, beständigen Maste zu überflügeln. Seine Freude kannte keine Grenzen, als die Drahtzüge endlich in den goldgelben Regen der Dolden getaucht wurden.

Obwohl Slobodan von Landwirtschaft nicht sehr viel

verstand, hatte er alle Phasen seines großangelegten Unternehmens mitgemacht und es siegreich zu Ende geführt. Er hatte keine Kosten gescheut, den Boden immer wieder düngen zu lassen, er hatte zahllose Landarbeiter beschäftigt, die seinen privaten Schlingpflanzenwald vom wilden Hopfen gereinigt und einen ständigen Kampf gegen Hopfenblattläuse und Hopfenspinnen geführt hatten, er hatte schließlich Trockenanlagen und Magazine mit Betonböden errichtet, und mit den letzten Mitteln hatte er Tausende von Metallkisten gekauft, um den Hopfen darin zu transportieren. Als der Hopfen getrocknet, geschwefelt und verpackt wurde, glaubte er alles, was notwendig war, getan zu haben. Er war der Meinung, daß es vollkommen genüge, wenn man die eigene Arbeit gewissenhaft erledigte, um im Leben Sieger zu bleiben, und hatte ganz vergessen, sich auch mit Politik zu befassen. Seine Gegner, die Vertreter der zwei großen Bierbrauereien Baldoni und Seifert, hatten es nicht vergessen. Während er sich an seiner neuartigen Arbeit berauschte, hatten sie durch ihre politischen Verbindungsmänner, die sie mit reichlichen Geldmitteln versorgt hatten, durchgesetzt, daß von dem neuen Parlament – inzwischen hatte es im Land Wahlen gegeben – ein Gesetz zum Schutz der heimischen Produkte verabschiedet wurde. Nach diesem Gesetz durfte er wohl seinen Hopfen in die Tschechoslowakei exportieren, er durfte aber kein Pilsner Bier einführen, um die heimische Bierindustrie nicht zu gefährden. Die Tschechen beriefen sich auf den Vertrag und wollten den Hopfen nur dann nehmen, wenn sie dafür ihr Bier eintauschen konnten. So blieben Hunderte von Zentnern Hopfen in den Magazinen liegen.

Hätte ihm der alte Baldoni diesen Streich gespielt, dann hätte er sich schon längst mit ihm geeinigt; Baldoni hätte sich zwar teuflisch gefreut, daß er Slobodan hereingelegt hatte, aber er hätte ihm sicherlich ein annehmbares Angebot gemacht, um ihm »den ganzen Kram« – das war einer seiner Lieblingsausdrücke – abzukaufen. Vielleicht hätten sie auch zusammen einen Plan ausgeheckt, um den alten Seifert, der seine Brauerei in Neusatz hatte, zu erledigen; Baldoni hatte ihn verständlicherweise nie gemocht, denn sie waren doch seit jeher die zwei schärfsten Konkurrenten gewesen. Baldoni und Seifert waren aber tot, und ihre Erben hatten ihn, Slobodan Raikow, der alles so genau und fehlerlos berechnet hatte, einfach zugrunde gerichtet. Und wer waren schon diese Erben?

Der kleine Baldoni, »Hering« genannt, hatte Zeit seines Lebens als ein großer Frauenheld gegolten. Niemand konnte sich erklären, wie er das zustande gebracht hatte, aber er hatte tatsächlich im Laufe der Zeit eine Reihe von schönen und begehrenswerten Frauen zu seinen Geliebten gemacht. Slobodan erinnerte sich, daß Baldonis Hemdärmel, als sie einmal im Sommer beim Billardspiel ihre Jacken ausgezogen hatten, von zwei seidenen Strumpfbändern hochgehalten worden waren; die Strumpfbänder hatten einmal einer berühmten Budapester Sängerin gehört, und er hatte sie mit freudigem Stolz herumgezeigt wie Orden, die an siegreiche Schlachten erinnern. Ja, der alte Baldoni war daran gewöhnt gewesen, Frauen zu erobern, wo er ihnen auch immer begegnet war, und doch war er am Ende – den Frauen unterlegen: seiner Frau und seinen zwei Töchtern; sie hatten ihn besiegt, einfach weil sie ihn überlebt hatten.

Seine ältere Tochter hatte einen Gigolo geheiratet, der nichts anderes im Sinn hatte, als sich's mit dem Geld seiner Frau gut gehen zu lassen, und Baldonis Frau reiste mit seiner zweiten Tochter durch alle vornehmen Kur- und Badeorte Europas, auf der Suche nach einem Mann, der bereit gewesen wäre, das zweite häßliche Entlein zu heiraten. Diese zweite Tochter war jedoch klüger als ihre Schwester; sie wußte, daß sie nicht schön war und daß man sie vor allem ihres Geldes wegen heiraten würde, deshalb war sie wählerisch; sie wollte einen finden, der sie nur um ihrer selbst willen heiratete. So war sie schon seit Jahren auf Reisen, ohne daß sie einen passenden Bräutigam gefunden hätte, und würde wohl noch viele Jahre unterwegs sein, ohne einen Erfolg zu verzeichnen. Der Mutter war das nur recht, denn sie tröstete sich auf der langen Reise dafür, daß sie während ihrer Ehe hintergangen worden und unverstanden geblieben war. Die erste Tochter machte mit ihrem Mann zur selben Zeit eine Art Weltreise. Währenddessen wurden ihre Betriebe von einem Direktorium verwaltet. Die Männer, die diesem Direktorium angehörten – ein Generaldirektor und zwei Vizedirektoren – zeichneten sich durch nichts anderes aus als durch ihre Strebsamkeit. Aus Angst, ihre guten Posten eines Tages zu verlieren, bemühten sie sich aus allen

Kräften, den drei Damen immer genügend Reisegeld zu schicken und zugleich auch ihr Vermögen zu vergrößern und es so zu verwalten, als wäre es ihr eigenes. Diese Männer, die ihre Bedeutungslosigkeit durch kriecherisches Benehmen ihren Auftraggebern gegenüber und durch maßlose Frechheit gegenüber allen, die unter ihnen standen oder von ihnen besiegt wurden, ersetzten, diese ergebenen Wachhunde, die fremde Panzerkassen und fremde Schlafzimmer hüteten, hatten Slobodan auf gemeine und unfaire Art hereingelegt. Als er durch Mittelsmänner versucht hatte, ihnen den nutzlos gewordenen Hopfen anzubieten, hatten sie ihm mit zynischer Kälte und jener Schadenfreude, die alle kleinen und kleinlichen Leute empfinden, wenn sie einen Großen stürzen sehen, einen so lächerlichen Preis dafür geboten, der nicht einmal die Hälfte seiner Gestehungskosten decken konnte. Sie hatten auch mit dem unbedeutenden Sohn des alten Seifert, der im Tode Baldoni vorausgegangen war, eine Art Kartell gegründet, so daß es Slobodan unmöglich war, mit der Brauerei Seifert getrennt zu verhandeln. Es wäre ihm nichts anderes übriggeblieben als vor diesen aufgeblasenen, vereinigten Nullen zu kapitulieren und den angebotenen Spottpreis anzunehmen, und das hätte er niemals tun können. Er wäre eher imstande gewesen, den ganzen Hopfen zu verbrennen, als klein beizugeben und sich dem Diktat seiner Feinde zu beugen.

Nachher hatte er versucht, seine Ware in anderen Ländern anzubringen, aber ohne Erfolg. Dann ließ er alles liegen und stehen und begann zu warten, ohne eigentlich zu wissen, worauf er wartete. Vielleicht wartete er, daß eine neue liberale Regierung, die aus vernünftigen und unbestechlichen Menschen bestand, dieses sinnlose Handelsgesetz wieder aufheben würde, diese dumme Verordnung, die allen jugoslawischen Staatsbürgern verbot, gutes ausländisches Bier zu trinken, und sie dazu zwang, sich mit diesem heimischen Gesöff, das man fälschlich als Bier auf den Markt brachte, zufriedenzugeben. Er wußte aber, daß bis zu den nächsten Wahlen noch drei Jahre vergehen mußten und daß im Grunde alles beim alten bleiben würde – er wußte, daß von seinem Hopfen bald nur Staub übrigbleiben würde – und wartete trotzdem; denn inzwischen war ihm alles gleichgültig geworden. Das alles war so weit entrückt, als wäre es vor mehreren hundert Jahren geschehen, so daß er den Mann, den das Unglück getroffen hatte, nicht einmal bemitleiden konnte; auf diese Entfernung waren Glück und Unglück ein und dasselbe.

»Was gibt es da zu verstehen?« fragte Militza, und es kam ihm quälend zu Bewußtsein, daß sie noch da war. »Es liegt doch auf der Hand, daß du uns durch deine starre und hartnäckige Haltung zugrunde richtest, uns alle.« In dieses »uns alle« schloß sie noch immer die Kinder ein, obwohl diese Kinder schon längst erwachsene Männer waren, die eigene Wege gingen. Sreten baute irgendwo in Serbien Häuser, und Sascha züchtete Pferde und vertrödelte seine Zeit auf den Rennplätzen; Sreten, so schrieb er wenigstens, verdiente ganz gut, und Sascha sollte seine Rennleidenschaft gefälligst selbst bezahlen. Und da war noch Mladen, Sretens Sohn und sein Enkelkind, das Slobodan besonders gern hatte. Er würde ihm schon alles erklären, wenn Mladen ihn einmal besuchen kam, ihm konnte er alles erzählen, und Mladen würde ihn verstehen, denn er war ein aufgeweckter Junge und bald selbst ein Mann, er würde verstehen, daß ein Mann sich unter diesen erniedrigenden Bedingungen nicht ergeben könne. Aber was sollte er Militza sagen, damit sie ihn einmal in Ruhe ließ?

»Bitte, gib mir noch ein bißchen Zeit«, sagte er automatisch. »Ich muß mir die Sache noch einmal überlegen.«

»Du überlegst schon ein Jahr lang, ohne daß dabei etwas herausgekommen ist. Wenn du so weitermachen willst, dann werde ich mein Land verkaufen, ich kann nicht so lange warten, bis das Haus über unseren Köpfen zusammenstürzt und uns begräbt.«

»Du kannst das Land nicht verkaufen, ehe ich die Hypothek, die ich darauf genommen habe, bezahlt habe«, sagte er ruhig.

»Du hast eine Hypothek auf das Land genommen?« fragte sie fassungslos. »Warum hast du mir nichts davon gesagt?«

»Natürlich habe ich es dir gesagt, aber du hast dich damals um Geschäfte nicht gekümmert und hast wahrscheinlich nicht darauf geachtet«, erklärte er ihr geduldig.

»Aber warum hast du es getan?«

»Weil ich Geld gebraucht habe, um die Trockenanlagen und Magazine bauen zu können und um Metallkisten zu kaufen. Aber das ist nicht mehr wichtig.«

»Bitte verkauf den Hopfen. Ruf sie an, laß sie die Kisten abholen und dir Geld dafür geben«, sagte sie leidenschaftlich und ergriff seine Hand, die kraftlos auf dem Tisch neben der noch halbvollen Schüssel Milchreis lag. »Mach allem ein Ende, ich bitte dich.«

»Ich kann sie nicht anrufen.«

»Du brauchst sie nicht anzurufen, du brauchst sie gar nicht zu sehen, schick Grujo zu ihnen, er ist doch dein Anwalt, er wird alles für dich erledigen.«

»Ich möchte Grujo in diese Sache nicht hineinziehn.«

»Dann schick jemand andern zu ihnen, es wird sich schon irgend jemand finden, der dir das für eine anständige Provision erledigt. Du kennst doch so viele Leute, irgend jemand wird dir schon einfallen, den du damit beauftragen könntest.« Und, als er zögerte, ihr darauf zu antworten, fügte sie noch schnell hinzu: »Du weißt, ich habe mich nie darum gekümmert, was du tust, was du auch immer angefangen hast war mir recht, und ich möchte dir keineswegs Vorwürfe machen, weil wir jetzt arm geworden sind. Ich will alles mit dir ertragen, ich sehe aber keinen Sinn in deinem Widerstand. Ich weiß, du kannst dich nicht erniedrigen lassen, ich verstehe dich ganz gut, auch wenn du glaubst, daß ich dich nicht verstehen will, es ist aber keine Niederlage, wenn man sich ehrlich eingesteht, daß man verloren hat, und wenn man sich bemüht, alles vernünftig zu regeln. Das ist doch keine Niederlage«, wiederholte sie, selbst nicht sehr überzeugt. Dann drückte sie seine Hand noch fester und sagte hastig, als hätte sie Angst, er würde aufstehen und weggehen, ohne sie anzuhören: »Ich habe dich nie um etwas Derartiges gebeten, aber jetzt bitte ich dich: Mach diesem schrecklichen Zustand ein Ende.«

Er sah auf ihre von der Lauge rissig gewordene Hand und hatte plötzlich die Anwandlung, ihr nachzugeben. Wer hatte ihm das Recht dazu gegeben, sie in diese Sache hereinzuziehen? Sie hatte ihm nichts getan, sie war ihm über vierzig Jahre lang gefolgt, ohne sich zu beklagen, sie hatte ihm drei Söhne geboren (der jüngste war mit zwölf Jahren an Lungenentzündung gestorben), sie hatte ihr Leben lang nur gearbeitet, als stammte sie nicht aus einer der reichsten Familien des Banats, und ihm hatte sie ihre ganze Erbschaft anvertraut, ohne zu fragen, was er damit machte. Er konnte nicht so tun, als existierte sie nicht, er mußte wenigstens jetzt Rücksicht auf sie nehmen.

Sie glaubte, in seiner Haltung zu lesen, daß der Kampf zu ihren Gunsten entschieden sei, und ihr Gesicht erhellte sich für einen Augenblick. Er war bereit, alles zu tun, um ihre Augen etwas länger in diesem Glanz der Hoffnung strahlen zu lassen, aber der Trotz hatte sich so tief in ihm eingefressen, daß kein anderes Gefühl ihn verdrängen konnte.

»Ich kann weder Grujo noch irgendwelchen andern Leuten diese Angelegenheit anvertrauen«, sagte er leise. »Es wäre übrigens dasselbe, wie wenn ich selbst hinginge; die wissen doch, daß der Hopfen mir gehört, und daß ich mich entschlossen habe, ihre Bedingungen anzunehmen. Und gerade das kann ich nicht tun.« Er wollte sie nicht kränken, er konnte ihr aber nicht etwas versprechen, was er nicht einzuhalten gedachte. Aus

Angst, ihr doch wehgetan zu haben – sie hatte nach seinen letzten Worten rasch ihre Hand von der seinen weggezogen –, fügte er noch hinzu: »Es tut mir wirklich sehr leid. Verzeih mir, bitte.«

Er tastete nach ihrer Hand, um sie tröstend zu streicheln, aber sie hatte schon den Teller mit Milchreis vom Tisch genommen und machte nun ein paar kleine Schritte auf die Tür zu. An der Schwelle blieb sie stehen und drehte sich noch einmal um.

»Du brauchst dich nicht zu entschuldigen«, sagte sie mit erzwungenem Lächeln. »Du wirst schon deine Gründe haben, so zu handeln und nicht anders. Ich verstehe nichts davon.« Sie lächelte noch einmal und ging.

Ihm wäre es lieber gewesen, wenn sie geweint hätte; er konnte diese Miene des heiteren Erduldens, die sie beim Hinausgehn aufgesetzt hatte, nicht leiden, denn so brachte sie ihm stärker zum Bewußtsein, daß sie litt, als durch ihre Tränen. Und da sie in den letzten Tagen mehr als je zuvor versucht hatte, die heitere Dulderin zu spielen, begann er sie zu hassen. Er wollte nicht, daß sie litt, er wollte an ihrem Leid nicht schuldig sein, aber er konnte nichts dagegen tun. So haßte er seine Feinde, die ihn dazu zwangen, seine Frau, die keine Schuld traf, zu hassen, und er haßte sich selbst, weil er aus diesem Gewirr versäumter Taten, Gedanken und Gefühle keinen Ausweg wußte. Und um sein Mitleid mit Militza, seinen Haß gegen sich selbst und die ohnmächtige Trauer über die Ausweglosigkeit seiner Situation von sich zu weisen, zu vergessen, zu töten, in undurchdringliche Tiefen hinunterzuspülen, holte er aus seiner Innentasche die flache Metallflasche, die immer mit Sliwowitz gefüllt war – er trug sie stets bei sich –, und begann jetzt in langen Zügen zu trinken.

Slobodan hatte früher sehr wenig getrunken, und das immer nur zu feierlichen Anlässen oder in Gesellschaft. Und diese paar Gläser Wein, die er sich einst erlaubte, hatten ihm meistens geschmeckt. Jetzt schmeckte ihm der Alkohol sehr selten, aber er trank um so mehr, eigentlich nur den scharfen Sliwowitz, er trank ihn so lange, bis ihm der Magen zu brennen anfing. Diesen Schmerz empfand er wie eine Strafe, die er sich selbst zufügen wollte. Mit der Zeit aber begann ihm diese Strafe richtig zu schmecken, und er konnte ihr sogar Lustgefühle abgewinnen. Auch jetzt trank er, bis ihm vor Schmerz und Lust Tränen in die Augen kamen. Dann setzte er die Flasche ab, schraubte sie sorgfältig zu und steckte sie wieder in die Tasche, gerade rechtzeitig, ehe Militza zurückkam.

Sie hatte diesmal eine Schüssel mit Äpfeln gebracht und stellte sie auf den Tisch. Dann holte sie zwei kleine Teller und zwei Obstmesser aus der Kredenz und gruppierte sie um die Schüssel.

»Nein, danke«, sagte er. »Ich kann jetzt nichts mehr. Später, wenn ich aufgestanden bin.« Er war plötzlich müde, er wollte allein sein, er wollte schlafen und von alldem, was sie ihm vorgehalten hatte, nichts wissen. Er wollte in Ruhe schlafen, nichts mehr. Aber sie ließ ihn noch nicht allein. Sie war von der Vorstellung besessen, für Gesundheit und Wohlergehen ihres Mannes verantwortlich zu sein; das hatte man ihr schon in der

Kindheit eingetrichtert, und nichts konnte etwas daran ändern. Auch wenn sie miteinander nichts sprachen, ja sogar einander mieden, umgab sie ihn mit rührender Fürsorge, die ihm oft lästig war und die er noch öfter als Vorwurf empfand.

Jetzt ging sie ihm nach, um zu sehen, ob in seinem Arbeitszimmer, in dem er immer nach Tisch auf dem Ledersofa eine halbe Stunde zu schlafen pflegte, ein Daunenkissen und eine Decke bereitlagen. Sie waren natürlich da. Er zog sich den Rock und die Schuhe aus und warf das Kissen in einen Fauteuil, ehe er sich niederlegte. Seit Jahren zog er beim Nachmittagsschlaf das kühle, harte, längliche, zylindrische Lederkissen, das zum Sofa gehörte, dem Daunenpolster vor, Militza ließ sich aber nicht davon abbringen, ihm das weiche, weiße Kissen vorzubereiten. Damit bekundete sie immer ihren guten Willen. Daß er ihr Kissen nie benützte, war nicht ihre Schuld. Sie gab es aber nicht auf, es für ihn zusammen mit der Decke auf das Sofa zu legen, in der Hoffnung, daß er ihrer beharrlichen Fürsorge eines Tages doch nachgeben würde, sie hatte es aber nicht erwartet, daß er es gerade heute tun würde, an dem Tag, an dem er sich so unnachgiebig gezeigt hatte. Er hatte sich kaum niedergelegt und zugedeckt, als er sich zu ihr wandte und sie bat, ihm doch das Daunenkissen zu geben.

»Dieses Lederkissen ist schon zu hart für mein altes Genick«, sagte er.

Sie schob ihm das Kissen unter den Kopf, und er sah, als sie sich über ihn beugte, wie ein kaum merkliches

Lächeln des Triumphes ihr blasses Gesicht überflog. So hatte er es durch einen kleinen Betrug doch erreicht, sie, wenn auch nur für den winzigen Bruchteil einer Sekunde, glücklich zu sehen. Nun konnte er endlich ruhig schlafen. Er hörte sie noch eine kurze Zeit leise durch das Zimmer rauschen und war dann allein mit dem angenehmen Geruch der Lederfauteuils und des Ledersofas und mit dem einschläfernden Ticken der großen Pendeluhr. Er schob noch das weiche Kissen beiseite, es konnte ihm ja im Schlaf leicht davongerutscht sein, drückte seine Wange gegen das kühle, harte, gute Leder und schlief ein.

Dann fuhr er mit seinem Vater in einem Leiterwagen und wunderte sich, daß der Rappe – er hieß Rabe – Schellen hatte, obwohl es noch kein Winter war. Die Felder waren zwar nicht mehr grün, aber weit und breit war keine Spur von Schnee zu sehn. Sie fuhren auch nicht in einem Schlitten, sondern in einem Leiterwagen über eine unendliche Ebene aus dunkelgrauer Erde. Auf der weiten, ebenen Fläche stand ein einsamer Baum. Plötzlich war der Vater, dessen Nähe ihm Wärme und Geborgenheit bedeutete, verschwunden, und er fuhr ganz allein, ein Knabe noch, auf dieser kerzengeraden Straße, die sich wie ein Pfeil in den Horizont bohrte. Dann verschwand auch der »Rabe«, aber der Wagen fuhr von selbst über die endlose, graue Fläche, und er bekam Angst, daß er, so allein, nie mehr nach Hause finden würde.

Die große Eisfläche, die zwischen den hohen Mauern der alten türkischen Festung in Belgrad lag, war schon voll von Spuren, die nach allen Richtungen liefen und sich oft überschnitten, doch das Mädchen im roten Pullover und weißen Rock glitt leicht darüber und zog spielerisch seine Kurven, als sei es der erste, der dieses Eis jemals berührt hatte. Mladen kam sich mit seinen alten, verrosteten, stumpfen Schlittschuhen, die man an die Schuhe befestigen und wieder abnehmen konnte, sehr ungeschickt und plump vor; er war damit nicht einmal imstande, ordentlich zu laufen und eine einfache Drei oder Acht zu machen, geschweige denn nach der Musik zu tanzen, die einige Lautsprecher so verschwenderisch über den Eislaufplatz verbreiteten. Er überlegte schon, seine Briefmarkensammlung oder seine Bücher zu verkaufen und sich für den Erlös ein Paar neue Schlittschuhe mit den dazugehörigen Schuhen zu kaufen, als es ihm schmerzlich zu Bewußtsein kam, daß an seinem Unvermögen, schön über das Eis zu laufen, nicht so sehr seine alten Schlittschuhe schuldig waren; er hatte ganz einfach kein besonderes Talent dazu.

So blieb ihm nichts anderes übrig, als voll Neid und Bewunderung die Eistänzerin im roten Pullover anzustarren. Aus den Lautsprechern dröhnte gerade »Ramona«, und das Mädchen machte lange, melancholische Halbkreise. Bald gesellte sich ihr ein junger Mann in schwarzer enganliegender Hose bei, und sie begannen miteinander einen English-Waltz zu tanzen. Der Bursche legte seine behandschuhte Hand um ihre Taille, und sie drehte sich grazil mit ihm durch die Menge der Eisläufer, die ihnen Platz machte.

Mladen fing an, den jungen Mann zu hassen, und nahm sich vor, jeden Tag auf den Eislaufplatz zu kommen und fleißig zu üben; auch wenn er kein großes Talent hatte, würde er eines Tages doch so weit sein, wenigstens einen Langsamen Walzer zu tanzen, das konnte nicht so schwer sein, der Tänzer hatte ja nichts anderes zu tun, als die Tänzerin mit beiden Händen etwas fester zu halten, wenn sie ihre kleinen Sprünge machte. Mit den neuen, richtigen Schlittschuhen würde er sicherlich eines Tages so weit sein, um mit dem Mädchen im roten Pullover zu tanzen, und alle Eisläufer und alle Zuschauer, die oben am Geländer lehnten und heruntersahen, würden ihn beneiden und nicht den Burschen in schwarzer Hose.

Plötzlich spürte Mladen einen harten Schlag gegen seine Kniekehlen so daß er nach rückwärts taumelte und in einen eisernen Sessel, den man ihm untergeschoben hatte, fiel. Der Sessel hatte unten eine Art Schlitten und war dazu bestimmt, daß man in ihm ältere, gebrechliche Herren oder auch jüngere Damen auf dem Eis spazierenführte; an seiner Lehne war ein Griff angebracht, an dem man ihn festhalten und vor sich her schieben konnte. Gewöhnlich stand er in einer Ecke des Eislaufplatzes, denn er wurde nur selten benützt. Jetzt hatte ihn jemand mit aller Wucht gegen Mladen geschleudert, so daß er hineinfallen mußte. Es waren seine Schulfreunde Stanko und Weljo, die hinter ihm standen und in ein schrilles Gelächter ausbrachen.

»Wir schauen dir schon lange zu«, sagte Stanko, während ihm die Lachtränen die Nasenflügel hinunterrollten. »Du starrst so hingerissen die kleine Blondine im roten Pullover an, daß wir schon geglaubt haben, du wirst jeden Augenblick auf den Hintern fallen.«

»Deshalb haben wir eiligst diesen vornehmen Sessel für den Herrn gebracht«, fügte Weljo hinzu und zeigte mit einer großartigen Geste auf den altmodischen Schlitten.

Mladen war es gar nicht zum Lachen zumute; er fühlte sich durch den albernen Spaß seiner Kameraden den neugierigen Blicken der Menge preisgegeben. Alle sahen jetzt auf ihn und fanden ihn lächerlich. Er hätte seine Freunde am liebsten niedergeboxt, aber damit würde er sich wahrscheinlich noch lächerlicher machen. So mußte er gute Miene zum bösen Spiel machen und lächelte Stanko und Weljo süß-sauer an. Sie faßten das als ein Zeichen seines vollkommenen Einverständnisses auf und begannen den Sessel und Mladen, der hilflos darin saß, herumzuwirbeln und sich überhaupt wie Indianer aufzuführen. Das konnte niemandem entgehen, und Mladen war fest davon überzeugt, daß er in den Augen der Eistänzerin ganz und gar erledigt war.

Als seine Freunde bald vor Müdigkeit aufhörten, herumzutollen und zu schreien, stellte Mladen zu seiner Verwunderung fest, daß ihr Benehmen niemandem besonders aufgefallen war. Das Mädchen im roten Pullover war weit weg, und andere Eisläufer liefen gleichgültig an ihnen vorbei. Trotzdem verließ Mladen, rot vor Zorn und Scham, seine Freunde und ging in die Kantine, wo er sich an einen leeren Tisch in der Nähe des Ofens setzte. Gleich darauf kam auch Stanko herein und setzte sich zu ihm.

»Du bist doch nicht böse auf uns?« fragte er vorwurfsvoll. »Warum bist du davongelaufen? Verstehst du keinen Spaß mehr?«

»Ach nein«, antwortete Mladen ausweichend. »Mir tun die Füße weh. Die Schlittschuhe sind ganz stumpf, ich muß sie einmal schleifen lassen.«

»Das mit dem Stuhl war Weljos Idee. Ich wollte dich nur ein bißchen erschrecken«, sagte Stanko reumütig. »Ich habe nicht gewußt, daß dir das so nahegehen wird. Gefällt dir die Kleine?«

Mladen fühlte sich ertappt.

»Was redest du da für ein dummes Zeug zusammen«, sagte er böse. »Ich bin stehengeblieben, weil mir die Füße weh getan haben.«

»Schon gut. Reg dich nur nicht auf.«

Sie bestellten Tee und unterhielten sich gerade über ihren Geschichtsprofessor, der sie morgen prüfen wollte – Mladen hatte vor, bald nach Hause zu gehen, um noch für morgen etwas zu büffeln –, als das Mädchen im roten Pullover mit ihrem Tanzpartner hereinkam. Sie trippelte auf den Spitzen ihrer Schlittschuhe über den Bretterboden und kam auf ihren Tisch zu. Ihr Begleiter begrüßte Stanko wie einen alten Bekannten, und die beiden setzten sich an ihren Tisch.

»Ein Studienkollege meines Bruders«, erklärte Stanko leise.

Mladen spürte, wie ihm das Blut in den Kopf schoß und wie er rot wurde.

»Hier ist es viel zu heiß«, sagte er. »Wir hätten uns lieber näher zur Tür setzen sollen.«

Das blonde Mädchen war noch viel hübscher, als sie ihm im ersten Augenblick erschienen war. Sie hatte warme, hellbraune Augen, die sehr schön zu ihren weichen, blonden Haaren paßten, und ihre Finger, in denen sie den Löffel, mit dem sie ihren Pfefferminztee umrührte, hielt, waren lang und weiß.

Während es rund um ihren Tisch sehr lebhaft zuging – man begrüßte einander mit Hallo, erzählte laut dumme Witze und lachte –, sprach an ihrem Tisch niemand. Der Student in schwarzer Hose war kein besonderer Kavalier, er bemühte sich nicht einmal, seine Tanzpartnerin zu unterhalten. Er sah sich mit offensichtlicher Langeweile in der Kantine um und ließ das Mädchen schweigend ihren Tee trinken.

Mladen spürte, wie er zu schwitzen begann. Die unerträgliche Hitze und der scharfe Geruch von Pfefferminz drängten ihm ein Bild auf, das er in seiner Erinnerung vergeblich zu verwischen versuchte.

Er war damals zehn Jahre alt und hatte seine Winterferien bei den Großeltern in Kerek verbracht. Das Dienerpaar, das ein Zweizimmerhäuschen im Garten bewohnte, hatte einen Sohn, der ungefähr im gleichen Alter war wie er, und eine Tochter, die drei, vier Jahre älter war. Eines Nachmittags spielte er in einem Zimmer dieses Häuschens mit dem Freund, und das Mädchen gab auf sie acht. Sie spielten auf dem Boden mit

Klickern, und Danitza saß am Tisch und nähte. Es war sehr heiß, und die Luft roch schwer nach den süßlichherben Quittenäpfeln, die auf dem Schrank standen. Danitza hatte ihre Füße aus den Pantoffeln herausgezogen, um ihre nackten Zehen zu lüften. Einmal lief eine bunte Glaskugel auf sie zu und berührte ihren Fuß. Danitza bückte sich und hob den Klicker auf, sie ließ ihn aber nicht zurückrollen, sondern betrachtete ihn einen Augenblick lang nachdenklich und steckte ihn plötzlich unter ihre Achselhöhle.

»Wenn ihr ihn haben wollt, dann müßt ihr ihn holen!«

Sie mußten beide lange mit ihr raufen, bis sie nachgab und den Klicker auf den Boden fallen ließ. Er wußte nicht, wie es dazu kam, aber sie gaben auf einmal ihr Spiel auf und spielten mit Danitza ein neuartiges Versteckenspiel. Sie mußten sich umdrehen, während sie irgendwo an ihrem Körper einen Klicker versteckte, und ihn nachher suchen. Sie versteckte ihn in ihren Haaren, in ihren Kniekehlen, zwischen ihren Schenkeln und einmal sogar in ihrem Nabel. Das Bild dieses kleinen, überheizten Zimmers mit den riesigen, gelben Quitten auf dem Schrank und dem halbnackten Mädchen, das auf dem Boden lag und jedesmal, wenn sie auf der Suche nach dem Klicker mit den Fingern über ihren Körper fuhren, kehlig und gurgelnd lachte, dieses Bild eines ungeheuren Abenteuers blieb unauslöschlich in seinem Gedächtnis haften; es begann ihn aber erst viel später wie ein Alptraum zu verfolgen und ihn in den unmöglichsten Situationen bis zum Wahnsinn zu quälen. Während der Lateinstunde, in der Konditorei oder zu Hause beim Essen spürte er plötzlich und ohne jeden Zusammenhang den schweren Geruch der Quitten und sah zugleich Danitzas weißen Bauch, in dessen Nabel ein in allen Regenbogenfarben schillernder Klicker steckte. Er hatte ständig Angst, man müsse es ihm ansehen, welche Visionen ihn plagten, und schämte sich, weil er dieser aufdringlichen Tagträume nicht Herr werden konnte. Er war schon in drei Monaten fünfzehn, las Balzac und Dostojewski und schrieb Gedichte, die sogar in zwei Zeitschriften abgedruckt worden waren, er hatte Eltern, die er gern hatte, und er hatte viele Freunde, und trotzdem war er allein mit dieser schrecklichen Last, die ihm niemand abnehmen wollte.

Um seine Qual und seine Scham zu verbergen und andere und sich selbst zu täuschen, stürzte er sich immer in irgendeine Tätigkeit, die allgemeine Aufmerksamkeit auf sich lenken konnte. Jetzt stand er auf und fragte das Mädchen:

»Möchten Sie bitte Kuchen zum Tee haben?«

Ohne auf eine Antwort zu warten, ging er zur Theke und kaufte dort fünf Kuchen, die er auf einem Teller zurückbrachte. Dieser Kauf hatte sein ganzes Taschengeld verschlungen, er fühlte sich aber nach diesem kurzen Weg etwas leichter.

Das Mädchen dankte ihm mit einem Lächeln und nahm einen Kuchen. Der Student sah ihn nur herablassend an und starrte von nun an noch ostentativer auf Mädchen, die an anderen Tischen saßen. Stanko bekam den Löwenanteil, er aß gleich drei Kuchen auf, nachdem sich die Blondine höflich bedankt hatte.

»Was ist heute in dich gefahren, daß du so großzügig bist?« fragte Stanko mit vollem Mund. Er war sehr blaß und mager, obwohl er immer viel aß.

Diese taktlose Frage machte Mladen so verlegen, daß er nicht imstande war, irgend etwas darauf zu antworten. Deshalb war er der Eistänzerin unendlich dankbar, als sie die peinliche Stille unterbrach. Sie war nicht nur schön, sondern auch feinfühlend.

»Morgen habe ich Geburtstag«, sagte sie ins Leere. »Ich bin neugierig, was mir Papa diesmal schenken wird. Ich gebe eine kleine Party. Wirst du auch kommen?« fragte sie den Studenten, der ihr unhöflich den Rücken zeigte.

»Ja, natürlich«, sagte er zerstreut über die Schulter. Er konnte nicht genügend zeigen, wie wenig sie ihn interessierte. Er war sicherlich schon ein- oder sogar zweiundzwanzig Jahre alt, so daß sie mit ihren sechzehn oder höchstens achtzehn Jahren in seinen Augen noch ein Backfisch war; sein Interesse galt den reiferen Mädchen, die nicht gleich nach dem ersten Kuß erwarteten, daß man ihnen einen Heiratsantrag mache. Vielleicht waren sie aber auch verwandt miteinander. Das hätte seine gleichgültige Haltung gegen sie am ehesten gerechtfertigt. Noch nie hatte Mladen so intensiv gewünscht, wenigstens zwei, drei Jahre älter zu sein als in diesem Augenblick. Sein einziger Trost war, daß er mit seinen dunklen Haaren und scharfen Gesichtszügen ein bißchen älter aussah und daß man sein wirkliches Alter nicht so leicht erraten konnte. Später, wenn das Mädchen einmal die Reife seines Geistes kennengelernt hatte, würde für sie sein wahres Alter keine besondere Rolle mehr spielen. Wie sollte er es aber anstellen, mit ihr näher bekannt zu werden?

»Möchten Sie nicht morgen zu meiner Geburtstagsfeier kommen?« fragte sie plötzlich und enthob Mladen aller weiteren Sorgen; er hatte mehr Glück, als er erwartet hatte. Oder wollte sie nur den Studenten eifersüchtig machen? Aber er unterdrückte rasch diesen Zweifel. Er hatte ganz einfach einen so tiefen Eindruck auf sie gemacht, daß sie ihn unbedingt wiedersehen wollte.

»Gern«, antwortete er schnell. »Wenn ich Sie nur nicht störe.«

»Aber warum denn? Es wird eine nette Gesellschaft bei mir sein. Also morgen um fünf.« Sie nannte ihm die Adresse und fügte noch hinzu, ehe sie ging: »Und nochmals herzlichen Dank für den Kuchen.«

»Ach, ich bitte Sie«, murmelte Mladen weltmännisch und sah ihr nach, wie sie auf den Schlittschuhspitzen hinaustrippelte. Der Student sah Mladen verächtlich an, ehe er ihr folgte. Mladen überlegte, ob er nicht auch aufs Eis gehen solle, erinnerte sich aber, daß Weljo, dessen Späßen er heute nicht mehr ausgesetzt sein wollte, noch draußen war, und sagte Stanko, daß er noch nach Hause gehen müsse, um Geschichte zu lernen.

Als er, seine Schlittschuhe am Arm, oben am Geländer vorbeiging, blieb er stehen und sah hinunter. Er brauchte nicht lange zu suchen, um unter den vielen

Eisläufern das Mädchen im roten Pullover zu entdekken. Aus den Lautsprechern drang nun »Carioca«, und die blonde Eistänzerin drehte sich wie ein brennender Kreisel über die Eisfläche, und ihr Partner konnte ihr nur mit Mühe nachkommen. Mladen war nicht mehr eifersüchtig auf ihn. Das Mädchen nahm weder den Studenten – er war als ihr Partner nur eine unumgängliche Attrappe – noch andere Eisläufer zur Kenntnis, es tanzte ganz allein und nur für sich, es war bis in die kleinste Bewegung eins mit dieser Musik, die den Rhythmus ihres Herzschlags zu bestimmen schien.

Eine lange Reise

Als Slobodan schwitzend aufwachte, fühlte er, daß seine rechte Seite eingeschlafen war. Er lag noch lange unbeweglich, ehe er wieder imstande war, sich ein bißchen zu rühren. Langsam, ganz langsam begann er mit der linken Hand seinen rechten Arm und sein rechtes Bein zu massieren, bis das gestockte Blut wieder zu zirkulieren begann. Das erste, was er tat, als er sich wieder aufgerichtet hatte, war, einen Schluck Sliwowitz zu trinken. Darauf wurde ihm etwas besser. Er konnte schon belustigt daran denken, im alten, zerfetzten »Traumbuch«, das eines ihrer früheren Dienstmädchen bei ihnen vergessen hatte und in dem er schon oft vergnügt geblättert hatte, nachzusehen, wie sein heutiger Traum darin erklärt wurde. Was für eine Bedeutung hatte es, vom »Vater«, oder von einem »Leiterwagen« zu träumen, und was stand als Erklärung für »Rappe« oder »Rabe«?

Dann erinnerte er sich aber, daß dieses Traumbuch irgendwo in der Küche lag, und er ließ den Gedanken, im Spaß nach der Bedeutung seiner Träume zu suchen, wieder fallen. Militza war jetzt wahrscheinlich in der Küche, und er schämte sich, vor ihr in dieser läppischen Broschüre zu blättern, sie würde noch auf die Idee kommen, er sei in seinen alten Tagen abergläubisch geworden; sicher würde sie ihm aber Fragen stellen und seine Antworten wieder dazu benützen, das Gespräch auf ihr altes, ewiges Thema zu bringen. Er wollte sich lieber etwas Schnaps aus dem Keller holen.

Als er an der Küche vorbeiging, sah er, daß Militza tatsächlich drinnen war; sie war gerade dabei, einen Nudelteig zu kneten. Sie mußte immer irgend etwas tun – die Arbeit war für sie dasselbe, was für ihn der Schnaps war. Er rief ihr zu, daß er seine Rattenfallen kontrollieren wolle, und stieg in den Keller. Dort, in einer Stellage, die halb unter Wasser stand, versteckte er seinen Sliwowitz, den ihm Savo besorgte. Der Keller war das sicherste Versteck, weil Militza wegen der Ratten, vor denen sie einen verständlichen Ekel empfand, nie hinunterging. Zu Anfang hatte er in diesem Weg zu den kalten, schimmligen Tiefen, in denen die Ratten hausten und in denen er seinen Schnaps aufbewahrte, einen symbolischen Abstieg gesehen, aber mit der Zeit hatte er sich daran gewöhnt; er war schon so geübt, daß er die kleine Metallflasche sehr rasch füllen konnte und so nie lange unten bleiben mußte. Die Ratten sah er dabei gar nicht an.

Als er aus dem Keller kam, ging er in den Garten. Die

Astern schienen ihm noch nie so schön gewesen zu sein wie in diesem Herbst, und er entschloß sich, Militza auf irgendeine Weise zu helfen. Vielleicht konnte er Äpfel pflücken und sie von Savo verkaufen lassen. Vielleicht konnte er eine Menge Äpfel pflücken und sehr viel Geld dafür bekommen; er wußte zwar nicht, wieviel die Äpfel kosteten, aber irgendein Geld, mit dem er Militza überraschen konnte, würde er schon dafür bekommen, jedenfalls genug, um Öl dafür zu kaufen und den Lichtkassier zu bezahlen. Er holte also einen großen Korb und ging über den Hof in den Obstgarten.

Erst unter dem letzten Apfelbaum blieb er stehen und stellte den Korb auf die Erde. Dann drehte er sich um und vergewisserte sich, daß Militza ihm nicht gefolgt war: Er spähte angestrengt durch die lange Zeile von Obstbäumen, konnte sie aber nicht sehen. Nur der alte Savo ging langsam über den Hof, mit einem Eimer in der Hand.

»Sie ist im Haus geblieben«, sagte er zu sich. »Du kannst ruhig trinken.«

Bedächtig schraubte er die gefüllte Metallflasche auf. Bevor er den Flaschenhals an die Lippen setzte, ließ er ein paar Tropfen auf die linke Handfläche fallen und roch daran; der Sliwowitz war wirklich gut, man hatte Savo nicht angeschmiert, als er ihn kaufte. Die Nässe verdunstete in wenigen Sekunden, und seine Handfläche duftete nach Pflaumen. Er hatte diese Probe schon einige Male gemacht, es freute ihn aber, immer wieder festzustellen, was für ein herrliches Getränk dieser Sliwowitz war. Er begann in langsamen Zügen zu trinken.

Als er die Flasche abgesetzt hatte, spürte er wohlig, wie eine angenehme Wärme seinen Körper durchströmte, und es schien ihm, daß unter ihrem Einfluß sogar seine noch immer steifen Finger etwas gelenkiger geworden waren.

»*Eau de vie*«, sagte er zu sich und trank noch ein bißchen. Den brennenden Schmerz in seinem Magen nahm er als eine üble, aber notwendige Begleiterscheinung hin. Die Franzosen verstehen etwas davon, dachte er. Wasser des Lebens, *eau de vie*, Lebenswasser. Ganz gut. Jetzt könntest du auch etwas arbeiten. Die Äpfel sind gerade richtig für den Verkauf. Noch nicht ganz reif, wenn man sie aber in den Korb tut und einige Tage stehen läßt, werden sie gerade richtig zum Essen sein. Fangen wir also an. Lebenswasser. Eine gute Sache.

Er steckte die Flasche in die Tasche und besah sich den Baum. Der Baumstamm war nicht besonders dick; wenn man beide Hände ausspreizte, konnte man ihn beinahe umfassen. Slobodan gab ihm mit der linken Hand einen Stoß, aber die Zweige rührten sich nicht. Er stieß noch einmal mit ganzer Wucht, wieder ohne Erfolg. Er stemmte seine Schulter gegen den Stamm; der Baum rührte sich nicht, und kein einziger Apfel fiel herunter. Er wollte sich gerade mit beiden Händen auf den Baum stürzen, als ein Apfel ganz von selbst vor seine Füße fiel. Zuerst hatte er ein leises Sausen gehört und dann einen dumpfen, durch die weiche Erde gedämpften Aufprall. Da wußte er plötzlich, daß es für ihn Zeit war, aufzuhören.

Die vom gestrigen Regen noch nassen Schollen klebten schwer an seinen Schuhen, als er ins Haus zurückging. Während er durch die Obstbaumallee stapfte, sah er hinauf zu den Baumkronen. Er spürte, wie er sich mit jedem Schritt immer mehr von der Erde löste. Es schien ihm, als schreite er durch die Luft und als steige er immer höher. Als er schon die Kronen greifen zu können vermeinte, wurde ihm plötzlich schwindlig. Er strauchelte und lehnte sich keuchend an die Tür des Zauns, der den Obstgarten von dem Hof trennte.

Du bist betrunken. Du bist schon zu alt und verträgst nichts mehr, versuchte er sich einzureden. Aber er wußte gut, daß er nicht betrunken war. Es wurde ihm klar, daß er irgend etwas unternehmen mußte, ehe es zu spät war. Er mußte irgendwie zu Geld kommen, und er mußte von hier weggehen, zurück in das Haus seiner Väter; vielleicht würde ihm dort einfallen, was er weiter tun sollte.

Die allerschwierigste Aufgabe war natürlich die, Geld zu beschaffen. Er wurde einst von allen möglichen Leuten um Geld angegangen, er wußte aber trotzdem nicht, wie man es anstellen sollte, um jemanden anzupumpen, denn um etwas zu verkaufen oder von jemandem einen Kredit zu nehmen, hatte er keine Zeit mehr, er mußte das Geld gleich haben, jetzt noch, an diesem Abend. Der einzige Mensch, den er um Geld bitten konnte, ohne Gefahr zu laufen, falsch verstanden oder schief angesehen zu werden, war sein Anwalt und alter Schulfreund Grujo Simitsch.

Als er jedoch mit blank geputzten Schuhen und in einem frischen Hemd, das von einer silbergrauen Krawatte geziert wurde, in einem mit Aktenbündeln angefüllten Bürozimmer, auf seinen Spazierstock gestützt, Grujo gegenübersaß, verließ ihn plötzlich der Mut, und er nahm sich vor, mit keiner Silbe zu erwähnen, warum er eigentlich gekommen war. Grujo hatte es, obwohl er im Gymnasium Vorzugsschüler gewesen war, nicht sehr weit im Leben gebracht. Während viele ihrer Freunde sich Reichtum und hohe Ehren erkämpft hatten, war er nur ein Winkeladvokat geworden und war es bis heute auch geblieben. Er war zwar eifrig und sehr gewissenhaft, aber für einen Rechtsanwalt war er viel zu wenig rücksichtslos. Er hätte lieber einen pensionsberechtigten Posten beim Staat annehmen sollen, statt eine Anwaltskanzlei zu eröffnen. Hätte sich Slobodan seinerzeit, als es ihm gut gegangen war, nicht seiner angenommen und ihn zum Anwalt aller seiner Unternehmen gemacht, dann wäre es um Grujo schlecht bestellt gewesen. Wovon lebte er jetzt überhaupt? Wahrscheinlich von Ersparnissen, die er sich in der guten Zeit gemacht hatte, oder von kleinen Prozessen, die ihm gerade so viel einbrachten, daß er nicht verhungern mußte. Von ihm Geld zu leihen, war eine wahnwitzige Idee gewesen.

Slobodan gab sich den Anschein eines rein zufälligen Besuchers, der vorbeigekommen war, um sich nach dem Wohlbefinden eines alten Freundes zu erkundigen, und da der Rechtsanwalt ein alter Junggeselle war, erkundigte sich Slobodan auch nach dem Befinden seiner Mutter, mit der Grujo zusammenlebte. Das Thema war bald erschöpft – der alten Dame ginge es, abgesehen von ihrem Ischias, ganz gut –, und nun kam Slobodan an die Reihe, eine summarische Auskunft über das Befinden seiner etwas zahlreicheren Familie zu geben. Grujo putzte sich währenddessen die Brille und sah Slobodan von Zeit zu Zeit mit leeren, fast blinden Augen an. Dann setzte er seine Brille wieder auf, erhob sich und holte aus dem Bücherschrank eine halbvolle Flasche Portwein und zwei Gläser, stellte sie auf den Schreibtisch und füllte sie behutsam. Er sah in seinem verwaschenen Hausrock schwammig aus, wahrscheinlich bewegte er sich sehr wenig, Slobodan hatte ihn auch über den Akten sitzend angetroffen. Grujo hob stehend sein Glas hoch und sagte steif:

»Also auf dein Wohl!«

Slobodan bedauerte tief, daß er hergekommen war; er mochte keinen Portwein.

»Und was hat dich eigentlich zu mir geführt?« fragte Grujo plötzlich. Er saß wieder hinter seinem Schreibtisch und sah Slobodan über den Rand seiner Brille an. Slobodan fühlte sich ertappt – er weiß, warum ich hier bin –, aber er faßte sich gleich – woher soll er es denn wissen? – und sagte beiläufig:

»Ach, nichts Besonderes. Ich wollte nur nachschauen, wie meine Angelegenheiten stehen.«

»Das weißt du doch besser als ich. An dir allein liegt es auch, sie in Ordnung zu bringen.«

Slobodan wollte schon verärgert aufstehen – er hatte schon genug Vorwürfe zu Hause gehört –, als ihm plötzlich der Gedanke kam: jetzt kannst du ihn anpumpen, er hat selbst das Thema angeschnitten. Während er krampfhaft nach passenden Worten suchte, sprach Grujo weiter:

»Wärst du jetzt nicht zu mir gekommen, dann hätte ich dich morgen aufgesucht. Das Finanzamt ist nämlich ungeduldig geworden und läßt sich nicht mehr vertrösten. Ich habe alles mögliche versucht, aber sie wollen sich auf nichts mehr einlassen. Wahrscheinlich werden sie in diesen Tagen einen Exekutor zu dir schicken. Es ist nichts Schlimmes dabei, wenn er dir auf die Möbel seine Zettelchen pickt, ich weiß aber nicht, wie lange ich noch die Zwangsversteigerung hinausschieben kann. Du mußt dich endlich entschließen, den Hopfen zu verkaufen.«

Bei einer anderen Gelegenheit wäre Slobodan böse darüber geworden, daß auch sein Freund ihn bedrängte, den Hopfen zu verkaufen, aber jetzt war er ihm dankbar dafür, daß er davon sprach und ihm so ermöglichte, ganz natürlich und unauffällig Geld von ihm zu verlangen.

»Gerade darüber wollte ich mit dir sprechen. Ich möchte nämlich hinausfahren, um alles für den Verkauf vorzubereiten«, log er, »aber ich habe im Augenblick nicht genügend Geld, um ...«

»Wieviel brauchst du?« fragte Grujo mit einem Lächeln der Genugtuung, das er vergeblich zu unterdrükken versuchte. Er mußte sich ungemein darüber freuen, daß der große Bankier Raikow ihn um Geld bat.

»Zehntausend Dinar«, sagte Slobodan aufs Geratewohl; er wollte keine kleine Summe verlangen, um seine tiefe Armut nicht bloßzustellen.

Grujos maliziöses Lächeln verschwand. Er errötete leicht und sagte verlegen:

»So viel kann ich dir im Augenblick . . ., aber wenn ich dir mit zwei-, dreitausend dienen kann, bin ich gern bereit . . . «

Slobodan gab sich mit zweitausend zufrieden, die Grujo umständlich einer kleinen Handkasse entnahm, trank seinen Portwein aus und ging. Auf der Straße trat er in ein Haustor und trank aus seiner Metallflasche etwas Sliwowitz, um den faden Geschmack von Portwein, der auf seinem Gaumen klebte, hinunterzuspülen. Dann ging er einkaufen, mit dem Gefühl eines Menschen, der soeben in der Lotterie einen Haupttreffer gemacht hat. Er kaufte eine Flasche Speise- und eine Flasche Brennöl, und für Militza kaufte er zum Abschied ein Paar warme Filzhausschuhe; ihre alten Hausschuhe waren schon ziemlich mitgenommen, und ihm war nichts Besseres eingefallen, was er ihr schenken konnte und was ihr Freude machen würde. Dann bestellte er auf dem Rathausplatz für sieben Uhr einen Fiaker – der Zug fuhr erst um halb neun, aber er konnte es kaum erwarten, auf den Bahnhof zu kommen – und ging nach Hause.

Er fand Militza im ungeheizten Salon, dessen Fauteuils schon seit langem mit leinenen Schonbezügen überzogen waren; sie hatten seit Monaten keinen Besuch mehr hier empfangen. Militza saß, in lange Wollschals gehüllt, am kleinen Tisch und legte Patience. Neben ihr stand ihr Nähkorb und ein kleiner Haufen Socken, die sie wahrscheinlich gestopft hatte. Sie hatte fingerlose Handschuhe an, und ihre Fingerspitzen, mit denen sie nun die Karten aufhob und ordnete, waren vor Kälte leicht gerötet; die Abende waren schon ziemlich kalt. Die Frau eines ehemaligen Holz- und Kohlengroßhändlers saß da und fror zum Erbarmen. Sie tat es natürlich absichtlich, um ihm auf alle möglichen Arten immer wieder dasselbe zur Kenntnis zu bringen: er müsse sich geschlagen geben. Warum stopfte sie seine zerrissenen Socken nicht in der warmen Küche und warum legte sie nicht dort Patience? Vielleicht war sie aber ganz zufällig im Salon geblieben, als sie gekommen war, die Astern in die Vasen zu stellen und das Ewige Licht anzuzünden? Unter der St.-Georg-Ikone flackerte das Ewige Licht; sie hatte irgendwie doch Öl aufgetrieben, und er kam sich mit den zwei Flaschen Öl, die er gekauft hatte, lächerlich vor. Die warmen Hausschuhe schienen ihr große Freude zu machen, sie freute sich aber noch mehr, als er ihr mitteilte, daß er noch an diesem Abend nach Jablanowo fahren wolle. Sie fragte ihn nichts weiter; wahrscheinlich nahm sie an, daß er sich doch entschlossen hatte, nachzugeben. Während sie ihm alles, was er für eine kurze Reise brauchte, in eine Reisetasche packte, ging er noch einmal in den Keller, um seine Metallflasche für die Reise nachzufüllen.

Als er sich im Schein einer Kerze beugte, um die große Zweiliterflasche aus der Stellage zu holen, glaubte er, auf seinem Fußknöchel die nasse Schnauze einer Ratte zu spüren. Er stieß wütend mit dem Fuß dagegen, traf aber ins Leere. Es war keine Ratte, sondern das feuchte Ende eines Riemens, der aus unerklärlichen Gründen hier im Keller an einem Nagel hing. Er ließ ihn auch weiterhin dort hängen. Ehe er wieder hinaufstieg, trank er noch das bißchen Sliwowitz, das in der großen Flasche übriggeblieben war, aus, und warf die Flasche ins Wasser, eine Flaschenpost, die keine Botschaft enthielt.

Dann stand er in seinem Raglan, mit der Reisetasche in der einen Hand und mit dem Schirm über dem anderen Arm vor dem Tor und wartete ungeduldig auf den Fiaker, der pünktlich ankam.

»Sollte jemand nach mir fragen«, sagte er zu Militza, »dann sage, daß ich in zwei bis drei Tagen zurück sein werde.« Wer sollte schon nach ihm fragen, außer vielleicht der Exekutor, und der sollte nur warten. Er gab Militza noch die Hälfte des Geldes, das er von Grujo bekommen hatte, und küßte sie zum Abschied, ehe er in den Fiaker stieg. Sie stand da, klein und gebückt, mit einem schwarzen Schal um die Schultern und winkte ihm nach. Einen Augenblick lang verspürte er eine tiefe Trauer, als sich der Fiaker aber in Bewegung setzte und sie aus seinem Blickfeld verschwand, fühlte er sich erleichtert.

Der Beamte am Fahrkartenschalter erkannte ihn gleich.

»Ah, Herr Raikow; wieder einmal nach Jablanowo! Sie waren aber schon lange nicht mehr dort«, schwatzte er und reichte Slobodan eine Karte für die erste Klasse.

»Ja«, sagte Slobodan und bezahlte die Karte. Es hätte wenig Sinn gehabt, dem langen, hageren Mann mit dem melancholischen Schnurrbart zu erklären, daß er lieber in der dritten Klasse gefahren wäre.

Da er fast noch eine Stunde bis zur Abfahrt des Zuges Zeit hatte, spazierte er zuerst auf dem Perron auf und ab und ging dann in den leeren Wartesaal, wo er sich auf eine Bank setzte und bequem zurücklehnte. Wozu fahre ich überhaupt hin? ging es ihm durch den Kopf, und er schlief vor Müdigkeit ein. Kälte und Füßescharren weckten ihn wieder, und er sah, daß der Wartesaal sich gefüllt hatte.

Um nicht ganz allein zu sein, setzte er sich in ein Abteil zweiter Klasse und ließ die Tür zur dritten Klasse offen. In der dritten Klasse saßen oder lagen Bauern zwischen ihren Bündeln, aßen schmatzend Speck, Zwiebeln und Brot und tranken dazu Wein oder Sliwowitz. Und in diesem Geruch von feuchtem Tuch, Heu, Zwiebeln und Schnaps döste Slobodan dahin und wachte von Zeit zu Zeit auf. Als er wieder einmal die Augen öffnete, sah er draußen im schwachen, flimmernden Licht des Zuges eine endlose Reihe von nackten Masten, zwischen denen sich völlig sinnlos verrostete Drähte spannten. Es waren *seine* Hopfenmasten, die rasch vorüberhuschten und sich in der Nacht verloren.

Es regnete, als er nach einer einstündigen Fahrt, die ihm viel länger vorgekommen war, auf den harten Kiesperron von Jablanowo stieg. Er spannte den Schirm auf und schritt durch die lange Allee der Akazien- und Maulbeerbäume, und der Regen rauschte durch die kahlen Zweige und trommelte gegen seinen Schirm.

Dann stand er vor dem Tor und klopfte mit dem Messingring gegen das nasse Holz. Und während er darauf wartete, daß der Knecht Marko ihm das Tor öffnete, begann sein Hund freudig zu bellen, und in sein Gebell fielen andere Hunde aus der Nachbarschaft ein, und das Hundegebell übertrug sich wie ein Lauffeuer durch das ganze Dorf, und es war ihm, als wäre er nach einer langen Reise endlich heimgekehrt.

Abschiedssouper

Sascha erwachte erst am Nachmittag mit einem schweren Schädel. Er hatte angezogen geschlafen und wußte nicht mehr, wie und wann er nach Hause gekommen war. Er zog sich nun aus und ging ins Bad. Aber das kalte Wasser erfrischte ihn nicht. Er zog einen anderen Anzug an und ging hinüber zum Friseur, um sich rasieren zu lassen. Auf einem Stuhl saß unter einem großen, schmutzigen Tuch Miko und ließ sich die Haare schneiden. Er hatte Sascha gleich im Spiegel gesehen und rief ihm zu:

»Ich wollte gerade zu dir kommen.« Dann drehte er den Kopf zu Sascha und senkte die Stimme: »Kannst du mir erklären, wieso das mit Willi passieren konnte?«

»Da gibt es nichts zu erklären«, sagte Sascha und setzte sich auf den zweiten Friseurstuhl. »Er hat einfach genug gehabt.«

»Aber wovon denn? Es ist ihm doch gut gegangen. Das versteh ich nicht.«

»Ich auch nicht«, sagte Sascha und ließ sich von dem jungen blonden Friseurgehilfen mit dem scheuen Blick einseifen.

»Weißt du vielleicht jemanden, der mir sehr schnell

meinen Stall abkaufen kann?« fragte Sascha plötzlich. Miko richtete sich auf und schob die Hand, die ihm mit der Schere nachgegangen war, beiseite.

»Du willst deinen Stall verkaufen? Wegen Willi?«

»Nein. Ich gehe nach Spanien.«

»Die ›Schwalbe‹ willst du auch verkaufen?«

»Natürlich. Ich kann sie doch nicht mitnehmen.«

»Was willst du denn in Spanien?«

»Kämpfen. Was sonst?«

»Ich verstehe nicht. Für wen denn?«

»Das weiß ich noch nicht. Wahrscheinlich für die Republikaner. Dieser Franco ist eine Art Mussolini. Ja, ich glaube, ich werde für die Republikaner kämpfen.«

»Ist das dein Ernst?«

»Ich gehe nach Spanien, sobald ich meinen Stall verkauft habe.«

»Und das große Trabrennen in zwei Wochen?«

»In zwei Wochen bin ich schon in Madrid.«

»Bist du von Sinnen?«

»Ich war noch nie so normal wie heute.«

»Du bist übergeschnappt«, sagte Miko und lehnte sich wieder in den Sessel zurück. Der Friseur begann wie auf Kommando mit der Schere zu klappern. Miko aber ließ nicht nach. »Du wirst Madrid gar nicht erreichen!« sagte er. »Die Zufahrtswege nach Valencia und Alicante werden tagtäglich bombardiert. Bis du hinkommst, wird Franco schon dort sitzen.«

»Franco wird einen Dreck dort sitzen«, widersprach ihm Sascha. Er wollte nicht zugeben, daß er selbst genug Zweifel hatte.

»Ich habe mir schon gedacht, daß dir Willis Tod sehr nahegehen wird, ich habe aber nicht erwartet, daß du auf so verrückte Ideen kommen wirst.«

»Deine Meinung interessiert mich nicht«, sagte Sascha. »Ich habe dich nur gefragt, ob du jemanden weißt, der meinen Stall kaufen kann. Ich will ihn nämlich verkaufen, verstehst du?«

»Schon gut, schon gut. Du mußt nicht gleich böse sein. Natürlich kann ich jemanden finden. Laß es mich überlegen.« Miko wölbte die Augenbrauen und schien angestrengt nachzudenken, aber es fiel ihm offenbar nichts ein.

Erst als sie im Gasthaus an der Ecke, auf der harten Bank sitzend, einige Gläser Wein getrunken hatten, fielen Miko zwei, drei Käufer ein. Das war so seine Eigenart. Er konnte einfach nicht denken, ehe er nicht etwas getrunken hatte. Er war überhaupt ein eigenartiger Mensch. Er übte keinen Beruf aus und hatte nie eine geregelte Arbeit, aber es ging ihm immer gut. Er kannte Gott und die Welt und lebte davon. Wenn jemand aus seinem großen Bekanntenkreis etwas Ausgefallenes brauchte, dann war Miko zur Stelle. Er konnte einem Steuerermäßigung erwirken, einen billigen Spediteur finden und das Visum für einen südamerikanischen Staat besorgen. Und er nahm für seine Dienste alles an, was man ihm bot. Er hatte im Frühjahr einen Fahrradspezialisten gefunden, der Sascha sehr rasch und billig ein besonders leichtes Gig fabriziert hatte, das er für das Trabrennen in Neusatz dringend gebraucht hatte, weil seine alten zu schwer waren für seine jungen Traber, die er zum erstenmal hatte starten lassen wollen. Sascha hatte damals Miko für seine Gefälligkeit einen fast neuen Anzug, der ihm zu klein geworden war, geschenkt. Wenn Miko ihm jetzt einen Käufer für seinen Stall fand, wollte ihm Sascha noch einige Anzüge schenken. Er hatte in der letzten Zeit ziemlich zugenommen, so daß ihm kaum noch ein Anzug paßte. Er brauchte außerdem keine Anzüge mehr, er würde in Spanien eine Uniform bekommen.

»Warum willst du unbedingt nach Spanien?« fragte wieder Miko, als er genügend getrunken hatte, um richtig nachdenken zu können. »Ich wollte dir gerade ein glänzendes Geschäft vermitteln. Ich habe da einen Mann an der Hand, der gute Verbindungen mit pharmazeutischen Firmen in Deutschland hat. Sie suchen Rohmaterial, darunter auch Pflanzen, die es bei uns in Hülle und Fülle gibt. Zum Beispiel Kamille. Die liegt bei uns nur so über die Felder verstreut. Man braucht sie also nur zu pflücken – das können auch Frauen und Kinder tun –, sie zu trocknen, zu verpacken und nach Deutschland zu schicken. Da hab ich gleich an dich gedacht. Dein Alter hat doch Trockenanlagen für den Hopfen gebaut. In denen kann man leicht auch Kamillen trocknen. Wenn du einmal damit einen Haufen Geld verdient hast, kannst du mir etwas schenken.«

»Ach, hör auf damit. Du weißt, daß mein Vater den Hopfen für die Tschechoslowakei gepflanzt und getrocknet hat und daß ihn die Tschechen nicht mehr haben wollen.«

»Vielleicht ist es auch besser, daß er ihn nicht ausgeführt hat. Die tschechische Krone ist gerade gewaltig gefallen«, sagte Miko tröstend. »Aber mit Deutschland ist es ganz anders. Deutschland ist im Aufkommen. Und bei der Kamille brauchst du keine Angst zu haben. Damit wirst du niemandem Konkurrenz machen und keine fremden Interessen schädigen. Wer soll dir also verbieten, getrocknete Kamillen nach Deutschland zu exportieren? Ich würde an deiner Stelle die Pferde gut verkaufen und das Geschäft mit Kamillen ganz groß aufziehen.«

Miko hatte anscheinend schon zuviel getrunken; er redete und redete und war nicht aufzuhalten. Seine Geschäftsvorschläge, die Sascha sich ansonsten immer amüsiert angehört hatte, machten ihn heute krank. Er wollte nicht seinen Stall verkaufen, um sich hier mit medizinischen Pflanzen herumzuschlagen – er haßte übrigens kein Getränk so sehr, wie gerade den Kamillentee –, sondern um seiner Mutter zu helfen. Er wollte nach Spanien gehen. Und für den Stall mußte er nicht so viel bekommen, wenn er nur die Gewähr hatte, daß seine Pferde bei dem neuen Besitzer gut aufgehoben waren. Bevor er aber in den Krieg zog, wollte er noch eine Lebensversicherung zugunsten seiner Mutter abschließen – er dachte wirklich an alles –, und zwar bei einer ausländischen Gesellschaft, die mehr zahlen konnte als die heimischen Versicherungsfirmen. Aber auch auf diesem Gebiet schien Miko sehr bewandert zu sein.

»Was?« rief er. »Liest du denn keine Zeitungen? Hast du noch nicht gehört, daß die Lloyds keine Versicherungen gegen Kriegsrisiken auf dem Lande mehr entgegennehmen wollen.«

»Ich will doch nicht meinen Stall gegen Kriegsrisiken versichern lassen, sondern eine ganz einfache Lebensversicherung abschließen.«

Miko wandte dagegen ein, daß keine ausländische Firma mit einem Jugoslawen, der die Absicht habe, gerade heute nach Spanien auszuwandern, eine Lebensversicherung abschließen werde. Sie einigten sich am Ende, daß Sascha sich auch mit einer heimischen Versicherungsgesellschaft zufriedengeben solle. Sascha wollte nicht mit einem alten Freund streiten, jetzt, wo er doch nach Spanien gehen wollte, um bei den Republikanern eine bessere Kavallerie zu organisieren, als dieser Franco sie hatte, und wo noch gar nicht sicher war, ob er nach Erledigung dieser Aufgabe jemals zurückkehren würde. Sie sollten also lieber, statt zu streiten, ein Abschiedssouper einnehmen, denn es war mittlerweile Abend geworden. Sascha hatte noch etwas Geld, das ihm Willi vor vier Tagen gegeben hatte, damit er einige Rechnungen, die eingegangen waren, begleichen könne. Das war aber im Augenblick nicht so wichtig.

Sie gingen zur »Rosza«, weil diese »Rose« ein vornehmes ungarisches Restaurant war, also gerade das richtige für ein melancholisches Abschiedssouper. Eine Zigeunerkapelle pflegte dort während des Essens und auch nachher sehr traurige Weisen zu spielen. Sascha hatte wirklich die Absicht, den heutigen Abend in Männergesellschaft und ernsten Gesprächen zu verbringen, als er aber in einer Loge Ilona entdeckt hatte, änderte er sein Vorhaben.

Ilona war seine Schulfreundin. Sie war in ihrer Jugend so klug gewesen, einen ungarischen Großgrundbesitzer, der um dreißig Jahre älter war als sie, zu heiraten und sich dann von ihm scheiden zu lassen. Er konnte es nämlich nicht lassen, sich auf seinen Geschäftsreisen nach Budapest in den Nachtlokalen sehr intensiv für weibliche Bedienung zu interessieren. Für diesen Fehler, der übrigens nicht sein einziger gewesen sein sollte, hatte er Ilona bei der Scheidung eine ziemlich große Abfindungssumme zahlen müssen, ein kleines Kapital sozusagen, das Ilona ermöglichte, fortan ganz frei und ungebunden zu leben. Sie hatte das Geld in einigen gutgehenden Geschäften angelegt und konnte so ihren alten Traum, sich ein bißchen in der Welt umzusehen, verwirklichen. Jetzt war sie zufällig wieder in Kerek und speiste gerade mit zwei ernst dreinblickenden Herren, die allem Anschein nach ihre Geschäftspartner waren. Als Sascha ihr jedoch die Bedeutung des heutigen Abends erklärt hatte, schickte sie gleich nach dem Essen die zwei Begleiter fort und lud Sascha und seinen Freund an ihren Tisch. Sie war mit den Jahren etwas üppiger geworden, aber mit ihren schwarzen Augen und ihrem blitzenden Schmuck sah sie noch immer sehr gut aus. So verwandelte sich das Abschiedssouper in eine Wiedersehensfeier, bei der es nicht ohne einige Flaschen Tokajer abging.

Miko nahm die Gelegenheit, mit einer reichen Frau zusammen zu trinken, wahr, und fing an, wieder von der Kamille zu sprechen. Sascha war es peinlich, in Gegenwart einer Dame vom Geschäft zu reden, ihm wäre es lieber gewesen, wenn er sich mit seiner einstigen Schulfreundin ganz allein und über andere Dinge, zum Beispiel über Liebe, hätte unterhalten können, er konnte aber den lästigen Miko nicht daran hindern, drauflloszuschwatzen. Ilona schien es gar nicht unangenehm zu sein, daß Miko das Gespräch auf Geschäfte gebracht hatte. Sie hörte sich Mikos Ausführungen interessiert an und sagte dann zu Sascha:

»Ich finde die Idee deines Freundes nicht schlecht. Das Geschäft erfordert kein großes Kapital und verspricht doch einen ganz netten Gewinn.«

Sascha ärgerte sich, daß diese hübsche Lebedame im schlichten schwarzen Kostüm, die durch das Bett ihr Glück gemacht hatte, so fachmännisch und herablassend von Geschäften sprach.

»Die Verluste bei einem Geschäft stellt man immer erst im nachhinein fest«, sagte er. »Miko soll sich lieber an meinen Vater wenden, der ist ein begeisterter Anhänger von phantastischen Projekten.«

»Dieses Projekt ist aber gar nicht phantastisch«, widersprach ihm Ilona. Miko nickte ihr eifrig zu. »Wenn du Angst vor Verlusten hast, kann ich dir das nötige Kapital vorstrecken. Du mußt mich aber dafür auch am Gewinn beteiligen.«

»Ich will kein Geld von dir.«

»Du mußt doch keines von mir nehmen. Ich will mich dir bei Gott nicht aufdrängen, ich habe es nur gut gemeint. Mach das Geschäft allein.«

»Du kannst bei dieser Sache gar nichts verlieren«, mischte sich Miko wieder in das Gespräch ein. »Du hast schon die Trockenanlagen. Laß es auf einen Versuch ankommen.«

»Ich will gar nichts versuchen«, sagte Sascha trotzig. »Ich hasse Kamillentee, Krankheiten und Apotheken.«

»Ich mag diese Dinge auch nicht besonders«, sagte Ilona mit einem überlegenen Lächeln, »aber Geschäft ist Geschäft und Schnaps ist Schnaps.«

Ich muß sie ins Bett kriegen, dachte Sascha, ich muß sie demütigen, ich muß ihr wehtun. Gleichzeitig sagte er:

»Was wollt ihr von mir? Ich will keine Geschäfte machen. Versteht ihr das nicht? Mein Großvater und mein Vater haben genug Geschäfte gemacht. Und was ist davon übriggeblieben? Nichts. Gar nichts. Ich habe von Geschäften genug, ich will nichts mehr davon hören.«

»Schon gut, schon gut«, sagte Miko beschwichtigend. »Reg dich nur nicht auf.«

»Ich will keine Geschäfte machen«, wiederholte Sascha stur. »Ich gehe nach Spanien.«

»Von mir aus geh nach Spanien«, sagte Ilona und nippte langsam und genußreich an ihrem Glas. »Ich bleibe da.«

Sascha hatte das Gefühl, daß er sie, wären sie allein in einem Zimmer gewesen, hätte erwürgen oder sonstwie töten können.

Erst als sie die »Rosza« verlassen hatten und zum »Grünen Kakadu« hinübergegangen waren, vergaß Sascha allmählich seinen Ärger. Er erinnerte sich wieder an den ursprünglichen Zweck dieses Abends, der dem Abschied geweiht war, und ließ sich von dem alternden Pianisten, der heute da war, spanische Tangos vorspielen. Er spielte sie alle falsch, aber er kannte eine Menge davon. Sie hörten ihm zu und tranken dabei unzählige Kognaks. Ilona benahm sich jetzt erträglicher, Sie sang einige Schlager, und ihre tiefe Stimme war ganz angenehm. Sie tanzte auch einigemale mit Sascha, und nach einer Weile fand er sie beinahe so sympathisch wie in ihrer Jugend, in der sie schön und arm und schlank gewesen war. Nur Miko störte ihn noch immer. Sascha sah ihm an, daß er nur auf eine günstige Gelegenheit lauerte, wieder von Geschäften und anderen unangenehmen Seiten des Lebens zu sprechen anzufangen. Wahrscheinlich bildete er sich ein, in Ilona ein williges Opfer gefunden zu haben, dem er seine verrückten Geschäftsprojekte aufschwatzen konnte. Aber da täuschte er sich. Ilona war Saschas Beute, er hatte ein Anrecht darauf, nachdem er sich entschlossen hatte, nach Spanien zu gehen und dort zu sterben. Als Miko plötzlich frech wurde – der Klavierspieler klimperte gerade den »Tango di media luz« – und sich laut fragte, wer wohl jetzt, da Willi tot war, Margit trösten würde, gab ihm Sascha eine Ohrfeige und warf ihn wütend hinaus. Dann wußte er nicht mehr, was weiter geschah. Er konnte sich später nur erinnern, daß er in einer unbekannten Kneipe jenseits des Kanals eine Baßgeige zertrümmert, auf Ilonas großem festem Busen geschluchzt und dann auf der Straße weinend einen Pferdehals geküßt hatte.

Als er zu sich kam, stand er in einem großen Zimmer mit einem breiten Bett, zog sich aus und legte seine Kleider auf einen Stuhl mit hoher Lehne. Ilona saß im Schlafrock vor dem Toilettentischchen und war gerade dabei, ihren Schmuck in eine Schatulle zu legen und sich für die Nacht – es war eigentlich schon Morgen – herzurichten. Sascha fühlte, daß er ihr etwas erklären müsse.

»Man kann mit einer verrosteten Lanze nicht kämpfen, verstehst du?« sagte er und breitete seine Arme aus. »Nein, das kann man einfach nicht. Das nützt nichts, verstehst du?«

Er glaubte, auf ihrem Gesicht, das er im Spiegel sah, wieder einen leichten Anflug eines spöttischen Lächelns zu entdecken.

»Ach, du verstehst mich nicht«, sagte er und ging ins Bett.

»Wie kann ich dich auch verstehen, wenn du in Rätseln sprichst«, sagte sie. Sie zog ihren Schlafrock aus und legte sich zu ihm. Ihre Haut fühlte sich kalt an, wie Schnee, ehe er auf der Handfläche zergeht.

DIENSTAG

Vergebliche Jagd

Zuerst hörte er die Kirchenuhr schlagen, viermal kurz und sechsmal lang, dann hörte er einen Vogel singen, es war ein Zeisig, und auf einmal war die Luft von dem lebendigen Gezwitscher unzähliger Spatzen erfüllt. Slobodan sah durch das Fenster auf den taubengrauen Morgenhimmel und streckte sich wohlig in seinem warmen Bett; er war wieder zu Hause. Lange blieb er noch so liegen, sah auf den immer heller werdenden Himmel und ließ sich von dem Gezwitscher der Spatzen in einen Wachtraum einlullen. Gleich würde seine Mutter hereinkommen und ihm auf einem Tablett sein Frühstück bringen: eine große Tasse weißen Kaffee, frische Kipfel, Butter und Honig. Er würde bald alles aufessen und sich dann, müde geworden, auf die andere Seite drehen und weiterschlafen, bis man ihm sein Mittagessen brachte: eine klare Bouillon mit Ei, Toast, gekochten Schinken und etwas Karotten dazu, alles leichte, aber kräftigende und schmackhafte Speisen. Heute brauchte er nicht in die Schule zu gehn, heute mußte er nicht lernen, er war krank, nicht schwer, er war nur ein bißchen erkältet, aber er durfte im Bett bleiben, heute mußte er gar nichts tun, nur liegen, essen und schlafen.

Als er eine Stunde später, vom Hunger getrieben, sein Zimmer verließ, stieß er in der Diele auf Marko; er stand auf Zehenspitzen vor der alten Kuckucksuhr und zog sie auf. Slobodan fiel es plötzlich auf, wie erstaunlich klein Marko war. Die Uhr hing nicht sehr hoch an der Wand, er mußte sich trotzdem sehr strecken, um sie zu erreichen. Slobodan hatte ihn wahrscheinlich für größer gehalten, weil der Name Marko in ihm unwillkürlich die Assoziation an den sagenhaften Königssohn Marko hervorgerufen hatte, einen wahren Riesen, der gegen die Türken gekämpft, mit den Feen getanzt und sein Pferd mit Wein getränkt hatte. Der Sohn des alten Popen von Jablanowo hatte auch Marko geheißen. Ihn hatte die Heldengeschichte von dem gleichnamigen Königssohn in den Tod getrieben. Er war fast zwei Meter groß und bärenstark gewesen, und als der Weltkrieg ausgebrochen war, hatte er sich verpflichtet gefühlt, mit seiner Kraft und seinem Namen etwas anzufangen. So war er heimlich nach Serbien gegangen, hatte sich dort freiwillig bei der Armee gemeldet und war gleich im Sommer 1914 bei den Kämpfen um Belgrad gefallen. Sein Tod hatte in Jablanowo die Legende um den Namen Marko noch verstärkt, so daß man von jedem Marko erwartete, groß, stark und heldenhaft zu sein.

Dieser Marko, der eine Art Stiefsohn von Slobodan

war, zeigte jedoch wenig Neigung, der ruhmreichen Tradition, mit der ihn sein Name verband, gerecht zu werden. Schon als Knabe war er ganz schmächtig gewesen. Er war unehelicher Sohn einer armen Bäuerin, die sich bei den Raikows als Wäscherin verdingt hatte. Die brave Frau hatte sich so zu Herzen genommen, von dem Vater ihres Kindes, dessen Namen sie nie preisgegeben hatte, verlassen worden zu sein, daß sie noch jung gestorben war; um ihren Sohn ordentlich zu versorgen, hatte sie sich zu Tode gearbeitet. Marko war damals sieben Jahre alt. Slobodan hatte ihn zu sich genommen, mit der Absicht, ihm eine gute Erziehung angedeihen zu lassen. Der stille Knabe absolvierte nach der Volksschule nur mit größter Mühe noch vier Klassen Bürgerschule, so daß Slobodans Pläne, ihn auf die Handelsakademie oder auf die Technische Mittelschule zu schicken, fehlschlugen. Er gab ihn darauf zu einem Freund, der in Kerek ein Fahrradgeschäft betrieb, in die Lehre, der Junge brannte aber nach sechs Wochen durch und kehrte zu Fuß nach Jablanowo zurück. Slobodan glaubte, Marko habe sich unter Fahrrädern nicht wohlgefühlt, und brachte ihn nach Neusatz, zu einem Tuchhändler; er wollte es nicht aufgeben. Als Marko auch von dort nach kaum einem Monat durchbrannte, ließ er endlich davon ab, aus seinem Stiefsohn einen Kaufmann machen zu wollen. So blieb Marko in Jablanowo, und dort machte er sich nützlich, wo er nur konnte. Als Slobodan vor drei Jahren angefangen hatte, das Geschäft mit dem Hopfen aufzuziehen, war Marko begeistert bei der Sache gewesen und hatte ihm große

Hilfe geleistet. Jetzt überwachte er das, was davon noch übriggeblieben war.

»Guten Morgen, Großvater«, begrüßte er Slobodan. »Haben Sie gut geschlafen?«

»Danke, Marko, sehr gut.«

»Ich wollte Sie nicht wecken, Sie waren wahrscheinlich von der Reise sehr müde.«

Slobodan war überrascht, als Marko ihm in der Küche binnen kurzer Zeit genau dasselbe Frühstück servierte, von dem er geträumt hatte: einen frischen Kaffee, Toast, Butter und Honig, den er morgens sehr gern aß. Marko freute sich sichtlich darüber, daß sein Gast sich bei ihm wohlfühlte, und Slobodan schämte sich, daß er im Augenblick nicht imstande war, ihn für seine Treue und Ergebenheit zu belohnen.

Als sie die Küche verließen, sprang gerade rasselnd der hölzerne Kuckuck aus der Uhr in der Diele und schrie achtmal seine mechanische Klage. Draußen war schon hellichter Tag. Es war Zeit, daß Slobodan mit seiner Arbeit begann. Mit entschlossenen Schritten ging er über den Hof auf das große Magazin zu, das er vor drei Jahren hatte bauen lassen. Marko eilte ihm voraus, sperrte das riesige, eisenbeschlagene Tor auf und machte drinnen Licht. Slobodan stieg auf eine leere Kiste, um einen besseren Überblick zu bekommen. Die unzähligen Metallkisten, in denen der getrocknete und mit Schwefel bestreute Hopfen verpackt war, standen in Reih und Glied, wie Särge, und er kam sich vor wie ein General, der von einer Estrade aus tote Soldaten inspiziert, Soldaten, die er in eine sinnlose Schlacht und einen vergeblichen Tod geschickt hat. Damit war seine Arbeit beendet. Nichts hatte sich geändert, und er hatte auch nicht die Absicht, etwas zu ändern. Als er von der Kiste herunterstieg, verspürte er das Bedürfnis, einen starken Schnaps zu trinken, er wollte aber von Marko keinen verlangen.

»Ist etwas nicht in Ordnung?« fragte Marko erschrocken.

»Oh nein, es ist alles in Ordnung. Du gibst wirklich sehr schön auf die Sachen acht.«

»Aber das ist selbstverständlich. Der Hopfen ist doch Hunderttausende wert.«

»Millionen, Marko, Millionen! Aber nur auf dem Papier.«

»Kommt er denn nicht weg?«

»Oh ja, bald, die Kisten kommen bald weg. Schließ jetzt das Magazin gut ab und warte auf mich, ich muß nur im Haus etwas nachsehen.« Slobodan hatte sich erinnert, daß noch mindestens zwei bis drei Flaschen Schnaps, die er einst für seine Besucher bereitgehalten hatte, da sein mußten, und er ging zurück ins Haus.

Im schwarzen, häßlichen Büfett des Speisezimmers, in dem der Schnaps eigentlich sein mußte, fand er nichts außer einer Menge Gläser und leerer, verstaubter Flaschen. Er wußte aber, daß er selbst einmal einige Flaschen mit verschiedenen Likören und Schnäpsen nach Jablanowo gebracht hatte, er konnte sich nur nicht erinnern, wo er sie aufgehoben hatte. So ging er von Zimmer zu Zimmer, riß alle Schubladen auf und durchstöberte auf der Suche nach den Schnapsflaschen mit ungeduldigen Händen auch die letzten Winkel der Schränke und Kommoden, wie ein Kranker, der es kaum erwarten kann, die lebensnotwendige Medizin zu finden.

Wo immer er auch suchte, stieß er auf eine der zahlreichen Uhren, die im ganzen Haus verstreut waren. Seine Mutter hatte eine besondere Vorliebe für Uhren gehabt. Diese Vorliebe verwandelte sich, je älter sie wurde, in eine wahre Leidenschaft. In Jablanowo, wo sie sich, abseits des geschäftlichen Trubels, der in Kerek herrschte, in späteren Jahren gern aufgehalten hatte, gab es in ihrem Haus keine Wand, an der nicht eine Uhr hing, und keine Kommode, auf der nicht zwei oder drei Uhren standen; ihr Schlafzimmer war ein richtiges Uhrenmuseum. Immer, wenn sie nach Kerek kam, ging sie Uhren einkaufen. Alle Uhrmacher, Antiquitätenhändler und Trödler hoben für sie, bis sie sich wieder meldete, besondere Uhren auf, und da sie ihre Leidenschaft kannten, fiel es ihnen nicht schwer, ihr eine tellerartige Küchen- oder eine klobige und staubige Kuckucksuhr als etwas Besonderes einzureden; sie kaufte alles, was zwei kreisende Zeiger hatte und tickte. Ihre Liebe galt aber vor allem den Pendeluhren, die einen schönen Klang hatten oder gar eine kleine Melodie spielen konnten.

Sie saß immer stundenlang unbeweglich in ihrem Ohrenfauteuil und lauschte dem aufgeregten Ticken der zahllosen Uhren. Da sie nicht alle gleich gingen, schlug jeden Augenblick eine andere Uhr die Stunde an oder spielte ein einfaches Lied. Wohin seine Mutter auch ihren Blick wandte, sah sie auf Uhrenzeiger, die sich unentwegt bewegten. Während sie so zusah, wie die Zeit unaufhaltsam verging, im Bewußtsein, noch immer da zu sein und diesem Wunder ungestört beiwohnen zu können, mußte sie immer wieder eine Art wonniger Genugtuung empfinden.

Nun war sie nicht mehr da, und niemand kümmerte sich um ihre Uhren; sie standen alle still. Marko genügte eine Uhr. Er brauchte sie nur, um zu wissen, wie spät es war; ihn interessierte weder ihre äußere Form, noch ihr Klang, noch die Melodie, die sie vielleicht spielen konnte. Für seine praktischen Zwecke hatte er die häßlichste, lauteste und wahrscheinlich unpünktlichste Uhr ausgesucht, die es im Hause gab: die Kuckucksuhr, die in der Diele hing. Nur diese eine zog er auf, die anderen brauchte er gar nicht; sie standen alle stumm und mit starren Zeigern da, als wären sie mitten in ihrem hastigen Gang jäh erfroren – ein Friedhof verlorengegangener Zeit.

Slobodan überkam der Wunsch, sie wieder aufzuziehen; es störte ihn, daß jede von ihnen eine andere Stunde anzeigte. Er tat es dann aber doch nicht. Das nervöse Zucken der Zeiger würde ihn daran erinnern, daß die Zeit nicht stillstand, und er wollte nicht daran erinnert werden.

Er fand eine Schnapsflasche dort, wo er sie am wenigsten erwartet hatte: in einer Schublade seines Schreibtisches, an den er sich, vom vergeblichen Suchen müde geworden, gesetzt hatte. Er hatte nicht die Absicht gehabt, den Schnaps gerade in seinem Schreibtisch zu suchen, er hatte nur in seiner Verzweiflung ganz automatisch eine Lade geöffnet und war so auf die Flasche gestoßen; sie war, noch unberührt, in ein weißes Seidenpapier eingepackt, als hätte man sie soeben eingekauft. Da Slobodan früher sehr wenig getrunken hatte, wäre es ihm nie eingefallen, eine Schnapsflasche in seinem Schreibtisch aufzubewahren, und er wußte nicht mehr, wie sie sich in diese Lade verirrt hatte. Da erinnerte er sich, daß er sie vor einem Jahr von einem seiner früheren Arbeiter als Geschenk bekommen hatte. Der Mann, der ein Jahr zuvor bei ihm gut verdient hatte, war gekommen, um sich zu erkundigen, ob er wieder eine Arbeit bekommen könne. Zu dieser Zeit war das Geschäft gerade in die Sackgasse geraten, in der es sich noch immer befand. Um den Mann, der ihm ein Geschenk gebracht hatte, nicht mit leeren Händen nach Hause gehen zu lassen, hatte ihn Slobodan eine Woche lang in seinem Magazin damit beschäftigt, die Metallkisten noch einmal zu zählen und zu ordnen. Die Flasche Schnaps hatte er in die Schreibtischlade gelegt, als er mit dem Mann ins Magazin gegangen war, um ihm seine Arbeit zu erklären. So war die Flasche, vergessen und unangetastet, in der Lade geblieben. Jetzt zog sie Slobodan aus dem Seidenpapier heraus, legte das Papier, säuberlich gefaltet, in die Lade zurück und öffnete die Flasche mit dem Korkenzieher seines Taschenmessers. Seine Bewegungen waren langsam und ruhig. So muß ein Säugling ruhig sein, dachte er, wenn man ihm seine Milchflasche in die Hand drückt.

Der Schnaps war gut. Es war ein Doppeltgebrannter,

der fast klar war und ganz mild schmeckte, obwohl er stärker war als der gewöhnliche Sliwowitz. Slobodan setzte die Flasche kurz ab und trank wieder. Dann sah er durch das Fenster auf den Hof hinaus. Marko war gerade dabei, ihn mit einem alten Besen aus Weidenruten zu kehren. Er schwang den Besen kräftig und regelmäßig von rechts nach links, als mähte er Weizen oder Gras, und die schwachen Sonnenstrahlen warfen ihm seinen dünnen Schatten vor die Füße. Slobodan fragte sich plötzlich, was er eigentlich hier suchte.

Als er in sein Zimmer zurückkehrte, füllte er zuerst seine Metallflasche, die er gestern Abend vor dem Schlafengehen leergetrunken hatte, mit Schnaps, setzte sich dann in den Schaukelstuhl und trank langsam den Rest des Schnapses, der in der anderen Flasche übriggeblieben war. Von Zeit zu Zeit stieß er seine Füße gegen den Boden und ließ den Stuhl schaukeln. Er fühlte sich wieder wohl. Der in Metallkisten konservierte Hopfen würde eines Tages doch zu modern anfangen, und er würde dann aller Sorgen enthoben sein. Er mußte nur Geduld haben. Er wollte hier, wie in einer Festung, so lange ausharren, bis der Hopfen verdarb und er nicht mehr in Versuchung kommen konnte, ihn an seine Feinde zu verkaufen. Vielleicht konnte er den natürlichen Prozeß der Verwesung etwas beschleunigen, indem er in die Kisten, die hermetisch verschlossen waren, mit einem großen, rostigen Nagel Löcher bohrte. Die Hauptsache bei einer solchen Belagerung war, daß einem der Vorrat nicht ausging. Slobodan lag es nicht so sehr am Essen, seine Sorge galt dem Sliwowitz. Die Flasche, die ihm der Zufall in die Hände gespielt hatte, würde nicht lange reichen. Wo war nur der Schnaps, den er ursprünglich gesucht hatte?

Kaum hatte sich Slobodan diese Frage gestellt, als er schon wieder auf die Suche ging. Er konnte sich nicht vorstellen, daß Marko seine Schnapsvorräte ausgetrunken hatte. Seine Besorgnis erwies sich als überflüssig, denn er fand schließlich in der Küchenkredenz eine Flasche Birnenlikör und zwei Flaschen Sliwowitz, die zwar schon geöffnet, aber fast noch voll waren. Das Bewußtsein, so viel Schnaps in seiner Nähe zu haben, beruhigte ihn sehr, und er schloß zufrieden die Kredenz.

Dann kehrte er in sein Zimmer zurück und trank weiter. Du wirst dich noch zu Tode saufen, sagte er zu sich selbst. Warum auch nicht? Ist der Säufertod schlechter als der Tod an Krebs, Lungenembolie oder Herzschlag? Mitnichten. So ist es. Der Säufertod ist sogar besser. Viel besser. Fast so gut und schmerzlichschön wie das Leben.

An der Wand seines Zimmers hingen zwei Mandolinen, deren Saiten gesprungen waren. Er nahm eine von ihnen herunter und begann sie zu reparieren und zu stimmen; er hatte plötzlich den Wunsch verspürt, eine lustige Melodie zu spielen, die ihm schon seit dem Morgen im Kopf herumschwirrte.

Eine der Mandolinen gehörte seinem jüngeren Bruder Dragi, mit dem er vor langer Zeit dieses Zimmer geteilt hatte. Äußerlich konnte man die Mandolinen nur schwer voneinander unterscheiden, die eine von ihnen hatte jedoch einen höheren Ton und die andere einen tieferen. Slobodan hatte einst auf der ersten gespielt, und Dragi hatte ihn mit der zweiten begleitet. Sie hatten auch eine Zeitlang davon geträumt, ein Mandolinenorchester zu gründen, um mit ihm die ganze Welt zu bereisen, aber daraus war nichts geworden; sie waren nach Kerek gezogen, wo sie nach einigen Jahren, in denen sie sich immer mehr entfremdet hatten, auseinander gegangen waren. So war Kerek zum Angelpunkt ihres Schicksals geworden.

Die Türken hatten der Stadt den Namen gegeben. Kerek, oder eigentlich Tscherek, hieß ein Viertel. Es bezeichnete ein Viertel des Weges, den die Türken auf ihrem Marsch von Istanbul nach Wien noch zurückzulegen hatten. Sie waren tatsächlich bis vor Wien gekommen. Dann waren sie zurückgeschlagen worden. In Kerek hatten sie keine Spuren hinterlassen, außer diesem Namen. Aber auch den Namen brachte niemand mehr in Zusammenhang mit den Türken. Man wußte nur, daß Kerek ein Viertel hieß. Daraus war auch ein Zeitwort entstanden, das Vierteilen bedeutete. Und Kerek war ein Viertel – das Viertel eines Ochsen genauso wie das Viertel eines Weges. Man wußte jedoch nicht mehr, woher dieser Weg kam und wohin er führte.

Dragi führte er in die Fremde, wieder zurück und dann noch einmal in die Fremde, diesmal für immer. Er hatte sich in Kerek nicht damit zufriedengegeben, auch im Geschäft die zweite Mandoline zu spielen, und war mit dem Geld, das er beim Verkauf seines väterlichen Erbteils erzielt hatte, nach Amerika ausgewandert, wo er zehn Jahre lang, angeblich sehr erfolgreich, mit Autos gehandelt hatte. Er hatte einmal seiner Mutter und seinem Bruder ein Foto geschickt, auf dem er, in Staubmantel und Ledermütze, auf deren Schirm eine große Brille lag, neben einem funkelnagelneuen, schönen Roadster zu sehen war; im Hintergrund waren noch einige andere Autos sichtbar. Als er einige Jahre nach dem Weltkrieg zurückgekehrt war, hatte er jedenfalls nichts mehr besessen außer einem riesigen Cadillac, in dem er vorgefahren war und den er, ehe er überraschend verschwunden war, seinem Neffen Sascha geschenkt hatte.

Slobodan war in Kerek geblieben, von wo ihn sein Weg nach Jablanowo zurückgeführt hatte. Jetzt war er da und spielte wieder Mandoline, es war aber nicht die seine, sondern die seines Bruders. Auch seine Finger waren nicht mehr dieselben; müde und ungelenk vermochten sie dem zarten Instrument nur krächzende Töne zu entlocken. Slobodan versuchte noch eine Weile hartnäckig, aber vergeblich, eine Melodie zustande zu bringen. Dann hängte er die Mandoline an ihren alten Platz zurück und ging hinaus. Er wollte sehen, ob der Cadillac seines Bruders noch immer im alten Schuppen war, in dem ihn Sascha, dem die fälligen Reparaturkosten und der hohe Benzinverbrauch zu teuer geworden waren, abgestellt hatte.

Marko war jetzt dabei, den Bretterzaun zu reparieren, der den Hof vom Obstgarten trennte. Er erfüllte vorzüglich die Aufgabe, alles instand zu halten, was ihm anvertraut worden war.

Der Cadillac war noch da. Er stand wie ein vorsintflutliches Ungeheuer neben einer Mähmaschine, deren Räder gebrochen waren. Slobodan beugte sich durch das offene Fenster der schweren, schwarzen Tür, als wollte er im Wagen nach einer Spur seines verschollenen Bruders suchen, er fand aber auf dem roten, zerrissenen Samtüberzug des Sitzes, aus dem eine gesprungene Feder ragte, nur zwei Eier, die ein verirrtes Huhn dort gelegt hatte; er steckte sie in die Tasche, um sie in die Küche zu bringen. Dann sah er sich weiter im Schuppen um, der zu einer Art Rumpelkammer degradiert war; er mußte seine Anwesenheit in Jablanowo vor Marko rechtfertigen und eine geheimnisvolle und komplizierte Arbeit vortäuschen. Er fand unter den abgelegten Landwirtschaftsgeräten nichts, was ihn zu einer Tätigkeit reizen konnte. Als er aber in einer Ecke auf sein altes Jagdgewehr stieß, hatte er plötzlich eine Eingebung.

Eine Stunde später verließ er in seinem sorgfältig gebürsteten Jagdanzug und in blankpolierten Stiefeln, die frischgeölte Schrotflinte über die Schulter gehängt, das Haus. Der Anzug war ihm etwas weit, weil er in letzter Zeit ziemlich abgenommen hatte, die Stiefel drückten ihn ein bißchen – er hatte sie schon lange nicht getragen –, und sein Hund Kastor, der mit hängender Zunge neben ihm her lief, war eigentlich kein Jagdhund, sondern ein gewöhnlicher Straßenköter, er konnte nicht einmal einen Hasen von einer Katze unterscheiden, geschweige denn ein Perlhuhn von einem Haushuhn, aber das alles machte Slobodan nichts aus, er hatte in seiner Jagdtasche, in der er die Beute nach

Hause bringen sollte, die flache Metallflasche, die voll Sliwowitz war. Das war seine Munition. Er schleppte natürlich auch eine Menge Patronen mit, aber die waren nicht so wichtig. Vor allem hatte er eine ausgezeichnete Entschuldigung für seinen Aufenthalt in Jablanowo; er war hierhergekommen, um zu jagen.

Es war schon lange her, daß er zum letztenmal auf der Jagd gewesen war. Er hatte einst die Spaziergänge im Morgengrauen sehr gern gehabt, den Tau auf den Schollen und den Nebel, der wie Rauch über den stillen Wassern der Teiche gelegen war; das Lauern mit verhaltenem Atem, den tollpatschigen, eckigen Lauf der Hasen und den hellen Schrei der Wildenten, den sie ausgestoßen hatten, ehe sie, tödlich getroffen, steil herabgestürzt und klatschend auf das Wasser aufgeschlagen waren.

Damit war es aber vor zehn Jahren aus gewesen. Er hatte einmal auf einer Geschäftsreise in Neusatz eine junge Schauspielerin kennengelernt. Sie war weder besonders schön noch besonders talentiert gewesen, und er hätte sie gar nicht beachtet, wenn nicht der alte Frauenheld Baldoni dabeigewesen wäre; nur um ihm zuvorzukommen, hatte er mit ihr ein Verhältnis angefangen. So war es ihm zur Gewohnheit geworden, sie jedesmal aufzusuchen, wenn er in Neusatz war. Einmal, als er zum Wochenende auf der Jagd gewesen war, hatte er sich plötzlich entschlossen, sie zu überraschen; er verließ seine Jagdgesellschaft und fuhr nach Neusatz. Zu gleicher Zeit hatte man ihn in Kerek wegen eines wichtigen Geschäftsabschlusses gebraucht, und seine

Frau hatte ihn auf dem Land suchen lassen. Er war natürlich nicht dort, und niemand wußte, wo er sich aufhielt. Er hatte dann Militza nach seiner Rückkehr die Geschichte von einem alten Schulkameraden, den er unerwartet getroffen habe, erzählt, aber sie hatte sie ihm nicht geglaubt, obwohl sie so getan hatte, als nehme sie ihm seine Lüge ab. Von da an blieb auf allem, was mit der Jagd zusammenhing, ein Schatten liegen, und er gab es auf, auf die Jagd zu gehen, um Militza nicht mehr an jenen Vorfall zu erinnern. Jetzt war er frei von allem Verdacht. Außerdem verfolgte er einen praktischen Zweck: er wollte einige Hasen nach Hause bringen und so das Geld ersparen, das er für Fleisch ausgeben sollte.

Die Bauern, denen er in seiner unternehmungslustigen Jagdaufmachung begegnete, grüßten ihn freundlich und zugleich ehrfürchtig; er war einer von ihnen, der es weit gebracht hatte. Seine Geschäfte gingen zwar nicht mehr gut, aber für sie war er immer noch genug reich. Und wenn er Zeit für die Jagd fand, dann mußte bei ihm alles wieder in Ordnung sein. Die Armen wußten nicht, wie es wirklich mit ihm stand.

Er hatte bald die letzten Häuser des Dorfes hinter sich gelassen und stapfte nun über die Ackerfelder, die sich wie ein dunkles Meer mit erstarrten Wellen vor ihm erstreckten. Während er nach Hasen Ausschau hielt, stärkte er sich aus der Flasche; hier sah ihm niemand zu.

Kastor machte alles falsch. Als er ein Rebhuhn erblickt oder vielleicht gewittert hatte, jagte er es in großen Sprüngen und aus allen Kräften bellend über das Feld, so daß es Slobodan unmöglich war, zu schießen, ohne ihn zu gefährden. Ein anderes Mal wieder, als Slobodan ein Rebhuhn erspähte und mit einem sorgfältig gezielten Schuß umwarf, zeigte Kastor keine Lust, es zu apportieren; er blieb einfach auf der Erde liegen und wedelte seinen Herrn an. Slobodan mußte selbst hingehen. Als er sich bückte, um das tote Huhn aufzuheben, stellte er fest, daß es gar kein Huhn war, sondern nur ein Erdklumpen, der ihn durch sein Aussehen getäuscht hatte; der Schuß hatte die Spitze der Scholle zerstört, so daß Slobodan geglaubt hatte, das vermeintliche Rebhuhn getroffen zu haben. Trotzdem war das gleichgültige Verhalten Kastors ärgerlich gewesen. Er war als Jagdhund dazu da, wenigstens nachzusehen, wenn sein Herr ihn dazu aufforderte. Slobodan hatte eine weitere Stärkung nötig.

Nachdem er sich nun noch einige Male gestärkt hatte, ärgerte er sich nicht mehr über Kastors Benehmen. Zuletzt fand er die verkehrten Reaktionen seines Hundes lustig; er spornte ihn sogar an, die Rebhühner zu verjagen, und schoß zum Spaß in die entgegengesetzte Richtung oder in den Himmel, um den braven Kastor nicht allzusehr zu erschrecken.

Nachdem sie eine Weile so herumgetollt hatten, landeten sie beide, ganz erschöpft, in einer Mulde. Als Slobodan gerade die Schnapsflasche, die fast schon leer war, absetzen wollte, sah er plötzlich den ersten Hasen an diesem Tag. Er hockte unweit von ihnen in einer Furche. Kastor bemerkte ihn gar nicht. Auch der Hase schien sie nicht zu sehen. Er hüpfte zweimal und kam näher zu ihnen. Slobodan hob die Flinte und zielte auf den Hasen, der wieder auf seinen langen Hinterpfoten hockte. Durch den Schlitz des Visiers sah er gerade auf seinen Schnurrbart. Das Tier beschnupperte ahnungslos die Luft um sich herum, ehe es einen weiteren Meter näher an Slobodan heranhüpfte. Jetzt war es gar nicht schwer, den Hasen abzuschießen, aber Slobodan empfand plötzlich Sympathie für das harmlose Tier und ließ die Flinte sinken. Dabei löste sich ein Schuß, der in die Erde vor Slobodans Füßen ging und den Hasen endlich warnte. Kastor war so erschrocken, daß er sich nicht rührte, während der Hase in großen Sprüngen davonlief.

»Hase, Hase, komm zurück!« rief Slobodan ihm nach. »Komm zu mir, komm ruhig her, ich will dir nichts tun, ich will mir nur deinen Schnurrbart ansehen und dich streicheln. Lauf nicht davon, komm her, Hase, komm ein bißchen zu mir!«

Aber der Hase war schon weit weg. Slobodan trank den Rest des Schnapses aus und ging durch den Dunst der Mittagssonne, der über den herbstlichen Feldern schwebte, langsam nach Hause. Früher hatte er sich immer geärgert, wenn er mit leeren Händen von der Jagd heimgekehrt war; jetzt war er froh, daß er den Hasen hatte laufen lassen. Genauso wie die heutige Jagd waren viele Jagden seines Lebens vergeblich gewesen, ob er etwas geschossen hatte oder nicht. Es war aber schön, dabeigewesen zu sein.

Der kleine Mann im schwarzen Gummimantel wartete, bis Dragi ihm auf seine Zehndollarnote herausgegeben hatte und stieg erst dann in den Wagen; sein Mantel raschelte dabei unangenehm, wie Papier, wenn man es zerknüllt. Dragi beugte sich vor, um ihm eine gute Reise zu wünschen. Der kleine Mann faßte seine Geste anders auf, griff in die Manteltasche, in die er vorhin das Geld achtlos geschoben hatte, holte zwei kleine Münzen und reichte sie Dragi durch das Wagenfenster, das er mit der Linken sehr schnell heruntergekurbelt hatte.

Dragi schüttelte den Kopf und sagte:

»Ich bin hier der Boß.«

Der kleine Mann sah ihn erstaunt an, zuckte die Achseln und steckte die Münzen wieder in die Tasche. Dann startete er und fuhr ruckartig und mit krachendem Auspuff los. Die Frau, die rechts von ihm in der Ecke schlief, rutschte leicht nach vorn und riß erschrocken die Augen auf. Sie hatte ein fleckiges Gesicht und einen großen Bauch, auf den sie schützend ihre Hände gelegt hatte.

Schwanger, dachte Dragi, während er dem alten Buick nachwinkte. Er wußte, daß niemand seinen Gruß beachtete – der kleine Mann sah starr vor sich hin, und die Frau schlief wahrscheinlich schon wieder –, er gehörte aber zum Dienst am Kunden, und in seiner Tankstelle legte man großen Wert darauf. Dragi sah den Wagen, dessen Schlußlichter sich auf dem nassen, glatten Asphalt spiegelten und hinter dem Wagen herjagten, als wollten sie ihn einholen, so lange nach, bis er von der Dunkelheit ganz verschluckt wurde.

Die Frau ist schon hochschwanger, stellte er noch einmal fest und streckte seine Rechte unter dem Vordach vor; es regnete noch immer. Er hatte es im grünen Licht der Neonröhre, die das Vordach säumte, schon vorher gesehen, er wollte aber den Regen auf seiner Handfläche spüren; so hatten es auch immer seine Vorfahren, die in einem fernen Land Bauern gewesen waren, getan, um sich zu überzeugen, daß ihre trügerischen Augen sie nicht getäuscht hatten. Es regnete wirklich, es regnete schon seit vielen Tagen und seit vielen Nächten. Als hätten ihm erst diese paar zarten Tropfen, die auf seine Handfläche fielen, zum Bewußtsein gebracht, daß es draußen kalt war, ging Dragi fröstelnd in sein kleines Büro zurück und setzte sich in den bequemen Drehsessel, neben dem ein elektrischer Ofen brannte. Margaret hatte sich sehr bemüht, es ihm gemütlich zu machen. Er brauchte nur die Hand auszustrecken, um sich ein Sandwich zu holen, oder sich aus der Thermosflasche einen heißen Tee zu gießen; in seiner Reichweite stand auch die Zuckerdose und eine kleine Tasse mit Zitronenscheiben. Margaret hatte nichts vergessen. Zu seiner Rechten lag auf einem Regal ein ganzer Stapel bunter Magazine, die er nicht einmal in einer Woche durchblättern könnte, und unter seinem Schreibtisch schnurrte der dicke, graue und faule Kater Bob; Margaret hatte ihn dorthin postiert, damit Dragi sich nicht einsam fühlte. Er fühlte sich trotzdem einsam.

Dieses Gefühl hatte er nicht nur in den letzten Tagen, in denen er selbst Nachtdienst machte, weil Ned, sein zweiter Mann, mit einer Lungenentzündung im Spital lag, er hatte sich auch schon früher, inmitten des lebendigsten Betriebs, oft einsam gefühlt. Während er jedoch nachts diese sinnlose geschäftliche Wache hielt, hatte er mehr Zeit, darüber nachzudenken.

Er fühlte sich in dieser von Margaret geschaffenen häuslichen Atmosphäre einfach nicht wohl. Er mochte keine Sandwiches, sie schmeckten ihm nicht, sie waren ihm zu trocken, so daß er sie, wenn er Hunger hatte und sie gezwungenermaßen aß, mit dem faden Tee hinunterspülen mußte, er mochte auch keinen Tee, er hatte Tee nie gemocht, nicht einmal mit Rum, er mochte all diese grellfarbigen Zeitschriften mit den vielen Bildern vollbusiger, langweiliger Blondinen nicht, er mochte den Kater Bob nicht besonders, er gehörte nicht ihm, sondern Margaret; Bob war nicht da, um ihm Gesellschaft zu leisten, sondern um auf ihn aufzupassen, und doch empfand Dragi für den Kater Mitleid, aber Mitleid war nicht Liebe. Liebe konnte man nur für ein Tier empfinden, das einem gehörte, und Bob gehörte ihm nicht. Auch die Tankstelle gehörte ihm nicht und nicht das Haus. Nicht einmal sein Leben gehörte ihm; es war ein fremdes Leben.

Es war ihm, als trage er einen nach Mottenpulver riechenden geliehenen Anzug, der ihm nicht paßte; er wußte nicht, ob er ihm zu groß oder zu klein war, er wußte nur, daß er sich in ihm unbehaglich fühlte, und konnte kaum erwarten, ihn wieder abzulegen und ihn, säuberlich gefaltet, der Kostümleihanstalt zurückzugeben. Das Fest, für das er diesen Anzug besorgt hatte, war schon längst vorbei, er trug ihn aber weiter. Seitdem er hier war, träumte er davon, wieder fortzugehen. Inzwischen waren dreizehn Jahre vergangen, und er war immer noch da, ein morsches Boot im stillen, dunkelgrünen Brackwasser, denn diese Gegend im äußersten Winkel der Vereinigten Staaten, südlich von Boston, in die es ihn durch Margarets Schuld, ja, auf ihren ausdrücklichen Wunsch verschlagen hatte, war nichts anderes als ein unbewegliches, kaltes Wasser eines toten Hafens.

Oft grübelte er über die Gründe nach, die ihn dazu bewogen hatten, im Jahre 1922 sein gutgehendes Autogeschäft in Saint Louis zu verkaufen und sich wieder nach Europa einzuschiffen. Er hatte nach dem Tod seines Vaters sein Erbteil, zweihundert Morgen Land und ein Haus, verkauft und war nach Amerika ausgewandert, um so der ewigen Bevormundung seines älteren Bruders zu entkommen und seiner Mutter, die immer zu Slobodan hielt, zu beweisen, daß er auch ohne irgendwelche Hilfe etwas erreichen könne. Die beiden hatten natürlich alles mögliche versucht, um ihn an der Verwirklichung seines Planes zu hindern; zuerst hatten sie das Testament seines Vaters angefochten und gingen dann, als sie damit nicht durchgekommen waren, zu Bitten und Drohungen über. Er ließ sich jedoch nicht beirren. Sein Vater, der mehr gewußt hatte, als er sich jemals hätte anmerken lassen, hatte ihm absichtlich eine Chance gegeben, und er wollte sie auch ausnützen. So war er mit viel Geld in Saint Louis gelandet, wo er in zehn Jahren sein Anfangskapital verdreifacht hatte. Das hätten ihm seine Mutter und sein Bruder nie zugetraut. Sie hatten ihn, solange er noch mit ihnen zusammen gewesen war, nur mit unwichtigen Arbeiten beauftragt; er konnte immer nur ausführen, was sie beschlossen hatten. Am liebsten aber ließen sie ihn gar nichts machen, und wenn er versuchte, sich in die Familiengeschäfte einzumischen, dann kauften sie sich von ihm los. Sie gaben ihm Geld und zwangen ihn so, das Leben eines reichen Tunichtguts zu führen. Sie nahmen ihn nicht ernst.

Während er dann zehn Jahre lang in Saint Louis Autos an vermögende Südstaatler verkaufte, träumte er immerzu davon, eines Tages als Sieger an den Ort seiner Demütigungen zurückzukehren. Als sichtbares Zeichen seines Aufstiegs nahm er einen riesigen Cadillac mit auf die Reise.

So sehr es ihn beim Aufbruch gedrängt hatte, diese Reise schnell hinter sich zu bringen, begann er, kaum hatte er sie angetreten, zu zögern und sie in die Länge zu ziehen. Im Zug, der ihn zur Ostküste führte, fiel ihm plötzlich ein, daß er schon lange keinen Urlaub gehabt hatte. Anstatt ein Schiff nach Europa zu nehmen, bestieg er ein anderes, das ihn nach Kuba brachte. Dort stellte er fest, daß er viel zu wenig von der Welt gesehen habe, und entschloß sich, noch einen Ausflug nach Südamerika zu machen.

Er kam nach Rio gerade zur Zeit des Karnevals, den er in einem Taumel entfesselter Begeisterung bis zum Ende mitmachte. Als er am Aschermittwoch am späten Nachmittag in einem fremden Zimmer erwachte, versuchte er, sich eine Art Rechenschaft zu geben. Neben ihm schlief träge und wie betäubt eine Mestizin, mit der er die letzte Nacht verbracht hatte. Sie stöhnte von Zeit zu Zeit, und ihre nußbraune Brust, die dabei schwer nach Atem rang, glänzte vor Schweiß. Durch die dunklen Brokatvorhänge drang trübes Licht in das muffige Zimmer, das mit bunten Papierfetzen übersät war. Dragi wurde auf einmal klar, daß er eigentlich keinen Grund hatte, sich nach Hause zu beeilen. Es wäre ein fruchtloses Unterfangen gewesen, seiner Mutter und seinem Bruder zu beweisen, daß er aus eigener Kraft reich geworden war; sie würden es ihm einfach nicht glauben. Was war schon sein Reichtum, gemessen an dem seines Bruders? Auch Slobodan war in den letzten zehn Jahren nicht müßig gewesen, er hatte es sicherlich verstanden, sein Vermögen trotz Krieg und Zerfall der österreichisch-ungarischen Monarchie – wie viele hatten gerade durch den Krieg einen Haufen Geld verdient? – nicht bloß zu verdreifachen, sondern zu verzehnfachen, und er hatte zu Anfang viel mehr gehabt als Dragi; wahrscheinlich nannte er jetzt im neuen Staat Jugoslawien das ganze Banat sein eigen. An diesem tristen Aschermittwochnachmittag in Rio sah Dragi im Geiste, wie seine Mutter und sein Bruder ihm wieder ein reichliches Taschengeld gaben, damit er sich in Kerek oder in Belgrad oder in Neusatz amüsieren könne, denn alles, was er besaß, war in ihren Augen gar nichts; sie wollten ihn noch immer nicht ernst nehmen. Dann war es ihm schon lieber, sich auf eigene Kosten anderswo zu amüsieren.

Von da an verwandelte sich seine Heimfahrt in eine

nahezu hektische Flucht. Er fuhr nicht über den Atlantik, sondern in der entgegengesetzten Richtung – über den Stillen Ozean, und überall, wo es ihm gefiel, aber auch dort, wo es ihm weniger gefiel, machte er Station.

Auf Tahiti badete er und ging auf Fischfang einige Monate lang. Er wollte dort sogar eine Eingeborene heiraten – es wäre herrlich gewesen, eine Frau zu haben, mit der man nicht alles stundenlang zerreden mußte –; mit ihr eine Menge Kinder zeugen und bis an sein Lebensende dort bleiben. Doch ein schwedischer Schiffskapitän erzählte ihm von den Schönheiten Japans, und er fuhr mit ihm dorthin. Auch in Japan hätte er sich gern niedergelassen, wenn ihn nicht ein Franzose überredet hätte, mit ihm nach Hongkong zu fahren. Von dort fuhr er wieder nach Macao, wo er zu spielen begann.

Er hatte auch früher, solange er unter den Fittichen seiner Mutter und ihres Lieblingssohnes gelebt hatte, gespielt, mit dem Wunsch, sein Glück auf die Probe zu stellen, viel Geld zu gewinnen und sich damit unabhängig zu machen. Jetzt spielte er, um zu verlieren. Er wollte sich bestrafen, dafür, daß es ihm eingefallen war, in den Schoß seiner tyrannischen Familie zurückzukehren, er wollte ihr zum Trotz alles verlieren und so zu Hause erscheinen, wie man es von ihm erwartete. Dieses Rachegefühl ergriff immer leidenschaftlicher von ihm Besitz, je bewußter ihm wurde, daß er sich auf seiner verrückten Flucht um die Erde immer mehr seiner Heimat näherte. Mit einem seltsamen Lustgefühl schaute er zu, wie die geschniegelten Croupiers mit ihren Rechen, die aussahen wie dünne, gierige Greiferhände, einen Haufen Jetons nach dem anderen vor ihm wegschoben. Weil er aber unbedingt verlieren wollte, gewann er auch manchmal, und das Ganze ging ihm zuletzt viel zu langsam vor sich, und er fuhr nach Monte Carlo. Er fuhr am Malaischen Archipel und an Indien vorbei, er fuhr über das Rote Meer und durchkreuzte dann das Mittelmeer, wobei er seine Heimat und die Stadt Kerek weit oben im Norden ließ, verfolgt von der fixen Idee, sein Geld so schnell wie möglich loszuwerden. Das gelang ihm auch tatsächlich in Monte Carlo. Den spärlichen Rest, den er sich für die Reiseunkosten aufgehoben hatte, brachte er in zwei Nächten in Budapest durch. Es blieb ihm nicht einmal so viel übrig, um seine Hotelrechnung zu bezahlen, und er ging nach der letzten durchzechten Nacht nicht mehr hin, sondern wartete in der Bahnhofswirtschaft, bis sein Zug abfuhr; seine Koffer ließ er im Hotel als Pfand zurück. Als er mit schwerem Kopf und übersäuertem Magen in Kerek ankam, hatte er noch den Frack an, den er am Abend zuvor angezogen hatte. Zu allem Überfluß übergab man ihm am Bahnhof seinen Cadillac, der ihn als Mitgepäck, einem treuen Hunde gleich, um die ganze Welt begleitet hatte und den er beinahe vergessen hätte. Da die Familie Raikow den Bahnbeamten wohlbekannt war, schoben sie alle Zollformalitäten auf einen der nächsten Tage auf und ließen Dragi samt seiner einzigen Beute gehen. Und so in Frack und Lackschuhen, mit Zylinder und Zwirnhandschuhen, ohne einen Groschen in der Tasche am Steuer seiner riesigen, schwarzen Limousine sitzend, hielt er unter der grellen Nachmittagssonne einen lächerlich pompösen Einzug in seine Heimatstadt, und es war ihm, als wohne er seinem eigenen Begräbnis bei.

Seine Mutter erriet sofort, was geschehen war. Slobodan, dem Dragi nicht ohne Schadenfreude alles erzählt hatte, versuchte seinen jüngeren Bruder in Schutz zu nehmen, als sie in seinem Arbeitszimmer hinter verschlossenen Türen großen Rat hielten. Es war eine klassische Familienszene. Die Mutter saß, dürr und aufrecht, in einem mit dunklem Leder überzogenen Fauteuil, als sei sie selbst ein Bestandteil dieses kühlen, gleichgültigen Möbelstücks, Slobodan ging, die Arme auf dem Rücken verschränkt, unruhig auf und ab, und er, Dragi, stand in seinem zerknitterten Frack am Fenster, lässig, etwas vorgebeugt, schief, und doch ganz starr, gespannt, zum Sprung bereit wie ein bei einem Einbruch ertappter Dieb, der auf einen Augenblick der Unachtsamkeit bei seinen Gegnern lauert, um sich mit einem gewaltigen Satz ins Freie zu retten. Die Mutter machte ihm Vorwürfe, weil er sich so lange nicht gemeldet und sich ihnen allen entfremdet hatte.

»Wenn du nicht von uns weggegangen wärest«, sagte sie, »dann wäre es mit dir nicht so weit gekommen. Die Fremde hat dich ganz verdorben. Du wärst sonst nicht auf die Idee gekommen, dein mühsam verdientes Geld auf eine so dumme und unwürdige Weise zu verschleudern. Hast du denn nie an uns gedacht?«

»Viel zuviel«, wollte ihr Dragi antworten, zog es aber vor, zu schweigen.

»Die Fremde hat dich ganz verdorben«, sagte sie noch einmal, als verkünde sie ein Urteil.

Slobodan war viel großzügiger. Er war immer großzügig gewesen, er hatte seit jeher Nachsicht mit seinem jüngeren Bruder gehabt. Dragi hatte den Eindruck, daß die Rollen falsch verteilt waren; ihm wäre es lieber gewesen, wenn Slobodan den Ankläger und seine Mutter den Anwalt gespielt hätte; Slobodan verteidigte ihn zu plump.

»Es hat keinen Sinn«, sagte er, »diese Geschichte breitzutreten und Dragi endlos Vorwürfe zu machen. Es ist einmal so geschehen, und man kann es nicht mehr ändern. Ich bin eigentlich froh, daß er wieder da ist, ich könnte eine Stütze im Geschäft gut brauchen.« Jetzt log er natürlich. Er wollte keine Hilfe im Geschäft haben, er wollte nur den Almosen, die er seinem jüngeren Bruder zu geben gedachte, eine Form verleihen.

Dragi fühlte sich auf einmal seltsam erleichtert. Es war ihm, als nehme er an einem armseligen Melodrama teil. Er empfand Mitleid mit den zwei Protagonisten, die so vergeblich vor ihm agierten, und konnte es nicht mehr verstehen, warum er einen solchen Aufwand getrieben hatte, um sie in diese Situation zu bringen.

»Ich bin müde«, sagte er plötzlich. »Ich muß mich niederlegen.«

Als er sich dann in das frisch überzogene Bett des Gästezimmers legte, schlief er sofort ein, wie ein Mann, der eine mühevolle Arbeit erfolgreich beendet hatte. Es war schon dunkel, als er wach wurde. Er knipste die Nachttischlampe an und sah in ihrem Lichtkreis, daß an dem Stuhl, auf den er, ehe er ins Bett gegangen war, seinen Frack gelegt hatte, ein neuer dunkelgrauer Einreiher hing. Slobodan trug mit Vorliebe dunkelgraue Anzüge, sicherlich hatte er ihn für seinen Bruder besorgt. Auf dem Stuhlsitz lag ein neues, weißes Hemd, graue Socken und eine silbergraue Krawatte, und neben einem Stuhlbein standen auf dem Boden ein Paar neue schwarze Schuhe. Die Raikow-Uniform, dachte Dragi mit Bitterkeit. Es war die gegebene Aufmachung, in der er sich am nächsten Tag dem Aufsichtsrat der Raikow-Bank präsentieren konnte. Es war ihm äußerst unangenehm, daß sein Bruder mit einer solchen Sorgfalt und ohne einen Augenblick zu verlieren, ans Werk gegangen war, um ihn wieder unter seine Obhut zu bringen. Noch unangenehmer war es Dragi, als er in der Tasche des neuen Anzugs ein Bündel Banknoten verschiedener Größe fand. Wahrscheinlich hatte Slobodan, in der Befürchtung, ihn durch einen geringen Betrag zu beleidigen, der ursprünglichen Summe noch schnell einige große Scheine hinzugefügt. Dragi fühlte, wie ihm vor Scham das Blut ins Gesicht stieg.

Er traute sich lange nicht, sein Zimmer zu verlassen, aus Angst, draußen in der großen Halle seiner Mutter oder seinem Bruder zu begegnen. So saß er im Halbdunkel, rauchte eine Zigarette nach der anderen – Slobodan hatte nicht vergessen, ihm eine Schachtel Zigaretten und Streichhölzer auf den Nachttisch zu legen – und wartete, bis der Hunger ihn endlich hinaustrieb. Es war schon zehn vorbei, als er die Halle betrat. Eine der vielen Glastüren, die in die verschiedenen Zimmer führten, war beleuchtet. Der dünne Spitzenvorhang bedeckte nicht ganz das Glas, und er sah durch einen Spalt seinen Bruder am Schreibtisch sitzen. Er blätterte in Papieren und machte sich Notizen, während seine Frau unter einer Stehlampe mit Abatjour aus resedafarbener Seide in einem Lederfauteuil saß und in einem Buch las. Es war ein richtiges Familienidyll. Die Frau wartete geduldig, bis der Mann mit seiner Arbeit fertig war, damit sie gemeinsam zu Bett gehen konnten.

Dragi verließ auf Zehenspitzen das Haus. Im Hof stand still und dunkelschimmernd sein Cadillac; jemand mußte ihn poliert haben. Er wollte ihn nicht starten, um nicht das ganze Haus auf die Beine zu bringen. So brach er zu Fuß auf. Das Tor war noch offen. Er wußte, daß Slobodan es vor dem Schlafengehen abschließen würde, er machte sich aber keine Gedanken darüber, wie er wieder hineinkommen sollte; er hatte nicht die Absicht, in dieses Haus zurückzukehren.

»Rosza« war das einzige Lokal in Kerek, in dem man zu so später Stunde noch etwas zum Essen bekommen konnte. Unterwegs hörte er beim Gehen, daß etwas in seiner Hosentasche klirrte. Er glaubte zuerst, Slobodan habe ihm in seiner pedantischen Fürsorge auch etwas Kleingeld zugesteckt, aber dann entdeckte er, daß es zwei Schlüssel waren, ein größerer, wahrscheinlich für das Haustor, und ein kleinerer für sein Zimmer. Slobodan hatte nichts vergessen.

Während er in der »Rosza« in einer Ecke ein Kesselgulasch, die richtige Speise für seinen verkaterten Magen, aß und dazu ein Krügel Bier trank, bemerkte er, wie ihn ein junger Offizier, der unweit von ihm vor einem Glas Wermut saß und der ihm irgendwie bekannt vorkam, auffallend beobachtete. Dragi kramte gerade in seiner Erinnerung, um festzustellen, woher er diesen jungen Mann kannte, als der Offizier aufstand, auf seinen Tisch zukam, sich höflich verbeugte und fragte:

»Entschuldigen Sie, bitte, sind Sie nicht vielleicht Herr Dragutin Raikow?«

Dragi nickte.

»Erkennen Sie mich denn nicht?« fragte der Offizier. »Ich bin doch Sascha, Ihr Neffe.«

Dragi wußte nun, woher er dieses junge, runde Gesicht kannte, es war nur vor mehr als zehn Jahren noch runder und kindlicher gewesen. Er freute sich, jemanden von seiner Familie zu sehen, der nicht die Absicht hatte, über ihn zu Gericht zu sitzen oder ihn zu bemitleiden. Er lud den jungen Mann an seinen Tisch und bestellte eine Flasche Wein.

»Du bist also unter die Militärs gegangen?« begann er, um sein Interesse für seinen Neffen zu bekunden. »Bei welcher Truppe bist du eigentlich: bei der Infanterie oder bei der Artillerie?«

»Nein, bei der Kavallerie«, sagte Sascha und wies auf seine Uniform.

»Ich kenne mich nicht aus bei euren Uniformen, ich bin ja fremd hier. Als ich weggegangen bin, hat es hier nur österreichische oder ungarische Uniformen gegeben.«

»Ja, natürlich.«

»Und wie weit bist du schon gekommen, ich meine, was für einen Rang hast du?«

»Ich bin erst Leutnant, aber nächstes Jahr werde ich schon Kapitän.«

»Das ist doch schön ... Gefällt es dir wenigstens bei eurer Kavallerie?«

»Ja, ganz gut. Ich habe die Pferde gern. Der Dienst ist auch nicht schwer, und ich habe so meinen Zeitvertreib. Zu Hause habe ich nichts zu tun. Vater hat es nicht gern, wenn sich jemand in seine Sachen einmischt.«

Auch ein Opfer, dachte Dragi. Der junge Mann war ihm ungemein sympathisch. Er stieß mit ihm an.

»Aber du hast mich gleich erkannt?« sagte er erfreut.

»Eigentlich nicht«, antwortete Sascha verlegen. »Ich habe zuerst den Anzug erkannt.«

Dragi erschrak. Slobodan hatte ihn also verraten, sein rücksichtsvoller Bruder hatte gleich an die große Glocke gehängt, daß er seine Anzüge in Budapest als Pfand gelassen hatte und daß er nichts besaß.

»Es ist wirklich ein Pech, daß Ihr Gepäck noch nicht da ist«, fuhr Sascha fort. Er sagte es nicht ironisch, sondern ernst. Dann erklärte er: »Vater hat mich heute nachmittag beauftragt, einen Anzug für Sie zu besorgen. Das war gar nicht so einfach, ich habe nur Ihren Frack als Muster für Ihre Maße mitgehabt. Aber der Anzug paßt Ihnen sehr gut, wie ich sehe.«

»So, findest du?« sagte Dragi barsch. Es war ihm unangenehm, darüber zu sprechen. Sascha mußte sein Unbehagen gespürt haben, denn er sagte plötzlich:

»Sie haben einen herrlichen Wagen mitgebracht. So etwas gibt es bei uns gar nicht.«

»Gefällt er dir?«

»Ja, großartig.«

»Dann schenke ich ihn dir.« Dragi gefiel sich in der Rolle des großzügigen Gönners.

»Aber nein, wie komme ich dazu?« protestierte Sascha. »Wenn Sie ihn aber nicht behalten wollen, kaufe ich ihn Ihnen ab.«

»Hast du denn so viel Geld?«

»Viel Geld habe ich nicht, ich habe mir aber etwas erspart, ich kann Ihnen schon den Wagen abkaufen.«

»Keine Rede davon. Ich schenke ihn dir und damit basta.«

Sie versuchten noch eine Zeitlang, einander zu überzeugen, gaben es aber dann auf. Dragi tat es leid, daß er seinen einzigen Besitz so leichtfertig verschenken wollte, und Sascha, daß er so hartnäckig darauf bestand, ein Geschenk zu bezahlen.

Dragi wechselte zuerst das Thema.

»Was kann man in eurem Nest mit einem angebrochenen Abend noch anfangen?« fragte er aufgebracht.

»Heute ist nichts Besonderes los«, sagte Sascha. »Nur dahinten im Extrazimmer ist gerade eine heiße Kartenpartie im Gang.«

»Was spielt man eigentlich bei euch?«

»Meistens Tarock. Aber die spielen Siebzehn und vier.«

»Warum spielst du nicht mit?«

»Heute lieber nicht. Baldoni ist dabei, und er spielt immer sehr hoch.«

»Gerade das richtige für uns«, sagte Dragi. Er hatte endlich jemanden gefunden, vor dem er den reichen Onkel aus Amerika spielen konnte. Er legte gönnerhaft den rechten Arm auf die Schulter seines Neffen und führte ihn so ins Spielzimmer.

Im kleinen Zimmer war es rauchig und heiß. In der Mitte stand ein großer, runder Tisch, der mit grünem Tuch überzogen war; er füllte fast den ganzen Raum aus. Rundherum saßen Männer in Hemdsärmeln, rauchten und schoben Karten und Geldscheine hin und her.

Baldoni hielt die Bank, und alle Augen blickten auf seine trockenen, knochigen Finger, die sehr flink die Karten mischten und verteilten. Es wurde nur wenig gesprochen, die Spieler flüsterten heiser oder stießen mit gepreßten, kehligen Stimmen Zahlen hervor: achtzehn, fünfzehn, neunzehn, einundzwanzig. Und die langen, gelblichen Finger des Herrn Baldoni strichen die bunten Banknoten ein ... Er hatte anscheinend gerade eine Glückssträhne.

Einer der Spieler, der breite violette Hosenträger trug, sagte »Ich habe für heute genug«, stand auf, nahm von der Stuhllehne seine Jacke und ging weg. Dragi setzte sich auf seinen Platz, Baldoni nickte ihm kurz zu und schob ihm eine Karte über den Tisch. Dragi zündete sich eine Zigarette an, legte das Päckchen Geldscheine, das ihm Slobodan in die Tasche des neuen Anzugs gesteckt hatte, auf das grüne Tischtuch und begann zu setzen.

Als das Häuflein vor ihm kleiner wurde, bedauerte

Dragi, in das Extrazimmer gekommen zu sein. Er würde sich blamieren, wenn er nun das Spiel verließ; in den Augen der anderen Spieler war die Summe, die er verloren hatte, nur eine Bagatelle. Zuletzt blieben ihm nur noch ein paar kleine Scheine übrig, und er dachte schon mit Schrecken daran, daß er bald würde verkünden müssen: »Ich höre auf, ich habe kein Geld mehr«, als er plötzlich anfing zu gewinnen. Nach einiger Zeit hatte er mehr Geld vor sich als der Bankier. In einem wahren Siegesrausch setzte er immer höher, bis der geschlagene Baldoni erklären mußte:

»Die Bank ist im Augenblick nicht flüssig, ich war heute abend auf ein Spiel nicht vorbereitet, ich werde aber gleich veranlassen, daß mir Geld gebracht wird. Inzwischen können wir weiterspielen, ich stehe den Herren für ihren Gewinn gut.«

Er kritzelte ein paar Zeilen auf einen Zettel und gab ihn dem Kellner.

»Nimm bitte einen Fiaker und fahr schnell zu mir nach Hause. Gib meiner Frau diesen Zettel. Weck sie auf, wenn sie schläft. Sie wird dir eine Handkasse übergeben. Bring sie gleich her.«

Der ältliche Kellner, der bisher gleichgültig und müde auf seinen Plattfüßen umhergeschlichen war, wurde auf einmal lebendig; er war offenbar stolz darauf, daß er eine so wichtige Mission auszuführen hatte.

Die meisten Spieler nützten diese kurze Pause aus, um sich zu verabschieden; die Nacht war bald zu Ende. Nur zwei, drei Unentwegte blieben und spielten weiter mit Baldoni, der nun statt Geld kleine Zettel mit

Ziffern, unter die er seine Unterschrift setzte, in Zahlung gab.

Sascha, der, obwohl er stark schwitzte, seine Uniformjacke nicht einmal aufgeknöpft hatte, machte seinem Onkel Zeichen, mit denen er ihm zu verstehen gab, daß er lieber aufhören solle. Aber Dragi beachtete seine Zeichen nicht. Das Schicksal hatte ihm wieder einmal eine Chance gegeben, und er wollte mit beiden Händen danach greifen.

Baldonis Handkasse war voll mit Geld. Er löste zuerst seine Zettel ein und spielte weiter mit echten Banknoten. Wie ein Raubtier, das Blut gerochen hat, erhöhte Dragi angesichts des vielen Geldes unwillkürlich die Einsätze.

Die anderen Spieler hörten bald auf, mitzuspielen, und beschränkten sich darauf, dem stummen, verbissenen Kampf zwischen dem reichen Baldoni und diesem zähen Raikow, der Amerikaner geworden war, zuzusehen. Dragi gewann ununterbrochen. In der Morgendämmerung war Baldonis Handkasse ganz leer und Dragis Taschen so voll von Geld, daß Sascha sich, als sie endlich fröstelnd durch das kühle Morgengrau nach Hause gingen, jeden Augenblick bücken mußte, um die Geldscheine einzusammeln, die dem Onkel aus der Tasche fielen.

»Das haben Sie großartig gemacht, Onkel Dragi, ganz großartig!« rief er einige Male, während er hinter Dragi herlief. »Was für ein Gesicht Baldoni nur gemacht hat. Er hat es einfach nicht fassen können, daß er so viel verloren hat – er hat bisher immer Glück gehabt. Dieses Gesicht werde ich mein Leben lang nicht vergessen!«

»Ich hoffe, wir werden unsere Partie heute abend fortsetzen«, hatte Baldoni beim Abschied frostig gesagt. Sein olivenfarbenes, kleines zerfurchtes Gesicht glich dem einer Mumie.

»Gewiß doch, heute abend«, hatte Dragi ihm geantwortet. Er dachte jedoch nicht daran, dieses Geld, dessen Erwerb er einer besonders günstigen Konstellation der Sterne zuschrieb, wieder aufs Spiel zu setzen. Es waren zwar keine guten Dollars, aber die Dinare waren auch nicht schlecht. Im Königreich der Serben, Kroaten und Slowenen gab es keine Inflation wie in manchen anderen europäischen Ländern, so daß er für dieses viele Papier doch ein paar tausend Dollar bekommen würde, jedenfalls genug, damit seine Reise nach Amerika zu bezahlen und dort, wenn er sparsam blieb, eine neue, bescheidene Existenz zu gründen.

Sascha hatte nicht einmal Zeit zu frühstücken, er mußte in die Kaserne, weil sein Dienst schon um sechs Uhr morgens begann. Dragi bedauerte das sehr; er hätte sich gern mit dem jungen Mann noch unterhalten. Er gefiel ihm gut, und Dragi dachte mit Wehmut daran, daß er, hätte er sein Leben nicht so vergeudet, auch schon einen so großen Sohn hätte haben können.

Als Sascha sich verabschiedet hatte, ging Dragi in sein Zimmer. Sein Bruder stand immer gegen sieben auf; so hatte er noch etwas Zeit. Er schrieb schnell einen kurzen Abschiedsbrief, in dem er sich bei Slobodan für die brüderliche Gastfreundschaft bedankte und in dem er betonte, daß er seinen Wagen Sascha geschenkt habe. Zu dem Brief legte er ungefähr dieselbe Summe, die Slobodan ihm gestern abend so diskret zugesteckt hatte. Dann packte er seinen Frack in Zeitungspapier ein, schrieb noch auf einen Zettel »Bitte nicht stören, ich schlafe«, befestigte ihn von außen an der Tür seines Zimmers und schlich wieder aus dem Haus. Bis jemand am Vormittag in sein Zimmer kam, würde er schon über alle Berge sein.

Er wollte zuerst nach Belgrad fahren, um dort sein Geld zu wechseln. Da der Frühzug schon abgefahren war und der nächste erst mittags fuhr, mietete er am Bahnhof ein klappriges Taxi. Der mißtrauische Chauffeur ließ sich im voraus bezahlen und fuhr ihn dann über holprige Straßen nach Belgrad. Obwohl er immerzu hin- und hergeworfen wurde, schlief Dragi ein und wachte erst auf, als der Chauffeur ihn gegen Mittag auf der Terazije, dem Hauptplatz von Belgrad, weckte. Dragi starrte eine Zeitlang abwesend auf den Springbrunnen, der in der Mitte des Platzes stand, ehe er gewahr wurde, wo er sich eigentlich befand.

Um kein Aufsehen zu erregen, wechselte er in verschiedenen Banken kleinere Summen, kaufte sich einen Koffer, in dem er seinen Frack verstaute, und fuhr am Abend nach Budapest, wo er am nächsten Tag seine Koffer im Hotel abholte und den nächsten Zug nach Paris nahm. Den grauen Anzug, den ihm Slobodan gekauft hatte, schenkte er dem verdutzten Hotelportier. Der Mann war klein und mager; der Anzug war ihm sicherlich zu groß, er konnte ihn aber verkleinern lassen oder ihn verkaufen, er konnte damit machen, was er wollte. Dragi war das gleichgültig, er wollte keine Erinnerung an seinen kurzen und unrühmlichen Besuch in seiner Heimatstadt mit sich herumschleppen.

Er war so überstürzt aus Kerek abgereist, daß er erstaunt war, als man ihm in Paris mitteilte, sein Schiff fahre erst in zwei Tagen von Calais ab; er hatte mit dieser Verzögerung nicht gerechnet. Um nicht in Versuchung zu kommen, etwas von dem Geld, das er in seiner Tasche trug und das seine einzige Rettung bedeutete, auszugeben, entschloß er sich, diese zwei Tage in seinem Hotel zu verbringen.

Wenn er gewußt hätte, welche Wendung sein Leben in diesen zwei Tagen nehmen würde, dann hätte er sofort ein Fischerboot gechartert und wäre damit über den Ozean gefahren. Er wußte aber noch nichts, und als er es wußte, glaubte er, diese Wendung sei eine Wendung zum Glück.

Es begann gleich am ersten Abend, als er im Speisesaal des Hotels aß. Er wollte nicht ausgehen, er wollte sich nicht den tausendfachen Lockungen der großen leuchtenden Boulevards aussetzen. Er wollte nur schnell essen und früh schlafen gehen. Die Küche seines Hotels schien nicht sehr berühmt zu sein; der große Speisesaal war fast leer – oder aßen die Pariser viel später zu Abend? Zwischen den riesigen Wandspiegeln, in denen sich die schweren Kristallüster und die weißgedeckten Tische ins Endlose aneinanderreihten, saßen um acht Uhr abends nur ein älteres Ehepaar, ein langer Mann mit hohem, steifem Kragen, Kneifer und borstigem Schnurrbart, eine junge Dame und Dragi. Sie saßen alle weit voneinander entfernt, und ihre Tische wirkten wie einsame, verlorene Inseln inmitten einer Flut von Licht. Auf einer Estrade am Ende des Raums spielte unlustig eine Drei-Mann-Kapelle alte Schlager und sogenannte Charakterstücke, die man in den Kurparkpavillons spielte. Es war trostlos.

Wenn Dragi geradeaus blickte, sah er auf den Mann mit dem Kneifer, der sich nach jedem Bissen mit einer nervösen Handbewegung mit der Serviette den widerspenstigen Schnurrbart abwischte; wenn er etwas nach links blickte, sah er das Profil der jungen Dame. Je länger er es sah, um so mehr gefiel es ihm. Es war nicht auffallend schön, aber die glatte Stirn, die kleine Nase, die kindlich gewölbten Lippen und das zarte Kinn bildeten eine sanft geschwungene Linie, die harmonisch wirkte. Auch ihre Hände paßten gut zu ihrem Gesicht; die Finger waren lang und schmal, aber nicht mager. Dragi gefiel es vor allem, daß die Unbekannte sich weder übertrieben blaß schminkte, noch übertrieben kurze Kleider trug. Sie sah ihn nicht einmal an, obwohl sie spüren mußte, daß er sie unentwegt anstarrte. Das war ihr anscheinend unangenehm, denn sie beeilte sich mit dem Essen und ging dann stolz, aber nicht hochmütig hinaus. An ihrer etwas unsicheren Haltung konnte man sehen, daß sie sich bemühte, ihre Schüchternheit zu verbergen.

Dragi ging bald in sein Zimmer. Vor dem Einschlafen dachte er noch eine Zeitlang an die junge Dame aus dem Speisesaal, doch zuletzt verwarf er den Gedanken an sie. Es hatte wenig Sinn, daß er sich Illusionen machte und sich Träumereien hingab, er mußte sich übermorgen früh in Calais einschiffen. Auf dem Schiff würde ihm bestimmt ein anderes Mädchen gefallen, und in Amerika viele andere. Die Welt gehörte jetzt ihm, nachdem er sich von der Enge seines Elternhauses endgültig befreit hatte. Mit dieser Zuversicht schlief er ein.

Am nächsten Morgen beschloß er, den Louvre zu besuchen, um sein Wissen zu bereichern, und das kostete auch nicht viel. Den ganzen Vormittag wanderte er durch die großen, kühlen Räume und betrachtete die verwirrende Menge von Bildern und Statuen. Als er, müde und erschöpft, an einer Säule lehnte, um sich auszuruhen, und dabei so tat, als bewundere er durch die halbgeschlossenen Lider ein kleines Bild von Fragonard, auf dem einige Frauen in Rokokokleidern zu sehen waren und das an der Wand gegenüber hing, sah er plötzlich, wie sich ihr Profil vor das Bild schob. Er löste seinen Rücken von der Säule und wollte sie gerade begrüßen, so wie es unter guten Nachbarn der Brauch ist, als sie sich umdrehte und mit einer Hast, die sie zu verbergen suchte, eine lange Treppe hinunterlief.

Mittags kam sie nicht in den Speisesaal ihres gemeinsamen Hotels. Er trank nach dem Essen, inmitten einer deutschen Reisegesellschaft, die viel Lärm machte, zweimal Kaffee und darauf noch einige Kognaks, um sein Warten zu rechtfertigen, aber sie kam nicht.

Um seine Besichtigung von Paris zu vollenden, ging

er nachmittags zum Eiffelturm. Auf der großen Aussichtsterrasse begegnete er ihr wieder. Sie lehnte an der Brüstung und sah hinunter auf die bläulich-grauen Dächer; ihr braunes Haar schimmerte rötlich unter den milden Strahlen der Nachmittagssonne. Er blieb in ihrer Nähe stehen und wartete, daß sie ihn bemerkte. Sie drehte sich bald um, sah ihn voll an und lächelte ihm verschmitzt zu, wie einem Komplicen, mit dem zusammen sie soeben einen lustigen Streich ausgeheckt hatte. Waren sie nicht zwei arme Fremde, die einander auf der Suche nach den Sehenswürdigkeiten dieser Stadt immer wieder begegnen mußten? Ehe er, durch ihr Lächeln ermuntert, dazukam, sie anzusprechen, war sie schon im Lift verschwunden.

Als er am Abend den Speisesaal betrat und sie begrüßte, nickte sie ihm freundlich zu. Während des Essens erwiderte sie mehrmals seinen Blick, und als sie mit dem Dessert fertig war, ließ er sic durch den Kellner fragen, ob er in ihrer Gesellschaft Kaffee trinken dürfe. Gespannt sah er zu, wie der Kellner mit ihr sprach und diskret auf ihn deutete, und erwartete voll Angst, daß sie ihren Kopf plötzlich verneinend schütteln würde. Aber sie sagte zu.

Dragi war ein wenig enttäuscht. Sie wirkte aus der Ferne und vom Profil gesehen viel schöner, als sie wirklich war. Ihre Nase war breiter, als er geglaubt hatte, und mit blassen Sommersprossen übersät; ihre Augen waren graugrün und hatten keinen besonderen Glanz. Sie war Engländerin, hieß Margaret Collins und war Witwe. Ihr Mann war, kaum waren sie ein Jahr verheiratet gewesen, im Krieg gefallen. Seitdem lebte sie zusammen mit ihren Schwiegereltern, da sie keine Eltern mehr hatte. Sie half ihrem Schwiegervater im Büro und fuhr jeden Sommer mit ihrer Schwiegermutter, die zuckerkrank war, in irgendeinen Kurort. Jetzt war sie zum erstenmal allein verreist und wußte nun offenbar nicht, was sie mit ihrer Freiheit anfangen sollte.

Auf seiner langen Reise um die Welt hatte Dragi die Erfahrung gemacht, daß man, kam man als Fremder in eine Stadt, für das fragwürdige Vergnügen der Liebe bezahlen mußte. Die anständigen Mädchen gaben sich nicht mit einem ab, der nur vorübergehend da war, die meisten von ihnen wollten einen Mann haben, der den ganzen Tag auf einem bestimmten Platz saß, fleißig für sie arbeitete und jeden Abend nach Hause kam. Manchmal hatten sich auch verheiratete Frauen in ein Abenteuer mit ihm eingelassen, aber nur für kurze Zeit, um gleich wieder voll Reue in die langweilige Sicherheit ihrer Ehe zurückzukehren. Weder die bezahlten Mädchen noch die Ehebrecherinnen hatten jemals ein wahres Verständnis für ihn gehabt, für seinen Lebenshunger und seine Melancholie.

Zu Anfang hatte er gar nicht daran gedacht, welche Folgen die Begegnung mit Margaret für ihn haben würde. Er war einfach froh, in ihr eine Art Leidensgenossin gefunden zu haben, in deren Gesellschaft er diesen letzten Abend in Paris angenehm verbringen konnte. Sie plauderten eine Zeitlang und gingen dann tanzen in ein Lokal am Montmartre, in dem es mehr

Amerikaner gab als Franzosen. Dort tranken sie ein wenig; ihre Augen begannen bald zu glänzen, und er fand die Sommersprossen auf ihrer kleinen Nase sehr sympathisch.

Als sie ins Hotel zurückkamen und sich in der Halle voneinander verabschieden wollten, sagte er unvermittelt, während er ihre Hand hielt:

»Es tut mir leid, aber ich muß morgen wegfahren.«

Ihr Gesicht wurde plötzlich traurig; wie bei einem Kind, das im Menschengewühl die schützende Hand verloren hat.

»Wohin?« fragte sie leise.

»Nach Hause, ich meine nach St. Louis.«

»Das ist schade«, sagte sie und zog ihre Hand, die sich kalt anfühlte, aus der seinen zurück.

»Ja, es war sehr nett, mit Ihnen zusammen zu sein, ich möchte noch gern bleiben, aber mein Schiff geht morgen ab.«

»Dann wünsche ich Ihnen eine gute Reise.«

Sie drehte sich um und trat in den Lift.

Dragi war schon dabei, sich auszuziehen, als er sich, einer plötzlichen Eingebung folgend, wieder anzog, hinunterging und sich beim Portier nach der Nummer ihres Zimmers erkundigte. Dann fuhr er wieder hinauf und klopfte an ihre Tür. Er hörte zuerst die leisen Schritte ihrer bloßen Füße und dann ihre Stimme ganz nahe hinter der verschlossenen Tür.

»Wer ist da?«

»Ich wollte Ihnen nur sagen, daß ich morgen nicht wegfahren werde«, sagte er.

»Wirklich?«

»Ja, ich habe mich entschlossen, noch zwei bis drei Tage in Paris zu bleiben. Wir haben noch so vieles nicht gesehen.«

Darauf ging die Tür auf, und in ihr stand Margaret im Schlafrock, mit leicht zerzausten Haaren und bloßfüßig. Sie erhob sich auf die Zehenspitzen und gab ihm einen flüchtigen Kuß auf die Wange.

»Also bis morgen«, sagte sie und schloß wieder die Tür.

Zum erstenmal seit sehr langer Zeit schlief Dragi mit einer Art Glücksgefühl ein.

In der Früh bedauerte er schon, so leichtsinnig gewesen zu sein, tröstete sich aber mit dem Gedanken, daß er eigentlich nicht viel versäumte, wenn er noch zwei Tage in Paris blieb und erst das nächste Schiff nahm. Er fuhr weder mit dem nächsten noch mit dem übernächsten Schiff ab. Statt dessen machte er mit Margaret eine Hochzeitsreise an die Riviera.

Einige Wochen lang genoß er das große Glück, zu lieben und geliebt zu werden, ohne sich um das Geld zu kümmern, das er wieder wie in seinen alten Zeiten mit vollen Händen ausgab, bis ihn eines Tages sein dünner gewordenes Portemonnaie dazu zwang, sich über ihre gemeinsame Zukunft den Kopf zu zerbrechen.

Diese Zukunft war bald Gegenwart in dieser traurigen Gegend südlich von Boston geworden, eine Gegenwart, die schon dreizehn Jahre lang dauerte. Er hatte damals eingesehen, daß er mit dem Geld, das er noch besaß, niemals ein Autogeschäft würde eröffnen können, dazu hätte nicht einmal die ganze Summe, die er von Baldoni gewonnen hatte, ausgereicht. Margarets Mann hatte jedoch gleich nach der Heirat eine ziemlich hohe Lebensversicherung abgeschlossen, und sie hatte dann das Geld, das ihr nach seinem Tod ausbezahlt worden war, in Wertpapieren angelegt. Als Dragi ihr seine finanzielle Lage geschildert hatte, verkaufte sie sofort diese Wertpapiere und übergab ihm das ganze Geld, das sie dafür bekommen hatte. Dieses blinde Vertrauen rührte ihn so sehr, daß er nicht wagte, mit diesem Geld irgendwelche Experimente zu machen. Da ihm der Autohandel zu unsicher schien, weil er großen Schwankungen unterworfen war, entschloß er sich, eine Tankstelle zu eröffnen, in einer Gegend, die Margaret ausgesucht hatte. Sie hatte in Boston eine entfernte Cousine; so fiel ihre Wahl auf Boston.

Zu Anfang redete er sich ein, er liege wie ein verwundetes Tier in einem Versteck und sammle seine Kräfte, um dann wieder mit voller Wucht losschlagen zu können. Das Geschäft mit der Tankstelle ging ganz gut – sie konnten sorglos leben und sich viele Neuanschaffungen, wenn auch auf Abzahlung, leisten –, aber es warf nie so viel ab, als daß er damit etwas anderes hätte anfangen können. So lebte er noch immer, vergessen und verloren, in seinem Versteck hier im äußersten Winkel der Vereinigten Staaten, ein alternder, zahnloser Löwe, dessen Pranken kraftlos waren und dessen heiseres Gebrüll nicht einmal einen Hasen erschrecken konnte.

Von dem alten, trotzigen, verwegenen Dragi war nicht viel übriggeblieben. Er hatte den Eindruck, daß er jeden Tag ein wesentliches Stück von seinem ureigenen Ich verlor. Zu Anfang nannte Margaret ihn nur Dragi, später begann sie, ihn vor fremden Leuten Charlie zu nennen, weil der Name Dragi so absonderlich klang, zuletzt aber nannte sie ihn, auch wenn sie ganz allein waren, immer Charlie. Es blieb aber nicht nur dabei. Margaret fing an, sich vor anderen Leuten anders zu benehmen. Wenn sie mit irgend jemand von diesen vornehm und gelassen tuenden Amerikanern englischer Herkunft aus der Gegend von Boston zusammen waren, spürte er schmerzlich, daß sie mehr zu ihnen gehörte als zu ihm. Sie freundete sich mit einigen Frauen von Beamten und Geschäftsleuten an, die hier draußen kleine Häuser hatten; sie ging zu ihnen zum Tee und lud sie selbst von Zeit zu Zeit ein. Und sonntags mußte er mit ihren Männern Kricket oder Bridge spielen und langweilige Konversation führen. Und er sehnte sich nach dem rauhen Leben in St. Louis zurück, wo er einst als Autohändler viel Geld verdient hatte. Hier war ihm alles fremd. Auch Margaret war ihm fremd; sie bewegte sich unter fremden Menschen und sprach eine fremde Sprache. Manchmal wünschte er sich, daß sie sich in einen dieser fremden Männer, mit denen sie sich so gut verstand und zu denen sie paßte, verliebte, um sie loszuwerden, manchmal aber, wenn sie allein waren, wenn sie abends im Bett lag und vor dem Einschlafen in einem Buch las und er dabei die sanfte Linie ihres Profils betrachtete, schien sie ihm vertraut zu sein. Er nahm ihr dann das Buch aus der Hand und küßte sie und vergaß alles, was sie trennte. In diesen seltenen Augenblicken nannte sie ihn manchmal Dragi. Aber am nächsten Tag fing alles von vorne an. Wenn sie wenigstens Kinder hätten, dann würde er dieses fremde Land leichter ertragen. Jedes beliebige Ehepaar, darunter so viele unsympathische Leute, hatte Kinder, sogar der kleine mürrische Mann im schwarzen Gummimantel, der vorhin bei ihm getankt hatte, nur Margaret und er hatten keine bekommen. Jetzt war es schon zu spät dazu, er war in einem Jahr sechzig, und sie hatte schon die Mitte der Vierzig überschritten. Ihr Alter würde einsam sein. Für wen arbeitete und sparte er, für wen nahm er die Qualen der Fremde auf sich?

An ihm vorbei floß der mächtige Strom des Lebens – Tausende und aber Tausende Autos fuhren die große Straße hinauf und hinunter –, und er saß hinter der Fensterscheibe, aß Sandwiches, die ihm nicht schmeckten, trank Tee und sah zu. Und als seine Augen vom Zuschauen müde wurden und er sie für einen Augenblick schloß, sah er immer wieder in einer Art Tagtraum ein Boot, das sich am Ufer eines reißenden, schäumenden Flusses in den Wurzeln einer riesigen Trauerweide festgeklemmt hatte; der Mann, der darin saß, hatte das Ruder in den Wasserwirbeln verloren und versuchte nun verzweifelt, sein Boot mit bloßen Händen freizubekommen, aber alle seine Bemühungen waren vergeblich; das Boot rutschte immer tiefer zwischen die Wurzeln der Trauerweide, die es wie die nassen, moosbedeckten Hände eines Zyklopen umfaßte.

Dragi wußte nicht mehr, ob er dieses Boot einmal in seiner frühen Kindheit wirklich gesehen oder ob er davon in den letzten Jahren nur geträumt hatte, er wußte aber, daß nichts besser sein Leben versinnbildlichen konnte als dieses an ein fremdes, nacktes Ufer gekettete Boot.

In letzter Zeit verfiel er, wenn er allein war, immer in eine trübselige Stimmung, die von wachen Alpträumen erfüllt war. Deshalb freute er sich, wenn jemand ihm Gesellschaft leistete und sich mit ihm über das stetige Ansteigen der Preise und den New Deal, über den spanischen Bürgerkrieg und die Moskauer Schauprozesse, über Hitler und Mussolini und Al Capone, über das Wetter, den Film »Broadwaymelodie«, in dem Fred Astaire und Ginger Rogers so großartig tanzten, oder ein anderes mehr oder weniger belangloses Gesprächsthema des Tages unterhielt. Aber am meisten freute er sich, wenn er etwas zu tun hatte; die Arbeit war die beste Zuflucht vor trostlosen Gedanken. In dieser Nacht hatte er weder einen Gesprächspartner noch genug Arbeit, die ihn hätten vergessen lassen, daß die Zeit nutzlos verging. Die Autos fuhren an seiner Tankstelle vorbei und keines blieb stehen; anscheinend tankten sie alle bei der Konkurrenz, die zahlreich war.

Bei der Pumpe hielt endlich ein Wagen an, und Dragi ging hinaus. Es war ein großer neuer Packard, dem ein langer, starker Mann entstieg. Er trug einen dunkelgrauen, zweireihigen Übergangsmantel und einen schwarzen, steifen Hut. Er wollte sich wahrscheinlich ein wenig die Beine strecken. Während Dragi tankte, begann der Mann zu sprechen; sein Atem verwandelte sich dabei in einen feinen Rauch, der wie kleine, zerrissene Nebelschwaden durch die kalte Luft schwebte, um gleich wieder zu verschwinden.

»Der Winter steht vor der Tür«, sagte er und sah melancholisch in das fahle Dämmerlicht; es hatte aufgehört zu regnen.

»Ja«, antwortete ihm Dragi, »es ist schon ziemlich kalt.«

»Wenn es so weiter geht«, setzte der Mann fort, »werden wir bald Schnee haben.«

»Ja«, sagte Dragi. »Sie haben recht.«

»Wenn der Herbst kommt, möchte ich am liebsten mit den Schwalben in den Süden ziehen. Ich mag die Kälte nicht«, sagte der Mann. »Ich kann die Kälte nicht ausstehen.« Er schüttelte sich leicht, als wollte er damit seine Worte bestätigen.

Dragi war mit seiner Arbeit fertig und schraubte den Verschluß auf dem Benzintank zu. Während der Mann zahlte, fragte er beiläufig:

»Darf man Sie fragen, wie weit Sie fahren?«

»Warum nicht? Ich fahre nach Washington.«

»Eine weite Strecke.«

»Wie man's nimmt. Aber ich muß dorthin.«

»Ich muß noch viel weiter in den Süden«, sagte Dragi unwillkürlich.

»Nach Florida?«

»Nein. Nach St. Louis.«

»Ich fahre nur bis Washington«, sagte der Mann und öffnete den Wagenschlag.

»Möchten Sie mich bis Washington mitnehmen?«

Der Mann drehte sich um und sah Dragi mißtrauisch an.

»Jetzt gleich?« fragte er.

»Ja, gleich.«

»Streit mit dem Boß gehabt?«

»Nein, ich bin selbst der Boß.«

»Warum wollen Sie dann weg?«

»Ich muß nach St. Louis.«

»Haben Sie keinen eigenen Wagen?« fragte der Mann, die Rechte noch immer auf der Türklinke; diese ganze Angelegenheit war ihm offenbar nicht ganz geheuer.

»O ja, aber der ist in Reparatur«, log Dragi. »Achsenbruch«, fügte er schnell hinzu, um seine Lüge glaubhafter zu machen, es war ihm in der Eile nichts anderes eingefallen. Er konnte dem Mann doch nicht erklären, daß es ihm widerstrebte, sich im Wagen seiner Frau vor seiner Frau aus dem Staub zu machen. Natürlich gehörte der Wagen auch ihm, aber er war genau wie die Tankstelle, das Haus und alles andere auf Margarets Namen eingetragen. Sie hatte ihm schon oft angeboten, wenigstens die Tankstelle, die er seit ihrer Gründung leitete, auf seinen Namen zu übertragen, er hatte es jedoch immer wieder abgelehnt, aus begründeter Angst, daß sie ihn dadurch noch fester an sich binden würde. Was hätte er auch mit einem auf diese Weise erworbenen Besitz anfangen können? Er wäre niemals imstande gewesen, irgend etwas heimlich zu verkaufen und mit dem Erlös davonzulaufen, denn alles, was sie besaßen, verdankte sie ihrem ersten Mann, der klug genug gewesen war, vor seinem Tod eine hohe Lebensversicherung abzuschließen.

»Ach so, Ihr Wagen ist kaputt«, sagte der lange Mann gedehnt.

»Wollen Sie mich jetzt mitnehmen oder nicht?« fragte Dragi barsch. Er hatte genug von den neugierigen Fragen des Fremden.

»Aber selbstverständlich. Warum nicht? So wird es mir während der Fahrt nicht langweilig sein. Kommen Sie nur mit«, sagte der lange, elegante Mann und zeigte einladend in das Wageninnere.

Dragi sah sich in Gedanken in das Haus, das inmitten eines kleinen, gepflegten Gartens hinter der Tankstelle stand, schleichen und aus dem Kleiderschrank im Vorzimmer seine eigenen Anzüge stehlen. Dann hörte er Margarets Stimme aus dem Schlafzimmer rufen:

»Charlie bist du's?«

»Ja, ich bin's«, hörte er sich sagen.

»Ist etwas passiert?«

»Nein, ich suche nur die Schlüssel zum Drugstore. Ein Kunde möchte Zigarren haben, ich habe meinen Schlüsselbund im andern Anzug vergessen. Schlaf nur weiter, Liebling.«

Sie wollte aber nicht weiterschlafen. Er hörte, wie sie die Decke zurückwarf und wie sie die Nachttischlampe anknipste. Dann hörte er, wie sie mit bloßen

Füßen über das Parkett ging; er konnte sie nicht daran gewöhnen, ihre Pantoffeln zu benützen, er hatte ihr schon einigemale neue, schöne Pantoffeln geschenkt, aber vergebens: Margaret ging morgens mit Vorliebe immer lange barfuß umher und war deshalb oft erkältet. Auch jetzt hörte er in Gedanken die leichten schlaftrunkenen, tappenden Schritte ihrer bloßen Füße auf dem Parkett, sie kam schnell und war schon da, ehe es ihm gelungen war, seine Krawatten, Hemden und Schuhe, die er in der Hand hielt, wieder im Kleiderschrank zu verstauen.

Nein, er wollte keine Kleider mitnehmen. Es genügte vollkommen, wenn er das Geld mitnahm. Es war sein Geld, er hatte es im Laufe der Jahre mühsam erspart. Er hätte natürlich noch mehr Geld gehabt, wenn er nicht immer wieder etwas davon genommen hätte, um Margaret zu Weihnachten oder zu ihrem Geburtstag oder auch so ohne einen besonderen Anlaß ein Geschenk zu kaufen; vor drei Jahren hatte er seinen Ersparnissen sogar über fünfzehnhundert Dollar entnommen, um ihr zu ihrem zehnten Hochzeitstag einen schönen Brillantring zu schenken. Trotzdem hatte er noch immer fast dreitausend Dollar, und das würde für den Anfang genügen. Dieses Geld war aber auch im Kleiderschrank versteckt, in der Tasche eines alten Anzugs oder in einem Stapel Hemden, er wußte es im Augenblick nicht so genau; er hatte in den letzten Jahren öfter das Versteck gewechselt, damit Margaret es nicht fand. Vielleicht kannte sie auch sein Geheimnis und wollte es nur nicht zeigen, weil sie glaubte, daß er für sie sparte, um ihr einen anderen Ring zu kaufen oder einen neuen Pelzmantel. Das dicke Bündel Banknoten – es waren darunter sehr viele kleinere Scheine, die er noch nicht in größere gewechselt hatte – lag jetzt noch im Kleiderschrank. Er mußte also doch ins Haus zurückschleichen und dort im Schrank herumwühlen. Und was sollte er Margaret erzählen, wenn sie ihn mit dem vielen Geld in den Händen erwischte?

»Also wollen Sie mitfahren oder nicht?« fragte der Mann, der nach Washington unterwegs war, ungeduldig. Er saß schon im Wagen, dessen Motor lief. »Was überlegen Sie so lange?«

»Einen Augenblick noch, bitte«, murmelte Dragi.

»Ich kann nicht so lange warten, bis Sie sich endlich entscheiden, ich werde in Washington erwartet. Müssen Sie noch etwas holen? Einen Koffer – oder vielleicht Geld?«

»Ja, aber das geht nicht so schnell. Das geht im Augenblick überhaupt nicht.«

»Dann tut es mir leid«, sagte der Mann, der in Washington erwartet wurde, »aber ich muß mich beeilen.« Er schlug die Tür zu. Ehe er aber abfuhr, beugte er sich noch einmal durch das Fenster und sagte: »Na, vielleicht geht es ein anderes Mal, ich fahre oft hinunter.«

Dragi bedankte sich für sein freundliches Angebot und winkte ihm gewohnheitsmäßig nach. Dabei ärgerte er sich, daß aus seinem geheimen Plan wieder nichts geworden war. Jedesmal, wenn er sich entschlossen hatte, in den Süden zu ziehen, um sich dort selbständig zu machen, mußte er feststellen, daß er gänzlich unvorbereitet war; einmal konnte er sich nicht erinnern, wo er das Geld versteckt hatte, ein anderes Mal konnte er den Schlüssel zu seiner Schublade, in der er das Geld verschlossen hatte, nicht finden, und ein drittes Mal hatte er einfach nicht den Mut, Margaret zu verlassen, weil sie gerade Grippe hatte. Er war wütend auf sich selbst, weil er die Sache immer wieder so vollkommen falsch anpackte. Wozu bettelte er fremde Leute an, ihn im Wagen mitzunehmen, er hatte doch genügend Geld, um sich eine Fahrkarte zu lösen? Er erfand geradezu irgendwelche Hindernisse, um ja nicht wegfahren zu müssen. Ihm war nicht mehr zu helfen, er war schon zu alt und unentschlossen geworden, er verdiente nichts anderes, als hier, am Rande der Straße, unter einem fremden feindlichen Himmel zu verrecken.

Dragi starrte eine Zeitlang auf den Teller mit den Sandwiches; er konnte sich nur mit Mühe beherrschen, ihn nicht mit beiden Händen zu packen und gegen die große Fensterscheibe zu schleudern. Dann griff er automatisch nach einem Sandwich und kaute langsam an ihm herum, während Tränen der Wut ihm in die Augen schossen. Er wischte sie mit dem Ärmel ab, so wie es auch seine bäuerlichen Vorfahren getan hätten. Dann trank er etwas Tee, und das bitter-schale abgestandene Getränk schmeckte ihm wider Erwarten.

Darauf zündete er sich eine Zigarette an und begann zu warten. Es war bald sechs und Margaret kam immer um Viertel vor sechs zu ihm, um ihm einen frischen Tee zu bringen. Sie würde sich erkundigen, was er alles in dieser Nacht getan und erlebt hatte, und er würde ihr von dem kleinen Mann im Gummimantel und seiner schwangeren Frau erzählen, und auch von dem eleganten Herrn im neuen Packard, er würde ihr aber nicht sagen, daß er schon wieder einmal die Absicht hatte, davonzulaufen; das würde er ihr verschweigen.

Die Uhr, die an der Wand gegenüber angebracht war, zeigte genau einundzwanzig Minuten vor sechs. Als er das feststellte, erinnerte sich Dragi plötzlich an die Auslage eines Uhrmacherladens, die er einmal gesehen hatte, er wußte aber nicht mehr wo. Darin waren mehrere Uhren ausgestellt, die alle verschiedene Stunden anzeigten; über jeder Uhr war ein Schildchen mit dem Namen einer anderen Stadt angebracht: New York, Paris, Istanbul, Tokio. So konnte man zu gleicher Zeit erfahren, wie spät es an verschiedenen Enden der Welt war. Er war damals sehr lange vor dieser Auslage gestanden, fasziniert von dem Anblick der großen Uhren, die den Pulsschlag verschiedener großer Städte der Erde wie Seismographen wiedergegeben hatten. Jetzt versuchte Dragi auszurechnen, wie spät es in Jablanowo war. Zuerst glaubte er, dort müsse Mittag sein, aber dann erinnerte er sich, daß es, je weiter man nach dem Osten kam, immer früher wurde, weil man der Sonne entgegenging. In Jablanowo war also erst Mitternacht. Die Burschen, die irgendeiner Dorfschönen ein Ständchen gebracht hatten, gingen gerade nach Hause. Vielleicht waren sie aber früher auseinandergegangen; es war schon kalt. Die Straßen von Jablanowo lagen menschenleer unter dem Mondschein; nur der kühle Herbstwind strich durch sie hindurch und verwehte das einsame Hundegebell. Jablanowo schlief. Drüben war tiefe Nacht, und der Kellner im Café-Restaurant »Rosza« in Kerek begleitete die letzten Gäste zur Tür und ging etwas später selbst nach Hause, durch die verschlafenen Gassen, unter den mattschimmernden Lichtkugeln der alten Kandelaber, und seine müden Schritte hallten dumpf über dem nassen Pflaster. Auch in Kerek schlief alles, nur Dragis Bruder nicht. Er saß noch in seinem Arbeitszimmer über die Papiere gebeugt, und seine Frau las in einem Buch unter dem resedagrünen Lampenschirm und wartete, bis ihr Mann mit seiner Arbeit fertig wurde. Dragi beneidete die beiden nicht. Es tat ihm leid, daß er damals nicht zu ihnen ins Zimmer getreten war, um sich bei Slobodan für seine brüderliche Aufmerksamkeit zu bedanken oder ihm und seiner Frau etwas Nettes zu sagen.

Nein, er hatte sich geirrt. Drüben war jetzt Mittag. Slobodan ging schon längst seiner gewohnten Arbeit nach. Tausende von Kilometern und sechs Stunden Unterschied in der Zeitrechnung trennten Dragi von seinem Bruder, den er in dieser Stunde der Einsamkeit liebte. Wäre er damals gleich ostwärts zu ihm gefahren, dann hätte er nicht nur sechs Stunden Vorsprung gewonnen. Er war aber westwärts um die ganze Welt gefahren und hatte so einen vollen Tag verloren. Er hatte es nur nicht bemerkt, weil er auf der langen Reise seine Uhr immer wieder um ein paar Stunden zurückgestellt hatte.

Dragi spürte plötzlich eine eisige Leere in der Magengegend und blickte erschrocken auf die Uhr. Es war schon vier Minuten vor sechs, und Margaret war noch nicht da. Das war noch nie vorgekommen, sie war immer pünktlich. Dragi spürte, wie lähmende Angst durch seine Glieder kroch und sie erstarren ließ. Margaret hatte nicht schlafen können und war viel früher als gewöhnlich zu ihm hinausgegangen; er war gerade dabei gewesen, sich mit dem eleganten Mann darüber zu unterhalten, ob er ihn bis Washington mitnehmen wolle, und sie hatte alles gehört. Dann war sie zu ihrem Wagen zurückgegangen und war abgefahren, irgendwohin in die dunkle Nacht, weit weg von ihrem Mann, der sich mit dem Gedanken getragen hatte, sie ohne Abschied zu verlassen. Er hatte ihren Wagen nicht gehört, weil der Motor des großen Packard in seiner unmittelbaren Nähe gelaufen war. Vielleicht hatte Margaret schon lange alles gewußt, sie hatte sich nur nichts anmerken lassen. Vielleicht hatte sie selbst alles vorbereitet, um ihn zu verlassen. Sie hatte noch gezögert; als sie aber vorhin sein Gespräch mit dem fremden Mann angehört hatte, war sie endlich fortgegangen. Das hatte ihr den letzten Antrieb gegeben.

Er spähte, in einer starren Haltung über den Schreibtisch vorgebeugt, zum Haus hinüber, um darin ein Zeichen des Lebens zu entdecken. Es stand finster und verlassen da, ein stummer Zeuge seiner Schuld. Margaret war nicht mehr dort. Nein, sie war noch da, aber sie lebte nicht mehr. Sein grausamer Egoismus hatte sie so enttäuscht, daß sie in einem Augenblick der Verzweiflung Selbstmord begangen hatte. Jetzt lag sie blaß und mager, fast durchsichtig in ihrem Bett, neben ihr auf dem Nachttisch ein leeres Wasserglas und eine leere Phiole; sie hatten immer genügend Schlaftabletten und andere wichtige Medikamente in ihrer kleinen Badezimmerapotheke. Der Gedanke an den Tod rief in ihm die Erinnerung an den schweren moderigen Geruch der Erde und das Rascheln welker Papierblumen wach, an riesige Kirchenschiffe und Glockengeläute, das ihn immer traurig stimmte und in einen krankhaften Zustand versetzte.

Vielleicht war Margaret noch nicht tot, vielleicht konnte man sie, wenn man rasch einen Arzt herbeiholte, noch retten. Er wollte aufspringen und ins Haus hinübereilen, doch die Furcht davor, dort im Haus, das in seiner abgeschiedenen Stille immer mehr einer Gruft ähnelte, seine Visionen bestätigt zu finden, legte ihn vollkommen lahm. So saß er mit dem Oberkörper über die Tischplatte gebeugt, ganz steif und eckig, als sei ihm das Rückgrat gebrochen, starrte unentwegt auf das Haus und wartete auf ein Wunder. Doch nichts geschah.

Als er schon jede Hoffnung aufgegeben hatte und seinen Kopf, den er nur mit Mühe hochhielt, gerade auf seine Arme sinken lassen wollte, sah er, wie über der Eingangstür das Licht aufging. Gleich darauf erschien Margaret auf der Schwelle und ging dann, hochgewachsen und schlank, auf dem schmalen, betonierten Weg eilig auf die Tankstelle zu.

Als hätte ihm ihr Anblick neue Kräfte verliehen, sprang Dragi von seinem Lauerposten auf, trat ins Freie und ging ihr mit schnellen Schritten entgegen. Er wollte ganz ruhig bleiben und sie wie jeden Morgen nur freundlich begrüßen, aber als er ihr gegenüberstand, zog er sie mit einer unbewußten Bewegung an sich und umarmte sie freudig, als wäre sie soeben einer schrecklichen Gefahr entronnen, als hätte er sie durch seine inständigen Gebete dem sicheren Tod entrissen. Und während er sie, noch schlaftrunken und vor Kälte zitternd, in seinen Armen hielt, entrang sich seiner Brust etwas wie ein Seufzer der Erleichterung oder des Glücks.

Der Leichenschmaus

Sascha wachte auf mit einem Gefühl der Scham. Statt seine Angelegenheiten in Ordnung zu bringen, trieb er sich mit Frauen herum und vertrank das Geld, das ihm Willi gegeben hatte, damit er einige dringende Schulden bezahlen könne. Wenn er es schon nicht dafür verwendet hatte, so hätte er es auch seiner Mutter geben können; sie konnte es sicher gut brauchen. Er stand auf und zog sich fröstelnd an. Sein Leben war ihm noch nie so schäbig und so gottverlassen vorgekommen wie in diesem Augenblick. Um Ilona nicht zu wecken, schlich er leise hinaus, ein reuiger Sünder, der sich aus dem Staube macht.

Draußen war es trüb, es regnete aber nicht. Erst bei

Tageslicht spürte er, daß ihm der Kopf noch mehr weh tat als gestern. Sein Mund war eine ausgedörrte, verbrannte Wüste, die schmerzlich nach Regen dürstete; er konnte die dickgewordene Zunge kaum bewegen, um seine gesprungenen Lippen zu befeuchten. Als er das nächstbeste Gasthaus betrat und stehend auf das bestellte Bier wartete, begannen seine Knie plötzlich zu zittern, so sehr erfaßte ihn die Gier beim Anblick des schäumenden Bieres, das der Wirt gerade einschenkte. Sascha erlaubte dem kleinen mißmutigen Mann nicht, den Schaum mit dem hölzernen Spachtel vom Glas abzustreichen und es dann nachzufüllen, sondern entriß ihm mit einer jähen Bewegung das Glas und trank es in einem Zug aus. Der kleine Mann mit den farblosen Augen zuckte nur die Achseln und begann wieder lustlos das leere Glas, das Sascha ihm wortlos hingestreckt hatte, von neuem einzuschenken.

Sascha, den die kalte Flüssigkeit etwas beruhigt hatte, sah nun interessiert zu, wie der Wirt mit einer kurzen, fast verächtlichen Gebärde den Schaum mit dem Spachtel wegschnitt, als schlage er jemandem mit einem Säbel den Kopf ab, und wie er dann verdrossen noch einen dünnen Strahl Bier auf die leergewordene Stelle nachgoß. Sascha trank nur zwei, drei Schluck von dem zweiten Glas; das Bier schmeckte ihm nicht mehr.

Während er zahlte, sah er im Spiegel hinter der Theke sein aufgedunsenes, unrasiertes Gesicht und seine geschwollenen, geröteten Augen. Er überlegte gerade, so wie gestern zum Friseur zu gehen – vielleicht würde er dort wieder Miko, den er heute nacht verloren hatte, begegnen –, als ihm auf einmal einfiel, daß heute schon Dienstag sein mußte und daß am Dienstag wahrscheinlich Willis Begräbnis stattfinden sollte. Seine erste Anwandlung war, sofort zu Ilona zurückzukehren und in ihr warmes Bett zu schlüpfen, aber dann sah er sich auf der Straße doch nach einem Fiaker um. Da bemerkte er, daß er kaum einige Schritte vom »Grünen Kakadu« entfernt war; die Fiaker mußten ganz in der Nähe auf dem Marktplatz stehen. Er bog um die Ecke, suchte sich eine geschlossene Kutsche aus, er wollte nicht gesehen werden, und ließ sich zu Willi bringen. Als er die Wohnung noch immer vernagelt fand, erinnerte er sich, daß der Leichenzug nicht von hier aus, sondern von der Prosektur zum Friedhof abgehen mußte; man hatte Willi vorgestern dorthin gebracht, um ihn zu sezieren. Sascha konnte aber niemanden danach fragen, weil alle Nachbarwohnungen ebenfalls geschlossen waren; die ganze Umgebung schien bei Willis Begräbnis zu sein.

Während Sascha zum Friedhof fuhr, hatte er mehrmals den Wunsch, umzukehren oder bei irgendeiner Kneipe anzuhalten – er spürte wieder den quälenden Durst, der seine Magengrube zu verbrennen drohte –, aber statt dessen klopfte er gegen die kleine Fensterscheibe und trieb damit den Kutscher noch mehr an.

Am Friedhofstor ließ er halten und stieg aus. Die vielen Wege und Pfade des Friedhofs bildeten ein wahres Labyrinth, in dem er sich verirrte, so daß er auf ein fremdes Begräbnis stieß. Er gesellte sich zu dem fremden Menschenhaufen und wäre ruhig dageblieben, wenn ihm nicht plötzlich aufgefallen wäre, daß der

Priester lateinisch sprach. Es war ein katholisches Begräbnis, der Tote mußte ein Ungar oder ein Deutscher sein. Sascha lief dann weiter an vielen Kreuzen vorbei und verirrte sich noch einige Male, bis er endlich den Leichenzug fand, den er gesucht hatte. Ein jüdischer Priester war gerade dabei, mit wehendem Bart eine Grabrede zu halten. Sascha schlich sich an die Gruppe heran und blieb an ihrem Rande stehen.

»Ein Rabbi ist auch dabei? Das wundert mich«, sagte mehr für sich ein hagerer Mann in grünem Gummimantel, der vor Sascha stand.

»Die Juden nehmen es nicht so genau bei den Selbstmördern«, erwiderte ihm flüsternd eine dicke Frau im Persianermantel.

»Sagen Sie das nicht«, sagte der Mann im grünen Gummimantel. »Die sind noch genauer als die anderen. Du sollst nicht töten. Die Zehn Gebote, wissen Sie. Da darf man auch sich selbst nicht töten. Die Juden sind sehr streng in dieser Hinsicht.«

»Ach so«, flüsterte die dicke Frau. »Das habe ich gar nicht gewußt. Da hat die Kirchenbehörde bei Willi Weiß sicher ein Auge zugedrückt.«

»Sicher«, bestätigte der Hagere. »Sonst wäre der Rabbi ja nicht da. Ich habe es mir gleich so gedacht.«

Jemand, der vor den zwei Flüsternden stand, rief »Pst!«, und die zwei verstummten.

Sascha versuchte vergeblich, etwas von des Rabbis Grabrede zu verstehen. Die einzelnen Worte, die über die Köpfe der Menge zu ihm herüberflogen, ergaben für ihn keinen Sinn. Die dicke Frau und der Mann im grünen Gummimantel flüsterten schon wieder miteinander.

»Der Arme ist nicht einmal kalt geworden, und sie begraben ihn schon«, sagte die Frau. »Ist es nicht gesetzlich vorgeschrieben, daß man nach dem Eintritt des Todes noch achtundvierzig Stunden abwarten muß, bis man einen begräbt?«

»Ja, ich glaube schon«, sagte der Mann. »Aber auf ein par Stunden kommt es nicht an.«

»Und wenn einer nur scheintot ist? Haben Sie nicht von dem Fall in Temesvár gehört? Da haben sie ein junges Mädchen begraben wollen, als es plötzlich im Sarg geklopft hat. Sie können sich vorstellen, wie das auf die Trauergäste gewirkt hat. Die meisten sind davongelaufen. Aber der Diakon hat den Sarg aufgemacht und das Mädchen herausgelassen. Es war nur scheintot. Stellen Sie sich vor: man hätte sie beinahe lebendig begraben. Sie wäre nie mehr herausgekommen. Das ist doch ein glatter Mord. Wie viele werden so lebendig begraben. Dann wachen sie auf und müssen bei vollem Bewußtsein einen qualvollen Tod sterben. Furchtbar.«

»Sie haben vielleicht recht«, sagte der Mann. »Das kann schon vorkommen. Aber nicht bei Willi Weiß. Er hat sich doch aufgehängt. Und da gibt es keinen Scheintod, verstehen Sie, weil die Wirbelsäule dabei gebrochen wird.«

»Wieso? Und wie viele kann man noch retten, wenn man sie rechtzeitig abschneidet?«

»Willi Weiß ist aber lange genug gehangen. Da gibt es keine Auferstehung.«

Jetzt hatte Sascha genug. Er gab dem Hageren einen Stoß und zischte ihn an: »Hören Sie endlich einmal auf!« Der Mann sah schuldbewußt vor sich hin und sagte nichts mehr. Die dicke Frau im Persianermantel drehte sich um, musterte Sascha kurz und machte Anstalten, ihm etwas zu sagen, blieb aber stumm. Sascha beachtete sie nicht mehr. Er hob sich auf die Zehenspitzen, um zu sehen, was dort in der Mitte des Kreises vor sich ging. Da sah er Margit. Ihr blasses Gesicht hob sich scharf von dem schwarzen Schleier ab, der sie ganz umgab. Sie war eine vollendete Witwe. Sie weinte nicht, sondern sah nur mit großen Augen auf des Rabbis dünnen Bart, der bei jedem seiner Worte auf und ab sprang. Neben Margit stand mit gesenktem Kopf ein kleiner, dicklicher Mann mit einem dichten, rötlichen Haarschopf. Das war sicherlich Willis Cousin, der in Groß-Kikinda ein kleines Geschäft hatte. Wie war er nur so schnell hergekommen, und wer hatte ihn benachrichtigt? Er sah Willi ein bißchen ähnlich, aber Sascha konnte nicht ergründen, was ihn an dem Cousin aus Groß-Kikinda an Willi erinnerte; er konnte sich nicht mehr vorstellen, wie Willi ausgesehen hatte. Das einzige, was er mit Bestimmtheit wußte, war, daß Willi sehr schwer gewesen war, als er den Strick abgeschnitten und zugleich versucht hatte, den toten Körper abzufangen.

Hinter Margit und dem Cousin aus Groß-Kikinda stand in respektvoller Entfernung der glatzköpfige Schuster, der Tür an Tür mit Willi gewohnt hatte. Er stand kerzengerade und hielt in der Linken einen steifen Hut, in der Rechten einen aufgespannten Regenschirm. Sascha sah unwillkürlich zum Himmel hinauf, um zu sehen, ob es regnete. Aber es regnete nicht, und weit und breit war kein anderer Schirm zu sehen.

In der Menge, die das offene Grab dicht umdrängte, erkannte Sascha einige Schulkameraden, einige Angestellte aus Willis Kaufhaus und einige Nachbarn. Das Gros der Menge machten aber alte Jüdinnen aus, die wahrscheinlich zu jedem jüdischen Begräbnis gingen. Und über ihnen wehte der Geruch von der frisch umgeworfenen Erde und von feuchten Blättern, der so schwer war wie der Geruch von nassem Heu. Sascha versuchte, an etwas Trauriges zu denken, aber er hatte, wie es ihm schien, die Fähigkeit verloren, traurig oder fröhlich zu sein, für heute und für immer.

Plötzlich fühlte Sascha eine fremde Hand auf seinem Arm. Es war der glatzköpfige Schuster. Er hatte seinen Schirm endlich zusammengeklappt und ließ ihn nun am Arm hängen.

»Sie sollten vorgehen, Herr Raikow«, sagte er. »Zuerst kommen die Nächsten dran, und dann erst die anderen.« Er roch stark nach Knoblauch.

Sascha bemerkte erst jetzt, daß der Rabbi seine Rede beendet und daß die Menge sich in Bewegung gesetzt hatte, damit jeder eine Handvoll Erde auf den Sarg, der sicher schon in der Grube lag, werfen könne. Der Schuster bahnte sich mit finsterer Entschlossenheit den Weg durch die dichten Reihen und schob mit festem Griff Sascha, den er als eine Art Schild benützte, vor sich her. Als sie zum Grab kamen, reichte jemand Sascha eine kleine Schaufel, und er goß die Erde über den Sarg. Das klang, wie wenn ein kurzer Regenschauer gegen ein Dach schlägt. Als Sascha sich aufrichtete, sah er Margit vor sich. Er nahm ihre Hand, die sie ihm entgegengestreckt hatte, um sie wie alle anderen zum Zeichen des Beileids kurz zu drücken, aber sie hielt die seine zurück, zog ihn etwas näher an sich heran und flüsterte ihm zu:

»Bitte, bleib bei mir.«

Er wollte sich zuerst unbemerkt entfernen, weil er sich schämte, sich so unrasiert und unausgeschlafen den neugierigen Blicken zu stellen, aber dann fiel ihm ein, daß sein verwahrlostes Aussehen eigentlich gut zu dieser traurigen Begräbnisstimmung paßte. Außerdem war es ihm gleichgültig, wie er aussah.

So blieb er neben Margit stehen und ließ über sich die endlose Prozession der Hände ergehen, die manchmal oberflächlich, manchmal aber gefühlvoll und stark seine Rechte drückten, weil alle Leute es für angebracht hielten, auch ihm ihr Beileid kundzutun, nachdem es der glatzköpfige Schuster als erster ganz ernst und feierlich getan hatte. Der Cousin aus Groß-Kikinda, Willis einziger Verwandter, wurde dabei vollkommen vergessen. Er stand hinter Margit und sah noch immer traurig auf den Boden hinunter.

Erst als sich die Reihen, die auf ihn zukamen, zu lichten begannen, sah Sascha, daß unter einer Trauerweide auf dem Kiespfad ein weißgedeckter Tisch stand, auf dem Margits Mutter die vorübergehenden Begräbnisteilnehmer mit gekochtem Weizen, Weißbrot, Käse,

Rotwein und Sliwowitz bewirtete. Es war seltsam, diesen serbischen Brauch, den Leichenschmaus gleich am Grabe zu servieren, bei einem jüdischen Begräbnis zu sehen, aber niemand nahm Anstoß daran; man lebte schließlich in einer Stadt, in der die Serben doch tonangebend waren. Sicherlich hatte diesen Einfall Margits Mutter, die eine Serbin war, gehabt, denn so mußte sie niemanden mehr nach Hause einladen, wenn das Begräbnis vorbei war.

Während zwei Totengräber mit kräftigen Stößen Erde auf Willis Sarg warfen, stand man dicht daneben um den Tisch versammelt und trank auf seine Seele und auf ein ewiges Leben, das ihm geschenkt werden möge.

Sascha kam es zugute, daß viele Trauergäste mit ihm anstoßen wollten, da er ja eine Art Stellvertreter von Willi Weiß auf dieser Welt war, denn so konnte er wenigstens seinen unermeßlichen Durst allmählich löschen. Ihm wäre es lieber gewesen, wenn er jetzt zusammen mit Willi auf einem fremden Begräbnis hätte trinken können, aber Willi war tot, und er konnte nichts mehr daran ändern. Wenn er selbst einmal gestorben war – und das würde bald geschehen, wenn er jetzt nach Spanien ging –, wenn er einmal gestorben war, dann würde sich vielleicht niemand an seinem Grab einfinden, um auf seine Seele zu trinken. Darum trank er jetzt nicht nur auf das Wohl des toten Willi, sondern auch auf sein eigenes. Der Schuster, der seine Glatze mit dem steifen Hut, der nach Mottenpulver roch, bedeckt hatte, schien ähnlichen Gedanken nachzugehen.

Wahrscheinlich hatte er einfach Durst von der Knoblauchspeise, die er vor dem Begräbnis gegessen hatte, denn er wich nicht von Saschas Seite und trank noch mehr als er.

Als die Leute nach wiederholten Beileidsäußerungen langsam nach Hause gingen und Margits Mutter mit Hilfe des Schusters, dessen Haltung sich durch den genossenen Alkohol etwas gelockert hatte, und des noch immer scheuen Cousins aus Groß-Kikinda daranging, das Geschirr und die Gläser in einige Körbe, die sie unter dem Tisch hervorgezogen hatte, zu stapeln, ergriff Margit Saschas Hand und bat ihn, sie nach Hause zu bringen. Er wäre lieber zu Ilona zurückgekehrt, statt hier den tröstenden Onkel zu spielen, es blieb ihm aber nichts anderes übrig, als sich mit einem Seufzer dem Schicksal zu fügen. Während sie zum Friedhofsausgang schritten, ließ sie seine Hand nicht los. Einige Male krallte sie ihre Nägel in seine Handfläche, als kämpfe sie gegen einen ungeheuren Schmerz an und suche einen Halt.

Vor dem Tor wartete derselbe Fiaker, mit dem Sascha gekommen war. Der Kutscher begrüßte Sascha wie einen alten Bekannten.

»Sie haben mir nichts gesagt, aber ich habe mir gedacht, daß sie zurückkommen werden. Da bleibt kein Lebender freiwillig drinnen.« Er verstummte plötzlich, als sei ihm angesichts der Frau in Schwarz klargeworden, daß seine Leutseligkeit fehl am Platz war.

Sascha wollte noch auf Margits Mutter warten, aber Margit erklärte ihm, daß ihre Mutter noch in Willis

Wohnung gehen müsse, um Willis Cousin dort behilflich zu sein. Sie sprach dabei Willis Namen nicht aus, sondern sagte »seine Wohnung« und »der Cousin aus Groß-Kikinda«.

Während der Fahrt sprachen sie kein einziges Wort. Margit saß steif mit den brav auf dem Schoß gefalteten Händen und starrte durch das kleine Fenster auf den Rücken des Kutschers. Sascha benützte die Pause, um sich eine Zigarette anzuzünden und sich die zerkratzten Handflächen unauffällig zu reiben.

Der blaßblaue Salon, in den sie ihn zu Hause geführt hatte, war angenehm geheizt. Sie bot ihm Platz auf dem Sofa an und setzte sich ihm gegenüber in einen Fauteuil. So saßen sie eine Zeitlang schweigend und ohne einander anzusehen wie zwei Komplicen, die soeben ein Verbrechen begangen haben. Durch die Stille drang nur das unruhige Ticken der Uhr, die auf der Kommode stand. Sascha spielte mit einem Zipfel der Zierdecke, die über die Tischkante herunterhing.

»Du kannst ruhig den Rock ausziehen, wenn es dir zu warm ist«, unterbrach sie plötzlich die Stille. Dann stand sie auf und nahm sich den Schleier herunter. Als ihre langen Haare von der Farbe des matten Goldes sich über ihre Schultern ergossen, änderte sich ihre Haltung; sie wurde mit einemmal weich und geschmeidig. Sie war nicht mehr irgendeine Witwe, sie war wieder Margit geworden. Sie ging ins Nebenzimmer und tauschte dort ihre schwarzen Schuhe gegen rosafarbene Hausschuhe, die sich gegen die schwarzen Strümpfe und das Trauerkleid seltsam ausnahmen.

»Bist du hungrig? Oder möchtest du lieber etwas trinken?« fragte sie, wartete aber nicht auf seine Antwort, sondern ging hinaus. Während sie leichtfüßig hinausschritt, rauschte die schwarze Seide um ihre Hüften.

Sie braucht Ablenkung, dachte er, zog den Rock aus und hängte ihn sorgfältig über die Stuhllehne.

Sie kam zurück mit einer Flasche Rotwein und kaltem Braten, den er zu Anfang langsam und unlustig, aber dann doch mit Appetit aß. Ein Rittmeister der republikanischen Garde mußte auch manchmal essen. Er hatte seit gestern abend nichts gegessen, und jetzt war es schon vier Uhr nachmittag.

Sie saß ihm gegenüber und sah ihm schweigend zu, und wenn sein Glas leer geworden war, schenkte sie ihm wieder ein. Als er mit dem Essen fertig war, stand sie auf und sagte hoffnungsvoll:

»Möchtest du noch eine Mehlspeise?«

»Nein, danke.«

»Wirklich nicht? Mutter hat vorgestern einen Apfelstrudel gemacht. Er ist noch ganz frisch.«

»Etwas später vielleicht. Jetzt kann ich nicht mehr.«

Er bedauerte gleich, daß er ihr Angebot nicht angenommen hatte, denn sie setzte sich mutlos auf den Stuhl, der neben dem Sofa stand und an dem er seinen Rock umgehängt hatte, und begann wieder auf den Tisch zu starren. Dann griff sie nach ihrem noch vollen Glas und trank schweigend und schluckweise. Als sie den Wein ausgetrunken hatte, stellte sie das Glas behutsam auf den Tisch und starrte noch eine Weile vor sich hin. Die Stille wurde immer unerträglicher.

Während er krampfhaft überlegte, wie er ein Gespräch anfangen sollte, und dabei sinnlos auf ihre rosafarbenen Hausschuhe sah, zuckte sie plötzlich zusammen, warf sich ihm an die Brust und brach in Schluchzen aus. Um sie zu beruhigen, begann er automatisch ihr Haar zu streicheln. Er starrte auf ihren Hals, der zwischen dem dunklen Kleid und dem Haaransatz weiß schimmerte, und sagte:

»Glaub mir. Ich habe ihn sehr gern gehabt, wie einen Bruder.«

Sie drängte sich noch mehr an ihn heran, und unter dem dünnen schwarzen Kleid spürte er ihren raschen, aber gleichmäßigen Herzschlag. Plötzlich erschrak er und hörte jäh auf, ihr Haar zu streicheln; er hatte das Gefühl, daß er in einer Falle saß.

Das Geburtstagsgeschenk

Es war warm wie im Frühling, und Mladen ging mit aufgeknöpftem Regenmantel, das Päckchen mit dem Geburtstagsgeschenk für die Eistänzerin unter dem Arm, über den breiten Belgrader Boulevard Fürst Milosch. Er konnte kaum erwarten, das Mädchen im roten Pullover wiederzusehen, und war viel zu früh von zu Hause aufgebrochen. Deshalb schlenderte er langsam unter den gelben Blättern der Baumallee, um nicht als erster da zu sein; er wußte nicht, was er mit ihr sprechen sollte, er wollte aber auch nicht unter den letzten Gästen ankommen, weil er doch mit ihr wenigstens ein paar Worte ungestört zu wechseln wünschte.

Obwohl er unzählige Male versucht hatte, sich diese Szene vorzustellen, war es ihm vollkommen unklar, wie er eigentlich beginnen sollte. Er wollte es nicht dem Zufall überlassen, was für einen Eindruck er auf sie machen würde, er wollte gut vorbereitet auftreten und sie mit einigen treffend gewählten Sätzen und entsprechenden Gesten erobern. Er war seit gestern mit der Vorbereitung dieses für ihn außergewöhnlich wichtigen, ja, wie er fest überzeugt war, schicksalhaften Besuches so sehr beschäftigt, daß er heute morgen bei der Prüfung in Geschichte eine schlechte Note bekommen hatte. Aber das machte ihm nichts aus. Er war bereit, viel größere Opfer auf sich zu nehmen, wenn sie ihm nur gestattete, öfters mit ihr zusammen zu sein.

Gestern hatte er, anstatt zu lernen, ein Gedicht für sie geschrieben. Er war mit dem Geschichtsbuch in der Hand auf dem Diwan gelegen und hatte durch das Fenster auf den hellgrauen Himmel geschaut, sehr lange. Er hatte aber dabei weder das Fenster noch den Himmel gesehen, sondern nur sie, wie sie im roten Pullover über eine jungfräulich glatte Eisfläche glitt, ganz entrückt, wie im Traum. Dann war er aufgesprungen, um sich Papier und Bleistift zu holen, und hatte nachher, auf dem Bauch liegend, zu schreiben angefangen.

Das erste Gedicht, das »Die Eistänzerin« betitelt war, hatte ihm nicht gefallen; es hatte seine leuchtenden Visionen nur blaß wiedergegeben. Er hatte es wütend zerrissen und nach stundenlangem Brüten ein zweites geschrieben. In ihm wurde die Eistänzerin kurzerhand in eine Badende verwandelt, in eine braungebrannte

Nymphe im roten Badetrikot, die neben einigen Booten auf dem Sand lag. Die Sonne, der warme Sand und das hellgrüne Meer waren für seine überschwenglichen Gefühle eine viel bessere Kulisse als eine winterliche Landschaft. Beim zweiten Gedicht waren ihm auch viel müheloser Reime eingefallen; bei dem ersten war er beim Wort »Eis« steckengeblieben, weil er keinen passenden Reim dazu finden konnte; die Worte »Preis«, »Reis« und »Greis« konnte er in einem Liebesgedicht doch nicht verwenden.

Obwohl man in ihm leicht starke Anklänge an Rimbaud und einige heimische moderne Lyriker finden konnte, war es seiner Meinung nach doch gelungen; er war zufrieden mit seinem Produkt, das er stolz in seiner Brusttasche trug. Er wußte nur nicht, wie er es ihr zeigen sollte. Er konnte ihr doch nicht sagen:

»Fräulein, ich habe heute Ihretwegen eine schlechte Note in Geschichte bekommen, ich habe alle Könige und Fürsten und alle Schlachten durcheinandergeworfen, ich habe nicht gewußt, wer gegen wen kämpft und warum, weil ich ununterbrochen an Sie gedacht habe. Ich habe auch ein Gedicht für Sie geschrieben. Hier ist es.«

Vielleicht mochte sie keine Gedichte. Trotzdem würde sie sich geschmeichelt fühlen, wenn sie eines Tages erfahren würde, daß er sie besungen hatte. Er konnte aber nicht gleich mit der Tür ins Haus fallen und das Gedicht hervorholen, um es ihr an Ort und Stelle vorzulesen. Auch wenn sie allein gewesen wären, hätte er es ihr nicht bei diesem ersten Besuch vorlesen können; es war besser, damit noch ein bißchen zu warten. Jetzt konnte er ihr nur gratulieren, ihr das Geburtstagsgeschenk überreichen und sich mit ihr unterhalten, soweit das im Gedränge der vielen Besucher möglich war; dabei mußte er trachten, mit ihr ein Rendezvous auszumachen, sie würde es ihm kaum abschlagen können, nachdem er ihr ein so schönes Geschenk gebracht hatte.

Es hatte ihn viel Mühe gekostet, bis er darauf gekommen war, was er ihr schenken sollte. Er wollte ihr nicht eines der üblichen Geschenke – Blumen oder eine Bonbonniere – mitbringen, sondern etwas, was dauerhafter war und sie noch lange an ihn erinnern würde. Seine Mutter hatte in ihrer Kunst- und Antiquitätenhandlung viele schöne Gegenstände – alte Armbänder oder Miniaturen –, die man einem Mädchen mit Geschmack schenken konnte, aber sie waren viel zu teuer. Er hatte sich lange mit Bossa, die als Verkäuferin bei seiner Mutter angestellt war, beraten, bis sie sich am Ende geeinigt hatten, daß eine Mappe mit farbigen Reproduktionen von van-Gogh-Bildern das vornehmste und eindrucksvollste Geschenk sei. Er konnte seiner Mutter nichts davon erzählen, weil sie ihn gefragt hätte, wozu er das Buch brauche; er hätte ihr nicht einmal den Namen des Mädchens, dem er es schenken wollte, sagen können, weil er ihn gar nicht kannte; er wußte nur die Adresse. Bossa war jedoch bereit, den Kauf auf sich zu nehmen, sie konnte die Mappe mit 50 Prozent Rabatt bekommen und den Preis von ihrem nächsten Gehalt abziehen lassen. Bis dahin würde er ihr das

Geld schon zurückgegeben haben. Er hatte sich gleich entschlossen, von nun an nur zu Fuß zu gehen, um sich das Straßenbahngeld zu ersparen, in der Schule während der Pause nicht mehr im Klosett zu rauchen und auch auf die Jause zu verzichten. Sollte er trotzdem nicht genügend Geld aufbringen, konnte er noch immer seine Briefmarken oder einige Bücher verkaufen. Bossa war bereit, auch länger zu warten, sie war wirklich ein großartiger Kamerad.

Obwohl alles, abgesehen von der schlechten Note in Geschichte, in bester Ordnung zu sein schien – der Tag war schön und klar, und er war unterwegs zu einem der hübschesten Mädchen, die er jemals gesehen hatte, um ihm ein Geschenk zu geben –, hatte er doch ein unbehagliches Gefühl, das immer beklemmender auf ihm lastete, je mehr er sich der angegebenen Straße näherte. Als er vor der Tür stand, an der ein Schild mit der Aufschrift »Alimpije Petrovitsch, Rechtsanwalt« angebracht war, wollte er am liebsten umkehren und nach Hause gehen. Aber ein Stubenmädchen mit weißer Haube machte ihm auf, und er trat ein.

Die Eistänzerin stand im Salon inmitten einer Gruppe von jungen Männern, die alle durcheinandersprachen. Sie trug ein schwarzes Cocktailkleid und Schuhe mit hohen Absätzen und hielt ein Likörglas in der Hand. Als sie Mladen erblickte, stellte sie das Glas auf den Tisch und kam einige Schritte auf ihn zu.

»Schön, daß Sie auch gekommen sind«, sagte sie damenhaft – sie muß heute mindestens achtzehn sein, dachte Mladen –, und reichte ihm die Hand. Mladen murmelte einen Gratulationsspruch herunter und hielt ihr sein Geschenk entgegen. Alle Worte, die er sich zurechtgelegt hatte, waren ihm entschwunden, und er versuchte, schweigend und rot vor Verlegenheit, die Mappe von der Verpackung zu befreien – dabei glitt sie ihm aus der Hand und fiel klatschend auf den Boden. Irgend jemand lachte laut auf. Das Mädchen wartete aber geduldig ab, bis er die Mappe aufgehoben hatte und sie ihr überreichte.

»Das wäre aber gar nicht notwendig gewesen«, sagte sie. »Ich danke Ihnen herzlichst.« Sie streckte ihm wieder die Hand hin, und er durfte sie noch einmal drükken; sie war warm und weich.

»Kommen Sie, ich mache Sie mit meinen Gästen bekannt.«

Er folgte ihr zu der Gruppe, die um den Tisch stand. Er drückte viele Hände und hörte eine Menge Namen, von denen er keinen einzigen richtig verstand. Das Mädchen stellte seine Mappe auf ein Tischchen, auf dem schon Geschenke standen, die sie von den anderen bekommen hatte: Blumen, Bonbonnieren und Parfümfläschchen.

»Da schau!« sagte eine hochmütige Stimme. »Jemand hat auch an Nadas Bildung gedacht.« Es war dieselbe Stimme, die Mladen vorhin ausgelacht hatte. Sie gehörte einem jungen Mann mit Brille, die ihn eher zu einem Schelm als zu einem Gelehrten stempelte, und blitzenden Zähnen, die er ausgiebig herumzeigte. Er war unter den männlichen Gästen auch der einzige, der einen Smoking trug und darauf anscheinend besonders stolz war. Dieses Kleidungsstück schien in seinen kurzsichtigen Augen ein Privileg zu sein, das ihn dazu berechtigte, auf alle anderen gelassen und belustigt herabzusehen. Mladen war er auf den ersten Blick unsympathisch. Als er aber bemerkte, daß die Eistänzerin ausgerechnet diesen eingebildeten Klotz im Smoking mit besonderer Zuvorkommenheit behandelte – sie legte sehr oft ihre Hand auf seinen Arm und lachte herzhaft über seine dummen Witze –, glaubte er, ihn geradezu nicht ausstehen zu können. Er fühlte, daß er, bliebe er noch länger in seiner Nähe, ersticken müßte; der junge Mann mit Brille hielt Nada – Mladen wußte endlich ihren Namen, aber das nützte ihm gar nichts – um die Taille gefaßt, als wäre sie sein Eigentum.

Mladen wandte sich von der Gruppe ab und sah sich im Salon um. Der einzige Gast, den er kannte, war der Student vom Eislaufplatz. Er saß in einem Fauteuil und aß Kuchen aus einem riesigen Servierteller, den er auf den Knien hielt; offenbar war er ein naher Verwandter Nadas. Unter den Geburtstagsgästen gab es auch einige Mädchen, aber sie alle waren genauso wie die jungen Männer mindestens einige Jahre älter als Mladen. Er fühlte sich nicht wohl in dieser Umgebung und bedauerte tief, daß er hergekommen war.

Nur ein blonder Bursche mit einem Gesicht voller Pickel sah etwas jünger aus als alle andern. Er stand in einer Ecke und zog mit ernster Miene ein Grammophon auf. Dann setzte er die Nadel auf die rotierende Schallplatte, und ein wehmütiger Tango ertönte im großen Salon. Bald bildeten sich Paare, die zu tanzen begannen. Um ihnen nicht im Wege zu stehen, ging Mladen zu dem blonden Burschen in die Ecke.

»Ein schönes Paar«, sagte das Pickelgesicht ironisch und deutete mit dem Kopf auf Nada und den jungen Mann im Smoking, die eng umschlungen an ihnen vorbeitanzten. »Ich weiß nicht, was Nada an ihm gefressen hat, ich kann ihn einfach nicht ausstehen.« Das Pickelgesicht unterbrach sich plötzlich und fügte dann errötend hinzu: »Entschuldige bitte meine Offenherzigkeit. Bist du vielleicht sein Freund?«

»Nein, nein, im Gegenteil«, sagte Mladen.

»Ich habe eigentlich gar nichts gegen ihn«, versicherte der blonde Bursche wenig überzeugend, »ich verstehe nur nicht, wieso sich Nada in ihn verlieben konnte. Und erst die Mutter!« Bei der Erwähnung seiner Mutter – er war anscheinend Nadas Bruder –, verdrehte er die Augen. »Na ja, für sie ist ausschlaggebend, daß sein Vater eine Salamifabrik hat. Du kennst doch die Lukitsch-Salami.«

Mladen nickte. Er wollte am liebsten weggehn, aber ihm war so schlecht, daß er keinen einzigen Schritt tun konnte.

»Auch schon etwas«, setzte das Pickelgesicht seinen Monolog fort, »man heiratet doch nicht wegen einer Salamifabrik. Ich würde nichts sagen, wenn Nada . . . , aber sie ist doch nicht übel, nicht wahr?« Er wartete ab, bis Mladen wieder zustimmend nickte, und sprach dann weiter: »Na, das wird ein Theater, wenn erst die älteren Jahrgänge eintrudeln. Sie wollen heute die Verlobung offiziell bekanntgeben.«

Mladen starrte auf das blonde Mädchen im schwarzen Cocktailkleid und konnte nicht begreifen, daß es für immer diesem unsympathischen Sohn eines Salamifabrikanten gehören sollte. Er mußte das verhindern, er mußte mit ihr sprechen, ihr alles erzählen, sie überzeugen. Als er aber sah, wie sie beim Tanzen immer näher an ihren Partner herankam, bis ihre Wange die seine berührte, und wie sie mit den Fingern ihrer Linken die Haare auf seinem Nacken streichelte, da wußte er, daß er verloren hatte und daß alles vergeblich war; zwischen den beiden Tanzenden bestand ein stummes Einverständnis, gegen das er wehrlos war. Er war noch ein Knabe, der von der Welt der Erwachsenen, in der sich das alles abspielte, ausgeschlossen war. Nein, er war kein Knabe mehr, er war schon ein junger Mann, aber niemand wollte es zur Kenntnis nehmen, und das tat ihm weh. Er war böse auf sich selbst, weil er sich Illusionen gemacht hatte, obwohl er sich schon vor zwei Jahren geschworen hatte, sich aus Mädchen nichts zu machen.

Er war wieder einmal bei seinen Großeltern in Kerek gewesen. Dort hatte er wegen eines Mädchens gestohlen. Das Mädchen hieß Tatjana und hatte lange Wimpern, unter denen sie ihre dunklen Augen verbarg, wenn sie auf den Boden blickte. Sie trug noch Zöpfe und war sehr schüchtern, so daß Mladen nie ein richtiges Gespräch mit ihr anfangen konnte. Da sie in derselben Straße wohnte wie seine Großeltern, sahen sie einander sehr oft, er hielt sich auch immer lange in der Nähe ihres Hauses auf, um ihr noch öfters zu begegnen.

Sie erwiderte jedesmal seinen Gruß und ging mit gesenktem Kopf, die Augen starr auf ihre Schuhspitzen gerichtet, an ihm vorbei. Das war alles. Aber diese kurzen Begegnungen, auf die er manchmal stundenlang gewartet hatte, gaben ihm genug Stoff zum Träumen. Eigentlich waren seine Träume daran schuld gewesen, daß er ein Dieb geworden war.

Er hatte an einem dieser Tage aus Langerweile die Ausstellung von Schülerarbeiten, die in einem großen Saal des Rathauses untergebracht war, besucht. Neben vielen Bildern, Aquarellen und Figuren aus Plastilin und Gips waren dort auch Handarbeiten ausgestellt: gestickte Blusen, Zierdecken und Papierblumen. An jedem dieser mehr oder weniger geschickt gemachten Produkte war ein Zettelchen mit dem Namen des jeweiligen Erzeugers befestigt. Er war an ihnen achtlos vorbeigegangen, bis er auf einer kleinen Stickerei Tatjanas Namen fand. Diese Arbeit unterschied sich nicht wesentlich von den anderen, die hier ausgestellt waren, und doch glaubte er in ihr etwas zu finden, was ihn unverkennbar an Tatjana erinnerte. Die gelblich-weißen Fäden mußten Abdrücke von Tatjanas kleinen Fingern tragen, und die ungleichen, ein bißchen unbeholfen gestickten Löcher waren von ihrem Atem erfüllt. Am nächsten Tag kam er wieder, und Tatjanas Stickerei leuchtete ihm schon von weitem entgegen. Er blieb lange vor ihr stehen. In einem Augenblick, in dem er sich unbeobachtet fühlte, berührte er die kleine Tischdecke, und es war ihm, als habe er Tatjanas Hand berührt. Als der Tag seiner Abreise kam, besuchte er zum letzten Mal die Ausstellung, um sich dort von Tatjana symbolisch zu verabschieden. Er war mit keinem vorgefaßten Plan hingegangen, der Wunsch, Tatjanas Stickerei als Erinnerung mitzunehmen, war plötzlich in ihm erwacht, als er davorstand und bemerkte, daß er fast ganz allein war; nur zwei ältere Frauen, wahrscheinlich Mütter oder Verwandte von Ausstellern, standen bei einem Bild am anderen Ende des Saals, und der Portier unterhielt sich an der Tür mit einem kleinen Mann, der einen Strohhut trug. Kaum wurde es Mladen bewußt, daß niemand ihm zusah, als er schon die Zierdecke ergriff und sie schnell in seiner Brusttasche versteckte. Er schlenderte noch eine kurze Zeit durch den Saal, besah sich scheinbar interessiert einige Arbeiten und ging dann hinaus. Als er am Portier vorbeiging, spürte er, wie die Stickerei in seiner Brusttasche brannte, als hätte der forschende Blick des Portiers seinen Rock durchbohrt. Während er die Treppe hinunterging, erwartete er, daß man ihn jeden Augenblick zurückrufen würde. Doch nichts dergleichen geschah. Er konnte ungeschoren auf die Straße gelangen, wo er nach ein paar Schritten zu laufen anfing. Zu Hause verkroch er sich in einen entfernten Winkel des Gartens, holte klopfenden Herzens seine Beute aus der Tasche und betrachtete sie eingehend; die Arbeit gefiel ihm sehr gut.

Zuerst wollte er den Zettel mit Tatjanas Namen entfernen, ließ ihn aber doch an der Zierdecke hängen. Dann verstaute er sie wieder sorgfältig in der Tasche und ging ins Haus. Er bemühte sich vergeblich, so zu tun, als wäre nichts geschehen – er konnte keine Ruhe finden. Er konnte das Geheimnis nicht für sich behalten, er mußte es jemandem anvertrauen und ging zu einem Spielfreund, einem dicken, sommersprossigen Knaben, der im Nachbarhaus wohnte. Erst als ihm der Freund geschworen hatte, ihn nicht zu verraten, erzählte ihm Mladen alles und zeigte ihm die Stickerei, die er ehrfurchtsvoll hervorholte. Als der andere die Zierdecke sah, begann er zu lachen.

»Die ist in unserem Haus gemacht worden«, sagte er. »Meine Schwester hat das gestickt. Tatjana hat sie dafür zwei Wochen lang mit Schokolade gefüttert.«

Da es Mladen nicht glauben konnte, wurde das Mädchen herbeigerufen; die Kleine war genauso dick und hatte auch Sommersprossen wie ihr Bruder. Sie erkannte sofort ihre Arbeit und holte zur Bestätigung ihrer Behauptung zwei Dutzend Bilder von bekannten Filmschauspielern, die sie den Schokoladepackungen entnommen hatte; die Schokolade hatte sie während der Arbeit von Tatjana bekommen. Der Beweis war eindeutig. Mladen mußte ihnen glauben, so sehr er sich auch dagegen wehrte, die dicke Schwester seines Freundes als Erzeuger von Tatjanas Stickerei anzuerkennen. Als er sich endlich geschlagen gab, verlor die Zierdecke für ihn jeden Wert; sie war nichts anderes als eine unbeholfene, glanzlose Schülerarbeit, mit der er nichts anzufangen wußte. Zugleich verlor er auch jedes Interesse an Tatjana; sie war für ihn nicht mehr das wunderschöne, schüchterne, herrliche Mädchen, von dem er träumte, sondern nur eine von den vielen dummen Schülerinnen, die nicht einmal imstande waren, eine gewöhnliche Stickerei allein zu machen. Ehe er-wegfuhr, ging er noch auf eine Brücke, band das Deckchen um einen Stein und warf es in den Kanal, dabei war es ihm, als begrabe er für immer seine Liebe.

Damals hatte er sich geschworen, im Umgang mit Mädchen vorsichtiger zu sein und sich zu männlicher Härte zu erziehen. Was nützten aber alle Grundsätze, wenn die Verlockungen so zahlreich waren und so schön. Mladen sah traurig auf den Tisch, der mit Geburtstagsgeschenken beladen war. Dort lag auch seine schöne van-Gogh-Mappe, die er noch nicht einmal bezahlt hatte. Er wußte, daß van Gogh mit seiner Enttäuschung nichts zu tun hatte, und doch hatte er das Gefühl, daß ihm seine Bilder von nun an nicht mehr so gefallen würden wie bisher; etwas war in ihm gestorben, und er würde nie mehr fähig sein, sich für etwas zu begeistern.

»Spielst du auch Eishockey?« fragte der blonde Bursche unvermittelt. Das Grammophon spielte jetzt »Tea for two«, und er wiegte leicht seine Schultern hin und her, als tanze er mit einer unsichtbaren Partnerin.

»Ja, manchmal, ich bin aber ein elender Spieler«, antwortete Mladen voll Bitterkeit und wunderte sich darüber, wie fremd ihm seine eigene Stimme klang.

»Dann sind wir Leidensgenossen«, stellte das Pickelgesicht belustigt fest. Mladen hätte sich in jeder anderen Situation gern mit ihm unterhalten, aber heute und unter diesen traurigen Umständen hatte er keine Lust dazu. Ohne etwas zu sagen, ging er an der Wand entlang, um den Tanzenden auszuweichen, auf den Ausgang zu.

»Hallo!« rief ihm der blonde Bursche nach. »Du wirst doch nicht schon weggehen! Du hast nicht einmal einen Schnaps auf das Glück meiner schönen Schwester getrunken!«

»Es tut mir leid«, murmelte Mladen entschuldigend. »Ich habe eine wichtige Verabredung.«

Die Eistänzerin hatte nicht einmal bemerkt, daß er dabei war, wegzugehen, so sehr war sie mit ihrem Bräutigam beschäftigt.

Draußen vergaß Mladen sein Gelübde, immer zu Fuß zu gehen, um Geld zu sparen, und stieg in die Straßenbahn ein; er wollte möglichst schnell die Gegend seiner Niederlage verlassen, außerdem war ihm alles gleichgültig geworden. Mit tiefer Trauer dachte er an das Gedicht, das völlig nutzlos in seiner Tasche steckte; es hätte ruhig ungeschrieben bleiben können.

Als er ausgestiegen war, wurde ihm plötzlich bewußt, daß er, wenn er so weitermachte, niemals genügend Geld sparen würde, um die Bilder-Mappe zu bezahlen. Er konnte Bossa doch nicht im Stich lassen. Vor allem aber wollte er diese Affaire aus der Welt schaffen und die Erinnerung daran ein für allemal austilgen; Nada sollte mit ihrem jungen Salamifabrikanten glücklich sein, er wollte mit ihr nichts mehr zu tun haben. Kurz entschlossen holte er von zu Hause seine Luftpostmarkensammlung und ging damit zu seinem Briefmarkenhändler. Obwohl der Händler, ein griesgrämiger, magenkranker Mann mit fahler Gesichtsfarbe, seine Notlage sofort erkannte und ihm einen schlechten Preis bezahlte, bekam Mladen für seine Marken mehr, als er für die van-Gogh-Mappe brauchte. Er entschloß sich, für den Überschuß einige französische Neuerscheinungen zu kaufen, um zu sehen, was die berühmten französischen Dichter machten; er wollte sich weiterbilden.

Als er vor der Antiquitatenhandlung seiner Mutter angekommen war, fand er sie geschlossen. Aber ein schwacher Lichtschein, der durch einen Spalt des Rollladens schimmerte, verriet, daß jemand noch drinnen war. Das war sicherlich Bossa; sie blieb manchmal länger im Geschäft, um den Raum sauber zu machen. Er ging ins Haustor und bog dann in einen dunklen Korridor ein, wo er an eine niedrige Tür klopfte. Darauf hörte er leichte Schritte, die Tür ging auf, und im Lichtstrahl, der sich aus dem Laden ergoß, erschien, klein und schmächtig, Bossa; sie hatte noch ihren weißen Arbeitskittel an und hielt einen Besen in der Hand.

»Ah, du bist es«, sagte sie. »Deine Mutter ist soeben weggegangen. Du könntest sie noch einholen, wenn du dich beeilst.«

»Ich komme zu dir.« Mladen trat ein. »Ich habe dir das Geld für die Mappe gebracht.«

»Wir brauchen nichts zu bezahlen«, sagte sie. »Deine Mutter hat mir die Mappe geschenkt. Weil ich van Gogh so gern habe.«

Mladen wurde mit einmal klar, daß er nicht hergekommen war, um seine Schuld zu begleichen, sondern um Bossa zu sehen. Was hatte er in der weiten Welt zu suchen, wenn das Mädchen, das für ihn geschaffen war, hier war, unter einem vertrauten Dach, das einzige Mädchen, das ihn mit seiner Liebe und seiner Treue von allen quälenden Träumen und allen Gefahren der Fremde befreien konnte.

»Du mußt das Geld nehmen und dir eine andere Mappe kaufen. Warum sollst du auf dein Geschenk verzichten?« Er drückte das Geld in ihre kleine, schmale Hand. »Du sollst deinen van Gogh haben.«

»Ich danke dir.«

»Wozu? Meine Mutter hat dir doch die Mappe geschenkt.«

Sie stand da mit dem Besen in der einen und den Geldscheinen in der andern Hand und wußte nicht, wohin damit.

»Hast du fünf Minuten Zeit?« fragte er.

»Ja.«

»Ich möchte dir ein neues Gedicht von mir vorlesen.«

Sie lehnte endlich den Besen an einen Schrank und steckte das Geld in die Tasche ihres Kittels. Dann sah sie ihn erwartungsvoll an.

»Ich habe es für dich geschrieben.« Er holte das Gedicht und las es ihr vor, inmitten von antiken Truhen, Spieluhren und Ikonen. Als er bis zu der Zeile kam, in der die Augenfarbe seiner Badenden erwähnt wurde, tauschte er beim Lesen geistesgegenwärtig »braune« in »blaue« Augen um, denn Bossas Augen waren blau. Dann hatte er ihr das ganze Gedicht vorgelesen, und in der vollkommenen Stille, die darauf entstanden war, hörte man nur eine Uhr silbern ticken. Er wagte nicht, Bossa anzusehen.

»Du hast es für mich geschrieben?« fragte sie mit einer vor Freude flatternden Stimme.

Er hob endlich die Augen und sah sie voll an.

»Ja. Ich liebe dich.«

Er trat auf sie zu und hatte zugleich den Eindruck, daß sie ihm entgegenflog.

Er wußte nicht, wie lange sie so zwischen ungeschickten, hastigen Küssen unverständliche Worte stammelnd, ihre dumpf schlagenden Herzen fest gegeneinandergedrückt, gestanden hatten, als sie durch ein hartes Klopfen an der Tür aus ihrem Taumel gerissen wurden. Sie fuhren in demselben Augenblick auseinander. Ihre übertriebene Angst war jedoch unbegründet. Es war nur eine von Bossas Freundinnen, ein burschikoses Mädchen, das in Bossas Nähe wohnte und sie öfters abholte, damit sie gemeinsam nach Hause gehen konnten.

Mladen verabschiedete sich, und Bossa begleitete ihn auf den Korridor, wo sie ihm noch rasch einen Kuß gab.

»Bis morgen«, flüsterte sie und ging zurück in den Laden.

Als Mladen auf die Straße trat, konnte er sich nur mit Mühe beherrschen, nicht vor Siegerfreude laut aufzujubeln. Er hatte ein Mädchen, das hübsch und klug war, ein schmales Mädchen mit blauen Augen, dem es nichts ausmachte, daß er im Gymnasium erst die fünfte Klasse besuchte, obwohl es schon siebzehn war und selbständig Geld verdiente.

»Ich habe ein Mädchen! Ich habe ein Mädchen!« sang

er halblaut, während er tänzelnd eine leere Zigarettenschachtel wie einen Fußball vor sich her schob. Die Passanten mochten ihn ruhig für verrückt halten; er war glücklich.

Als er aber am Abend schlaflos in seinem Bett lag, versuchte er vergeblich an Bossa und sein Glück zu denken; er sah in Gedanken nur die Eistänzerin, wie sie tulpenrot über eine glasklare Eisfläche glitt, immer weiter und weiter, bis sie ins Unerreichbare entschwand.

Siebzehn und vier

Am Abend, als sie gerade über die Bratpfanne gebeugt standen und Eier über dem zischenden Speck brachen, klopfte es draußen am Tor. Es waren vier kurze Schläge mit dem Messingring, die von Mal zu Mal schwächer wurden. Der letzte Schlag war ganz schüchtern, mehr ein unsicheres Kratzen. Es war, als habe der Ankömmling vor der eigenen Kühnheit plötzlich Angst bekommen und wolle nun lieber umkehren.

Marko ging hinaus, und Slobodan blieb in der Küche, um auf die Pfanne achtzugeben, damit die Eier nicht anbrannten. Bald aber hob er die Pfanne vom Feuer und stellte sie auf die Herdplatte; es war gerade die Zeit, in der der Abendzug aus Kerek ankam, und er war neugierig, wen er heute so spät und unangemeldet zu ihm gebracht hatte. Es bestand für ihn kein Zweifel, daß es ein Besuch aus der Stadt war; die Bauern klopften um diese Stunde nicht an fremde Tore. Slobodan sperrte die Küchentür hinter sich zu, damit Kastor, der aus Leibeskräften zu bellen angefangen hatte, nicht hinausstürzen konnte, und ging zur offenen Haustür. Dort blieb er auf der Schwelle stehen und sah in den Hof hinaus.

Im schwachen Lichtschein, der durch die Tür in den Hof drang und auf dem Boden ein längliches Rechteck bildete, sah Slobodan einen kleinen, dünnen Mann in abgeschabtem Übergangsmantel, der genauso farblos wie sein Gesicht war. Seine schwarzen, abgetretenen Schuhe, deren Leder gesprungen war, glänzten matt über der kahlen Erde. Eine neue Aktentasche aus schwarzem Lackleder, die in seiner linken Hand baumelte, stach ab von seiner schäbigen Korrektheit. Der Staat scheint alle seine treuen Beamten mit neuen Aktentaschen ausgestattet zu haben, dachte Slobodan. Für ihn stand fest, daß der kleine, dünne Mann im abgeschabten Mantel nur ein Beamter sein konnte.

Als der späte Gast die Stufen erreicht hatte, blieb er stehen, nahm seine Melone ab und verbeugte sich steif.

»Gestatten Sie, bitte: Antonije Issakowitsch, Inspektor des Finanzministeriums, Bezirksexpositur Kerek.«

Marko stand etwas vornübergebeugt und mit leicht gespreizten Armen hinter ihm, bereit, ihn auf ein Zeichen von Slobodan zu packen und hinauszuwerfen.

»Freut mich sehr«, sagte Slobodan automatisch. »Treten Sie bitte ein. Ich habe Sie erwartet.«

Die letzte Bemerkung war für Marko bestimmt, aber der kleine Mann fuhr erschrocken auf. Das verstieß offenbar gegen die ungeschriebenen Spielregeln; man hatte den Exekutor nicht zu erwarten, er mußte immer überraschend aufkreuzen, um seines traurigen Amtes zu walten. Er stand enttäuscht und ratlos da und wußte nicht, was er sagen sollte.

»Mein Anwalt hat mir gesagt«, erklärte Slobodan, »daß mein letztes Ansuchen um einen weiteren Zahlungsaufschub meiner Steuerrückstände abgelehnt worden ist.«

»Ja, natürlich«, murmelte der kleine Mann. »Ich habe Sie heute in Ihrer Stadtwohnung in Kerek aufgesucht, und Ihre Frau Gemahlin hat mir gesagt, Sie sind hier draußen. Entschuldigen Sie, bitte, meinen späten Besuch. Ich wollte mich nur vergewissern, wo ich Sie sprechen kann. Nun ist alles in Ordnung. Ich werde mir erlauben, morgen früh wiederzukommen. Werden Sie zu Hause sein?« Er griff sich mit einer nervösen Handbewegung an die Nasenwurzel, als wolle er eine Brille zurechtrücken; dort war aber keine Brille, obwohl stark gerötete Druckstellen verrieten, daß er eine tragen müßte.

»Ja, gewiß, ich werde morgen früh zu Hause sein. Wollen Sie nicht doch eintreten?«

»Nein, danke, ich gehe lieber gleich in ein Gasthaus, ich muß mich rechtzeitig um ein Zimmer kümmern.«

»Aber warum denn? Sie können auch bei uns übernachten, wir haben genug Platz.«

»Sehr liebenswürdig, aber ich glaube, es ist besser, wenn ich in ein Gasthaus gehe. Ich habe noch nicht zu Abend gegessen.«

»Auch dazu sind Sie herzlich eingeladen«, sagte Slobodan. »Wir haben zwar nichts Besonderes, nur Eier und Hauswurst, aber Sie sind, wie gesagt, herzlichst eingeladen.«

»Könnten Sie mir ein ordentliches Gasthaus hier empfehlen?«

»Ja, das Gasthaus ›Zum Adler‹. Es ist gleich hier an der Ecke der Hauptstraße. Wenn Sie geradeaus gehen, können Sie es gar nicht verfehlen. Aber auch dort werden Sie um diese Zeit nichts anderes bekommen als Eier und Speck. Wollen Sie nicht lieber bei uns bleiben?«

Der kleine Mann rieb sich nachdenklich die Druckstellen auf seinem Nasenrücken. Er zögerte noch.

»Es liegt mir fern«, sagte Slobodan leicht ironisch, »Sie mit einem Omelette zu bestechen.«

Schon wieder machte der kleine Mann ein verblüfftes Gesicht. Slobodan glaubte, es diesmal zu weit getrieben zu haben, und wollte noch schnell irgendeine unverbindliche Höflichkeit hinzufügen, um das vorher Gesagte zu neutralisieren, als der Finanzinspektor sich faßte und mit seiner etwas schrillen Stimme ausrief:

»Sie können mich mit gar nichts bestechen!«

Darauf trat er mit energischen Schritten ins Haus, als wolle er damit zeigen, daß er jeder Versuchung standhalten könne.

»Ich muß Sie leider in die Küche bitten«, sagte Slobodan. »Sie ist der einzige Raum, der geheizt ist. Marko wird aber gleich nach dem Essen im Gastzimmer einheizen.«

»Sehr freundlich«, sagte der kleine Mann, »aber das

ist nicht notwendig. Ich schlafe auch im Winter bei offenem Fenster. So habe ich nie einen Schnupfen.«

Ein komischer Kauz, dachte Slobodan und führte den kleinen Mann in die Küche. Kastor bellte nicht mehr. Er beschnupperte nur kurz den Besucher und legte sich gleich darauf neben dem Herd nieder; wahrscheinlich fand er den Fremden harmlos. Außerdem mußte er nach dem heutigen Jagdabenteuer noch sehr müde sein.

»Bitte, legen Sie ab.«

Der kleine Mann stellte die Tasche neben seinem Bein auf den Boden und ließ sich von Marko aus dem Mantel helfen. Dann übergab er ihm seinen steifen Hut. Als Marko sich nach der Tasche bückte, um sie zusammen mit Mantel und Hut zur Kleiderablage im Vorzimmer zu bringen, griff Herr Issakowitsch nach ihr und hob sie schnell auf.

»Die Tasche behalte ich hier.«

Als Marko hinausgegangen war, trat der Finanzinspektor zur Sitzbank in der Ecke, stellte seine Aktentasche darauf und blieb daneben stehen. Aus dem Loch des Rockaufschlags seines grauen Anzugs, der schon an vielen Stellen glänzte, hing eine schwarze Schnur, die einem Schuhriemen ähnelte, an der, gerade über seinem Herzen, ein Zwicker baumelte. Seine dünne, blasse Hand tastete unwillkürlich nach diesen seltsamen Augengläsern und setzte sie auf seine fleischige, leicht herunterhängende Nase. Herr Issakowitsch hatte anscheinend die Absicht, sich ein bißchen umzusehen.

»Meine heutige Jagdbeute«, sagte Slobodan und

zeigte auf die Pfanne mit dem Omelette, das er um einige Eier vergrößert hatte.

Der kleine Mann nahm seine Tasche und ging zum Herd, neben dem er sie jetzt auf den Boden stellte. Er sah zuerst auf die Pfanne und darauf erstaunt auf Slobodan. Dann rückte er seinen Zwicker zurecht, um besser sehen zu können, und blickte noch einmal in die Pfanne; der Arme war vielleicht der Meinung, daß er das Wild in der Pfanne übersehen hatte. Als er auch diesmal nichts als Speck und Eier entdecken konnte, verwandelte sich sein Erstaunen in Schrecken: er hatte sicherlich mit einem Verrückten zu tun; es kam oft vor, daß einer unter der Last der Schulden den Verstand verlor. Oder wollte der Hausherr nur einen kleinen Spaß mit ihm machen; er hatte ihm auch gleich gesagt, daß er nichts anderes anzubieten habe als Eier und ein Stück Wurst. Es war auf jeden Fall gut, zu lächeln, und der kleine Mann verzog seine Lippen zu einem unbestimmten Lächeln.

»Ich war heute auf der Jagd«, erklärte Slobodan dem kleinen Mann, der alles so schrecklich ernst nahm, »aber ich habe nichts geschossen.«

»Ach so«, murmelte Herr Issakowitsch erleichtert.

Marko hatte inzwischen gedeckt. Er hatte auch eine Leberwurst und ein Glas mit süß-sauren Gurken aus der Speisekammer gebracht. Als sie zum Tisch gingen, nahm der kleine Mann wieder seine Tasche mit und legte sie neben sich auf die Bank, als habe er Angst, daß man sie ihm stehlen könnte, wenn er sie für einige Minuten unbeaufsichtigt ließ.

Ehe sie zu essen anfingen, griff Slobodan nach der Flasche mit dem leichten, hellroten Tafelwein, um ihn in die von Marko bereitgestellten Gläser einzuschenken, als Herr Issakowitsch abwehrend die Rechte hob.

»Mir bitte nicht!« rief er entsetzt. »Ich trinke keinen Alkohol.«

»Dieser Wein hat fast noch weniger Alkoholgehalt als Bier«, sagte Slobodan. »Ein Glas zum Essen kann Ihnen bestimmt nicht schaden.«

»Ich möchte Sie schon sehr bitten, mir keinen Wein einzuschenken.«

»Was kann ich Ihnen sonst anbieten? Wir haben im Haus nichts anderes außer Wein und Schnaps. Es widerstrebt mir nämlich, gewöhnliches Wasser auf den Tisch zu stellen. Aber wenn Sie es unbedingt haben wollen...«

»Vielleicht haben Sie ein Glas Milch im Haus«, sagte Herr Issakowitsch schüchtern. »Ich trinke zu allen Mahlzeiten nur Milch.«

Marko sah den Exekutor groß an, wie ein Gespenst. Ein Mann, der Milch trank! Er ging aber in die Speisekammer und holte einen irdenen Krug mit Milch, die er wahrscheinlich für die Katze und ihre Jungen besorgt hatte.

Slobodan wunderte sich, daß Marko wie ein richtiger Hausherr für alles sorgte und alles Notwendige im Haus hatte, obwohl er ihm schon lange kein Geld geschickt hatte. Man hatte also nicht viel Geld nötig, um das zu besorgen, was man wirklich brauchte. Brot, Wein und Tabak waren nicht teuer. Marko brauchte nicht einmal Geld dazu. Er tauschte Eier, die seine Hühner legten, und Obst, das seine Bäume trugen, gegen andere Sachen, die er nicht im Hause hatte. Für ihn war das Leben einfach. Er hatte sich nicht in den Kopf gesetzt, viel Geld zusammenzuraffen, und machte sich auch keine Sorgen darüber, wie er den einmal erkämpften Reichtum erhalten könne. Für ihn war das Geld bloß ein Stück buntbedrucktes Papier, das einen ungebührlich hohen Wert hatte. Eine seltsame Einstellung für den Zögling eines Bankierhaushalts.

Herr Issakowitsch war entzückt, als man ihm Milch gebracht hatte, und bedankte sich dafür immer wieder, während er nach und nach den ganzen Krug leer trank.

Solange sie noch aßen, fanden sie irgendein Gesprächsthema, das mit dem Essen zusammenhing, als sie aber auch mit dem Käse, den Marko aus der anscheinend unerschöpflichen Speisekammer geholt hatte, fertig waren, stockte das Gespräch vollkommen. Slobodan vertrieb sich danach die Zeit noch damit, daß er Marko beim Geschirrabwaschen half. Sie waren jedoch bald fertig damit, setzten sich wieder an den Tisch, zündeten sich Zigaretten an und rauchten schweigend. Herr Issakowitsch rauchte nicht. Statt dessen putzte er mit einem rosafarbenen Taschentuch lange und umständlich seinen Zwicker. Einigemale hob er den Kopf und richtete seinen kurzsichtigen Blick auf Slobodan, als wolle er ihm etwas Wichtiges mitteilen; er sagte aber nichts.

Slobodan hätte ihn gern gefragt, wie hoch seine Steuerschulden seien und was man bei ihm dafür zu pfänden gedenke – sein Rechtsanwalt und Freund Grujo hatte ihm das natürlich schon öfters erklärt, er hatte es nur vergessen, denn die Steuerschulden waren das letzte Problem, das ihm in seiner verfahrenen Lage noch Kopfzerbrechen bereitete –, er wollte aber lieber abwarten, bis Herr Issakowitsch selbst davon anfing; es war ihm peinlich, durch Fragen den Eindruck zu erwecken, er messe dieser Angelegenheit eine allzu große Bedeutung bei. Das war wirklich nicht so wichtig.

Marko machte mehrere Male Anstalten, etwas zu sagen, brachte aber kein Wort über die Lippen; wahrscheinlich schämte er sich, vor diesem fremden Mann über belanglose Dinge seines Dorflebens zu sprechen. Herr Issakowitsch zeigte wieder keine Lust, sich über irgend etwas zu unterhalten. Beruflich hatte er Feierabend, und da er wahrscheinlich Junggeselle war – er trug keinen Ehering –, mußte er an schweigsame Abende gewöhnt sein.

Slobodan ertappte sich dabei, daß er die weißen und die blauen Quadrate auf dem Tischtuch zählte. Es war zum Einschlafen langweilig. Er wollte gern etwas Stärkeres als den hellroten Tafelwein trinken, traute sich aber nicht, von Marko Sliwowitz zu verlangen, um ihren Gast, der keine alkoholischen Getränke mochte, nicht herauszufordern; sie hatten für ihn keine Milch mehr.

»Wenn Sie wollen«, sagte Slobodan zu Herrn Issakowitsch, »kann Ihnen Marko Ihr Zimmer zeigen.«

»Nein, danke, es ist noch zu früh, ich gehe immer viel später schlafen«, sagte der Finanzinspektor. An ihm waren tatsächlich keine Anzeichen von Müdigkeit festzustellen.

Was sollte man mit ihm nur anfangen? Sie konnten doch nicht stundenlang so schweigend herumsitzen.

»Spielen Sie Dame oder Schach?« fragte Slobodan.

»Manchmal schon, aber ich finde nichts daran.«

»Vielleicht spielen Sie lieber Karten?«

Plötzlich kam Leben in den kleinen Mann.

»Ja, gern!« rief er aus und setzte sich unternehmungslustig seinen blankpolierten Zwicker auf.

Seitdem sein Bruder vor dreizehn Jahren aus Amerika zurückgekehrt war, um gleich am nächsten Tag wieder fortzugehen, hatte Slobodan nicht mehr Karten gespielt, obwohl man ihn oft dazu aufgefordert hatte. Das Beispiel von Dragi, der binnen kurzer Zeit ein Vermögen verspielt hatte, schreckte ihn ab, sich wieder an den Spieltisch zu setzen. Kurz nach Dragis Abreise hatte er nur noch einige Male mit Baldoni gespielt. Er fühlte sich damals verpflichtet, den hohen Gewinn seines Bruders durch eigene Verluste zu decken, weil Dragi weggegangen war, ohne Baldoni Revanche gegeben zu haben. Baldoni hatte diesen Verlust natürlich gar nicht gespürt, er war aber ein fairer Spieler gewesen; Dragi hätte ihm noch eine Chance geben müssen, er hatte sich nicht wie ein Gentleman benommen. Slobodan hatte ihn entschuldigt. Er hatte Baldoni erzählt, Dragi sei gezwungen gewesen, wegen dringender Geschäfte plötzlich abzureisen, und er wolle ihn nun, auf seinen ausdrücklichen Wunsch, am Spieltisch vertreten. Mit seinen Verlusten hatte er die Familienehre wieder reingewaschen und mußte nicht weiterspielen. Er hatte sich bisher sehr streng an seinen Vorsatz gehalten, jetzt brauchte er es aber nicht mehr zu tun. Außerdem war es diesmal kein richtiges Spiel, sie würden ja nur um geringe Beträge spielen oder sogar um Erbsen oder Bohnen.

Marko schien nur auf sein Stichwort gewartet zu haben, denn er holte gleich aus einer Lade der Küchenkredenz ein Päckchen fetter, verschmierter Karten, deren Ecken vom vielen Gebrauch ganz abgerundet waren, und legte sie auf den Tisch.

»Was möchten Sie gern spielen?« fragte Slobodan. »Wollen wir Schnapsen oder Frische Vier spielen oder Siebzehn und vier?«

»Siebzehn und vier«, entschied Herr Issakowitsch. »Das kann ich am besten. Wir spielen es oft im Gasthaus bei mir an der Ecke.«

Die Abende des Herrn Issakowitsch waren doch nicht so einsam, wie Slobodan angenommen hatte. Er spielte Karten im Gasthaus an der nächsten Ecke. Trank er dort auch Milch? Vielleicht trank er Himbeer-Soda, das die meisten Wirte für die Kinder ihrer Gäste führten.

»Also gut. Spielen wir Siebzehn und vier. Wie hoch soll der Einsatz sein?«

»Zehn Para. So spielen wir immer in unserer Runde.«

Da sie nicht genügend Kleingeld hatten, verwendeten sie als Chips Maiskörner, die Marko mit seinen rauhen, schwieligen Händen von den Kolben gelöst hatte.

Beim Anblick der golden glänzenden Maiskörner, die

in drei gleich großen, abgezählten Häufchen auf dem Tisch lagen, erinnerte sich Slobodan an die Dukaten, mit denen sein Vater einst gespielt hatte. Das Geld seiner Familie hatte einen langen Weg zurückgelegt, bis es in der Form einer primitiven Ersatzwährung auf diesem Küchentisch gelandet war. Slobodan hatte das Gefühl, daß er auch dieses Spiel verlieren würde. Herr Issakowitsch war hingegen voller Zuversicht; aber auch er verlor.

Markos Glück zeigte sich schon, als sie nacheinander die Karten abhoben, um auf diese Weise zu bestimmen, wer von ihnen zuerst die Bank halten sollte. Die blasse Hand des Finanzinspektors deckte eine Dame auf. Slobodan schied gleich aus, er hob nur eine Acht. Marko legte das Herz-As auf das blau-weiß-karierte Tischtuch.

Herrn Issakowitsch nützte es gar nichts, daß er mit der Selbstsicherheit eines abgebrühten Spielers die Karten begutachtete und je nach Beurteilung paßte oder einige Maiskörner zur Tischmitte schob; er verlor ununterbrochen, genauso wie Slobodan. Zu Anfang trug er seinen Verlust mit Fassung; als ihm aber von den hundert Körnern, die einen Gegenwert von zehn Dinar darstellten, nur noch einige wenige übriggeblieben waren, wurde er zunehmend unruhiger. Seine fahle Hand, die mit hellbraunen Flecken gesprenkelt war, begann beim Setzen leicht zu zittern und fuhr immer häufiger zum Zwicker, um ihn völlig grundlos etwas höher oder tiefer zu rücken. Vielleicht war er gar nicht daran gewöhnt, zu verlieren, weil ihn seine Bekannten im Gasthaus immer ein wenig gewinnen ließen, um ihn besser zu stimmen; es war gut, einen Freund beim Finanzamt zu haben.

Plötzlich warf Herr Issakowitsch die Karte, die Marko ihm soeben gereicht hatte, von sich und rief mit einer vor Wut überkippenden Stimme aus:

»Er muß ja gewinnen! Diese Karten sind gezinkt! Er kennt jede einzelne von ihnen! Er kann gar nicht verlieren.«

»Ist das wahr?« fragte Slobodan seinen Ziehsohn.

Marko errötete bis über die Ohren.

»Nein«, sagte er. »Die Karten sind nicht gezinkt. Ich kann trotzdem die meisten voneinander unterscheiden, ich kenne sie gut, wir haben sie schon lange hier. Aber ich habe das nicht ausgenützt. Ich habe mir die Karten gar nicht so richtig angeschaut. Ich habe Glück gehabt. Wirklich.«

»Warum hast du uns nicht gleich gesagt, daß du die Karten so gut kennst?«

»Ich wollte dem Herrn nicht die Lust am Spiel verderben.«

»Das hast du jetzt getan.«

»Es tut mir leid«, sagte Marko. »Ich habe nicht gewußt, daß Sie das Spiel so ernst nehmen würden.«

»Ich bitte Sie, ihn zu entschuldigen«, sagte Slobodan zum Exekutor, der mit gespieltem Gleichmut seinen Zwicker putzte. »Marko ist noch ein halbes Kind. Er weiß nicht einmal, wie Sie sehen, was er da angestellt hat. Er hat bisher nur mit seinen Kameraden Karten gespielt.«

»Das Spiel ist also ungültig?« fragte Herr Issakowitsch und sah Slobodan mit seinen farblosen Augen an, die ohne Brillengläser irgendwie nackt wirkten.

»Selbstverständlich«, sagte Slobodan. »Das Spiel ist ungültig. Marko, räum bitte die Karten weg.«

»Das tut mir aufrichtig leid«, murmelte Marko, während er seine verschmierten Karten einsammelte.

Herr Issakowitsch sah enttäuscht zu, wie Marko die Karten in die Lade der Küchenkredenz legte, als begrabe er dort ein über alles geliebtes Wesen. Eine echte Begräbnisstimmung herrschte im Raum, als Marko sich wieder zum Tisch setzte.

»Marko, geh bitte hinüber zum ›Adler‹ und frag den Wirt, ob er vielleicht ein neues Päckchen Karten hat. Er soll sie dir verkaufen oder für mich leihen, wie er will.«

»Ja, das mach ich«, sagte Marko und stand auf. »Ich glaube, er hat ein neues Päckchen in Reserve.«

Als Marko schon bei der Tür war, rief Slobodan ihn noch einmal zurück.

»Nimm bitte den Krug mit. Vielleicht kann dir der Wirt auch ein bißchen Milch geben.«

»Ja, sicher, das wird er bestimmt haben.«

»Aber das ist nicht notwendig!« protestierte Herr Issakowitsch schwach. »Ich muß keine Milch mehr haben.«

»Bring auch Milch, so wie ich es dir gesagt habe«, wandte sich Slobodan an Marko, der unschlüssig an der Tür stand.

»Ist recht«, sagte Marko, holte den Krug und ging hinaus.

»Ich werde mir, wenn es Sie nicht stört, einen Schnaps genehmigen«, sagte Slobodan zu Herrn Issakowitsch. Er konnte nicht so lange warten, bis die Milch für seinen Gast da war.

»Aber ich bitte Sie! Ich glaube eher, daß ich Sie störe. Ich hätte lieber ins Gasthaus gehen sollen. Ich machen Ihnen so viel Umstände.«

Sie ergingen sich noch eine Weile in Höflichkeiten, während Slobodan aus der Kredenz Sliwowitz holte und sich ein Gläschen einschenkte.

»Also auf Ihr Wohl«, sagte er und trank das Glas in einem Zug aus.

»Mir wäre es lieber«, sagte Herr Issakowitsch feierlich, »wenn ich Sie in einer anderen Situation kennengelernt hätte, und ich bedauere sehr, daß man gerade mich mit dieser peinlichen Angelegenheit betraut hat.«

»Man hat Sie deshalb zu mir geschickt, weil Sie keine Bestechungen annehmen«, erklärte Slobodan, der inzwischen noch ein Gläschen Sliwowitz getrunken hatte, »und Ihre Leute wissen, daß ich keine Bestechungsgelder anbiete. Ich wüßte gar nicht, wie ich Ihnen Geld anbieten sollte; ich müßte immer daran denken, daß ich Sie damit beleidige.«

»Das würden Sie in einem solchen Falle auch tun.«

»Na, sehen Sie. Gerade deshalb hat man es so eingerichtet, daß wir zwei zusammenkommen. Sie können nichts dafür.«

»Trotzdem tut es mir außerordentlich leid«, sagte Herr Issakowitsch mit einer beinahe echten Trauer, »daß ausgerechnet ich ... Wissen Sie, ich habe noch vor zwei Jahren ein Sparkonto auf Ihrer Bank gehabt. Und als ich dann in der Zeitung von dem Zusammenbruch der Onyx-AG las, glaubte ich nicht mehr, daß ich mein Geld jemals wiedersehen würde.«

»Ach, hören Sie mit diesem sentimentalen Kram auf!« rief Slobodan ungeduldig; er trank jetzt den Sliwowitz aus einem Weinglas, weil ihm das häufige Einschenken in das kleine Schnapsglas lästig war. »Ich habe damals nicht so sehr an die sogenannten kleinen Sparer gedacht, sondern an mich selbst. Ein Raikow bleibt niemandem etwas schuldig!«

Jetzt wirst du pathetisch, dachte er. Der komische Vogel da kann dich noch beim Wort nehmen und dich an deine Steuerschulden erinnern. Doch dem Finanzinspektor lag das im Augenblick fern. Er schüttelte seine spärlichen Haare und sagte:

»Das können Sie mir nicht einreden, Herr Raikow, ich kenne Sie besser, als Sie glauben. Sie haben nicht nur an sich selbst gedacht.«

Der wird mich noch zu Tränen rühren, wenn er nicht bald damit aufhört, dachte Slobodan. Dann fragte er:

»Sagen Sie; wie hoch sind eigentlich meine Steuerschulden?«

Herr Issakowitsch legte die Hand auf das Schloß seiner Aktentasche, als wolle er sie öffnen, um in den ihm anvertrauten Akten nachsehen zu können. Er tat es aber nicht, sondern verdrehte nur die Augen und sagte gedehnt:

»Ungefähr vierhunderttausend.«

»Eine ganz hübsche Summe, die ich da bezahlen muß,

an einen Staat, der mich ruiniert hat«, sagte Slobodan. Fast zugleich dachte er: du bist betrunken.

»Herr Raikow, trotz allem Respekt, den ich für Sie hege, und trotz allem Verständnis für Ihre Lage, muß ich Ihnen sagen, daß es keinen Zweck hat, mit mir so zu sprechen: ich teile nicht Ihre Ansicht.«

Während er diesen geschraubten Satz langsam und bedächtig aussprach, griff der kleine Mann mehrmals nervös an seinen Zwicker, als suche er bei diesem zerbrechlichen Sehinstrument einen Halt. Slobodan bemerkte erst jetzt, daß Herr Issakowitsch auf seiner Jacke über den beiden Ellenbogen herzförmige Schoner aus einem samtartigen, schmutzigblauen Stoff trug.

»Ich weiß, ich weiß«, sagte Slobodan. »Ich hätte so etwas vor zwei Jahren auch nicht gesagt. Ich habe immer gern Steuern bezahlt, und ich habe das nie als eine Art Strafe empfunden. Ich habe gut verdient und einen Teil von meinem Verdienst an den Staat abgeführt, dafür, daß er meine Freiheit und meine Interessen beschützt, obwohl dieser Schutz in jedem Staatswesen recht zweifelhaft und undurchsichtig ist. Wenn sich aber herausstellt, daß dieser Staat ... « Da unterbrach sich Slobodan, weil es ihm, während er noch gesprochen hatte, plötzlich eingefallen war: Du hast deinen Beruf vollkommen verfehlt, du hättest Volksredner werden sollen. »Entschuldigen Sie, bitte, diese unsachlichen Bemerkungen«, sagte er, nachdem er einen kräftigen Schluck Sliwowitz getrunken hatte. »Eigentlich ist es mir recht, daß Sie meinen Hopfen pfänden. So kann ich wenigstens nicht mehr in Versuchung kommen, ihn an die Baldoni- oder Seifert-Erben unter sehr demütigenden Bedingungen zu verkaufen.«

»Ich bin im Bilde, ich bin ganz im Bilde«, murmelte Herr Issakowitsch.

Der Gedanke an seine Niederlage ließ Slobodan nicht in Ruhe.

»Hätten Sie etwas dagegen«, fragte er, »daß ich Pilsner Bier importiere?«

»Ich trinke keinen Alkohol«, sagte Herr Issakowitsch.

»Ja, ich weiß, ich meine nur, ob Sie im Prinzip etwas dagegen hätten, daß ich ausländisches Bier einführe?«

»Nein. Warum sollte ich etwas dagegen haben?«

»Sehen Sie. Genauso wie Sie denken die meisten Bürger in unserer Stadt, ja, in unserem ganzen Land. Viele von ihnen hätten nicht nur nichts dagegen, sie würden sich sogar freuen, wenn sie noch ein anderes Bier zur Auswahl bekommen könnten. Doch diese Bürger, die eigentlich den Staat ausmachen, haben nichts zu sagen. Die Entscheidungen werden in Belgrad hinter verschlossenen Türen gefällt, Entscheidungen, die allein den Interessen zweier einheimischer Bierbrauer dienen.«

»Man kann doch nicht eine Volksabstimmung über die Bierfrage veranstalten«, sagte Herr Issakowitsch.

»Gewiß nicht. Das würde auch nicht viel nützen. Die Redner würden den Bürgern erklären, daß sie, wenn sie für den Bierimport stimmen, gegen die Monarchie stimmen. So steht es mit unserer Handelsfreiheit.«

»Glauben Sie nicht, daß Sie ein bißchen übertreiben?«

»Natürlich übertreibe ich. Aber ich habe ein Recht

dazu. Ich habe wenigstens ein Anrecht darauf, mich über mein Los aufzuregen, wenn ich schon nichts anderes tun kann.« Slobodan trank den Rest des Schnapses, der noch im Weinglas verblieben war, und füllte das Glas von neuem.

Herr Issakowitsch sagte nichts mehr. Er stützte seine Ellenbogen mit den herzförmigen Ärmelschonern auf den Tisch und seinen Kopf auf die zusammengeballten Fäuste und starrte mit gekrauster Stirn vor sich hin, als denke er über Slobodans Worte nach. Er verharrte in dieser Stellung, bis Marko zurückkam und den Krug mit Milch vor ihn stellte. Er schenkte sich gleich ein Glas voll und trank die Milch in einem Zug aus; das Gespräch hatte ihn anscheinend auch sehr durstig gemacht.

Marko hatte ein noch ungeöffnetes Päckchen Karten mitgebracht. Herr Issakowitsch riß den Umschlag auf und begann sie zu mischen. Die Karten rochen angenehm nach frischem Papier und Druckerschwärze, wie ein soeben fertiggestelltes Buch.

Marko hob wieder die höchste Karte, einen König, ab und hielt zuerst die Bank. Wieder wurden die Maiskörner verteilt, und Marko gab seinen Partnern je eine Karte. Das Spiel interessierte Slobodan nicht mehr, es machte ihm aber Spaß, zu beobachten, mit welcher Leidenschaft Herr Issakowitsch spielte. Er hatte sich jetzt eine eigenartige, aber logische Methode zurechtgelegt: jedesmal, wenn er verlor, setzte er bei der nächsten Runde das Doppelte der verlorenen Summe; er verdoppelte oft mehrere Male nacheinander seinen Einsatz, bis er schließlich Glück hatte und alles wieder zurückgewann. Den erzielten Gewinn legte er auf die Seite, während sein ursprüngliches Kapital an Maiskörnern unangetastet blieb. Dieses System schien Herrn Issakowitsch so sicher zu sein, daß er nach einer Weile vorschlug, den Wert eines Chips von zehn auf fünfzig Para zu erhöhen, und nach einer weiteren halben Stunde auf einen ganzen Dinar, was von seinen Partnern widerspruchslos angenommen wurde. Slobodan und Marko konnten nichts dagegen einwenden, nachdem das erste Spiel so unglücklich verlaufen war und sie sich Herrn Issakowitsch gegenüber schuldig fühlten.

Slobodan sah, wie seine Maiskörner und die von Marko immer zahlreicher zum Häufchen des Herrn Issakowitsch hinüberwanderten, und begann sich auszurechnen, wieviel er dem spielbesessenen Exekutor würde zahlen müssen, wenn die endgültige Abrechnung kam. Bald mußte er schon von Herrn Issakowitsch für zweihundert Dinar Maiskörner zurückkaufen, damit Marko und er weiterspielen konnten. Slobodan war das gleichgültig, wenn nur sein ungebetener Gast mit dem Spiel aufhörte, ehe sein ganzes Geld, das er gestern von seinem Freund Grujo geliehen hatte, aus war. Um seinen Kummer erträglicher zu machen, fing er an, mehr zu trinken, so daß er schon ziemlich betrunken war, als im Spiel die große Wende eintrat und er alle weiteren Ereignisse in einer Art Nebel sah.

Irgend einmal, nachdem Slobodan noch zweimal zweihundert Dinar ausgegeben hatte, wendete sich das Glück, und Herr Issakowitsch begann zu verlieren. Er verlor sehr schnell, weil er jedesmal den Betrag verdoppelte. Marko gewann innerhalb von zehn Minuten nicht nur Slobodans Geld zurück, sondern auch die ganze Barschaft des Herrn Issakowitsch, es waren etwa fünfhundert Dinar, die der Exekutor seiner zerschlissenen Brieftasche entnommen hatte; er zählte die Scheine dreimal, ehe er sie mit seiner fahlen Hand, die jetzt leicht zitterte, zur Tischmitte schob. Er verlor wieder. Ungläubig sah er zu, wie Marko sein Geld auf den großen Haufen Maiskörner, der vor ihm lag, warf. Herr Issakowitsch durchstöberte noch einmal seine Brieftasche, fand aber darin nichts anderes als einige vergilbte Fotos und zerknitterte Fahrscheine und Rechnungen. Dann sah er sich ratlos um. Als sein Blick auf die neue, schwarze Aktentasche fiel, hob er sie von der Bank auf und legte sie mit einer finsteren Entschlossenheit auf den Tisch.

»Fünftausend«, sagte er. »Ist sie Ihnen so viel wert?«

Marko nickte.

»Sie kostet eigentlich nur ein paar hundert Dinar«, fuhr Herr Issakowitsch fort. »Wenn ich sie aber nicht einlöse, verliere ich meine Stellung. Sie können sie ruhig an Zahlungs Statt nehmen.«

Marko sagte nichts, er reichte nur dem kleinen Mann eine Karte und gleich darauf die zweite.

»Einundzwanzig!« rief Herr Issakowitsch triumphierend.

Er hatte sich aber zu früh gefreut, denn Marko deckte zwei Asse auf. Herr Issakowitsch erblaßte zuerst und wurde gleich darauf rot wie eine Mohnblume.

»Spielen wir jetzt um zehntausend!« schrie er. »Ich gebe Ihnen einen Schuldschein, wenn ich verliere. Geben Sie mir eine Karte.«

Slobodan machte Marko Zeichen, mit denen er ihm zu verstehen gab, daß er den kleinen Mann gewinnen lassen solle. Doch Marko beachtete ihn gar nicht. Er saß in einer starren Haltung da, auch er ganz rot im Gesicht, und verteilte mit steifen Fingern die Karten. Slobodan gab er schon seit einiger Zeit keine mehr. Es war ein Spiel, das allein zwischen ihm und Herrn Issakowitsch ausgetragen werden mußte, ein Spiel, in dem es um mehr ging als um Maiskörner, Geld und abstrakte Zahlen, die Herr Issakowitsch mit heiserer Fistelstimme in den Raum schrie, es war schon kein Spiel mehr, sondern ein erbitterter Kampf auf Leben und Tod. Der Exekutor kämpfte jetzt um seine Existenz, um seine Beamtenwürde, um seine Rettung. Marko war wieder von dem Wunsch besessen, diesen frechen Eindringling, der gekommen war, um seinem Herrn und Ziehvater alles wegzunehmen, im Spiel zu besiegen und sich auf diese Weise an ihm zu rächen. Vielleicht dachte er auch daran, daß ihn der Sieg in die Lage versetzen würde, dem besiegten Exekutor irgendwelche Bedingungen zu stellen.

»Zwanzigtausend!« schrie Herr Issakowitsch, und bald darauf »Vierzigtausend!«

Alles, was nun geschah, spielte sich immer schneller und zerhackter ab, wie im Kino, kurz bevor der Film abreißt. Slobodan sah auf Markos Hände, die immer hektischer die Karten mischten und verteilten, während die Stimme des Herrn Issakowitsch immer schriller Zahlen ausrief. »Achtzigtausend ... Hundertsechzigtausend! ... Dreihundertzwanzigtausend!« Je höher die Zahlen wurden, desto dünner wurde seine Stimme, bis sie zuletzt in ein ersticktes Röcheln überging. Als er »Sechshundertvierzigtausend!« sagte, brach sie plötzlich ab. Herr Issakowitsch starrte einige Sekunden lang mit grünlichem Gesicht auf die Karten, die Marko ihm soeben gegeben hatte, ließ sie fallen, nahm mit einer langsamen Bewegung, wie in einem Trancezustand, seinen Zwicker ab, legte ihn, wieder sehr langsam, auf den Tisch, ließ dann seinen Kopf auf seine Arme sinken, ruckartig, wie eine Marionette, und begann zu schluchzen.

»Ich habe kein Glück«, stöhnte er. »Ich habe kein Glück ... Niemand liebt mich. Niemand.«

»Ich verstehe nicht«, sagte Slobodan, und es war ihm, als höre er jemanden anderen sprechen, »warum Sie aufgehört haben, zu spielen. Einmal hätten Sie doch gewinnen müssen. Vielleicht wäre das schon bald geschehen, vielleicht erst in einer Stunde, aber Sie hätten auf jeden Fall einmal gewonnen. Wollen Sie nicht weiter versuchen?«

Herr Issakowitsch sagte nichts, er war aber etwas ruhiger; seine Schultern zuckten nicht mehr so sehr wie zu Anfang seines Weinkrampfes.

»Hast du denn geglaubt, daß deine Glückssträhne ewig andauern könnte?« fragte Slobodan seinen Ziehsohn, der mit jugendlichem Staunen den noch immer leise schluchzenden Exekutor betrachtete. »Gib Herrn

Issakowitsch seine Aktentasche und sein Geld zurück, er hätte es sicherlich zurückgewonnen, wenn er weitergespielt hätte. Also gib es ihm schon, worauf wartest du noch?«

Marko schob zögernd die Tasche und die fünfhundert Dinar über den Tisch. Dann berührte er leicht den Arm des Herrn Issakowitsch.

»Hier sind Ihre Sachen«, sagte er. »Sie gehören Ihnen. Ich wollte sie nicht behalten. Wirklich.«

»Kommen Sie, trinken Sie schön ein Glas Milch und gehen Sie dann schlafen«, sagte Slobodan zu Herrn Issakowitsch, der sich noch immer nicht rührte. »Sie haben doch morgen genug zu tun.«

Wie ein gehorsames Kind trank Herr Issakowitsch ein Glas Milch bis zum letzten Tropfen aus und ließ sich gleich darauf in sein Zimmer führen, in dem Marko, als er um die Spielkarten gegangen war, noch schnell eingeheizt hatte; er hatte die Behauptung des Exekutors, er schlafe auch im Winter bei offenem Fenster, nicht ernst genommen. Jetzt legte er die Aktentasche, das Geld und den Zwicker ihres Gastes auf den Nachttisch und ließ Slobodan und Herrn Issakowitsch allein.

»Was werden Sie nur von mir denken?« fragte Herr Issakowitsch und setzte sich kraftlos in einen Ohrensessel, der neben dem Kachelofen stand.

»Entschuldigen Sie, bitte, daß Marko in Ihrem Zimmer eingeheizt hat«, sagte Slobodan. »Aber ich glaube, so ist es doch besser – wir werden morgen früh einen starken Frost haben.« Er zeigte durch das Fenster auf den klaren Nachthimmel.

»Glauben Sie?« fragte Herr Issakowitsch mit dünner Stimme.

»Ja, ich kenne mich in dieser Gegend gut aus. Ich bin hier auf dem Land aufgewachsen.«

»Und ich habe gedacht, Sie seien aus Kerek«, sagte Herr Issakowitsch, »und haben das Haus hier erst später gekauft.«

»Nein, nein, ich bin in Jablanowo geboren.«

»Ach so«, sagte Herr Issakowitsch, als hätte dieser Umstand eine besondere Bedeutung. Er setzte an, um noch etwas zu sagen, sagte aber nichts mehr, sondern sah nur verloren vor sich hin.

»Ich will Sie nicht länger stören«, sagte Slobodan. »Sie werden müde sein, Mitternacht ist längst vorbei. Ich wünsche Ihnen eine gute Nacht.« Damit ging er hinaus.

In der Diele wartete Marko auf ihn.

»Es tut mir leid«, sagte er, »daß alles so gekommen ist.«

»Das ist nicht mehr so wichtig.«

»Ich wollte Ihnen noch Ihr Geld zurückgeben, Großvater.«

»Behalte es nur für den Haushalt.«

»Danke, Großvater.«

»Und sag nicht immer ›Großvater‹ zu mir.«

»Was soll ich denn zu Ihnen sagen?«

»Ach, nenn mich, wie du willst. Und geh schon schlafen.«

»Gute Nacht, Großvater.«

»Gute Nacht, Marko. Schlaf gut.«

Als Marko am nächsten Morgen ins Gastzimmer ging, um Herrn Issakowitsch zum Frühstück einzuladen, fand er ihn noch angezogen und ganz zusammengekauert im Ohrenfauteuil schlafen.

Während des Frühstücks, zu dem Marko außer Kaffee, Weißbrot und Butter auch einen geräucherten Schinken servierte, sprachen sie sehr wenig. Herr Issakowitsch wartete ab, bis Marko in den Hof hinausging, und sagte erst dann zu Slobodan:

»Ich bitte Sie, mich nicht falsch zu verstehen. Ich habe es mir gestern abend lange überlegt. Zuerst wollte ich weggehen und jemanden anderen zu Ihnen schikken, aber dann habe ich mir gedacht, es ist eigentlich besser, wenn ich die Pfändung vornehme. Ein anderer würde sofort Ihren Hopfen pfänden, und der darf nicht unter den Hammer kommen – auf diese Weise würde man für ihn noch viel weniger erzielen, als wenn sie ihn weit unter dem normalen Preis verschleudern.«

Slobodan wollte dem kleinen Mann sagen, es sei ihm im Augenblick vollkommen gleichgültig, was mit diesem verdammten Hopfen noch geschehen werde, doch Herr Issakowitsch hob beschwörend die Hand und sagte:

»Nein, sagen Sie bitte nichts. Lassen Sie mich nur alles machen.«

Eine Stunde lang ging Herr Issakowitsch umher und pickte auf verschiedene Gegenstände, die nur einen Trödler interessieren konnten, seine Pfändungszettel mit dem abgebildeten Adler. So pfändete er im Schuppen den verstaubten Cadillac und abgelegte Landwirtschaftsgeräte, und im Haus die stillstehenden Uhren, die Slobodans Mutter einst leidenschaftlich gesammelt hatte; er glaubte wahrscheinlich, sie seien kaputt und völlig wertlos. Als er mit seiner Arbeit fertig war, ging er zu Slobodan, der ihm vom Hof aus zugesehen hatte, um sich von ihm zu verabschieden.

»Sie haben jetzt noch einige Wochen Zeit, um Ihre Sachen in Ordnung zu bringen«, sagte er.

»Ich danke Ihnen.«

Der kleine Mann sah sich um, als habe er Angst, jemand könne ihn belauschen, und sagte:

»Sie sollen nicht glauben, daß ich nur wegen gestern abend ... Ich hätte es auf jeden Fall getan, weil ich ... « Da brach er ab und wurde wieder ganz förmlich. Er nahm seine Melone ab und verbeugte sich steif.

»Ich hoffe, Sie werden mir Gelegenheit geben, mich bei Ihnen für Ihre Gastfreundschaft zu revanchieren.«

Slobodan begleitete ihn bis auf die Straße hinaus. Der kleine Mann im abgeschabten Übergangsmantel schritt langsam und würdig einher, wie es sich für einen wichtigen Staatsbeamten geziemt. An der Ecke drehte er sich noch einmal um und winkte zurück. Dann verschwand er in der anderen Straße.

Als Slobodan ins Haus zurückging, kam es ihm ganz leer und verlassen vor, und er wunderte sich über dieses Gefühl, das er gestern noch nicht gehabt hatte.

MITTWOCH

Die geheime Botschaft

Mladen ertappte sich dabei, wie er auf seinem Mathematikheft Teppichmuster kritzelte. Die Zahlen, die er in eine richtige Beziehung zueinander bringen sollte, waren unter seiner Hand unwillkürlich in Linien und Kreise übergegangen, und diese Linien und Kreise hatten sich dann zu seltsamen Mustern zusammengefügt. Er konnte sich nicht konzentrieren; da half ihm auch nicht die Angst vor dem Mathematikprofessor, der jedesmal eine halbe Unterrichtsstunde zur Prüfung des zuletzt vorgetragenen Stoffes verwendete und der morgen bestimmt keine Ausnahme machen würde. Bei manchen Professoren konnte man im voraus berechnen, wann sie etwas Neues vortragen und wann sie prüfen würden, doch der »Rettich« – so wurde der Mathematikprofessor von seinen Schülern genannt, wahrscheinlich weil er eine blasse, sich nach oben ausbreitende Stirn und einen ewig verzweifelten Gesichtsausdruck hatte – tat jedesmal beides; für ihn war die Mathematik die Wissenschaft aller Wissenschaften, die man mit allem Ernst und einem ihrer großen Bedeutung entsprechenden Fleiß betreiben mußte.

Sooft aber Mladen versuchte, sich mit den widerspenstigen Zahlen zu beschäftigen, glitten sie ganz von selbst in schwarz-weiße Teppichmuster über. Schließlich gab er es auf und nahm sich vor, am nächsten Morgen um fünf aufzustehen und zwei Stunden noch zu lernen, in der törichten Hoffnung, daß er dann einen klaren Kopf dazu haben würde.

Darauf versuchte er, die lange Zeit, die ihn noch vom Rendezvous mit Bossa trennte, mit der Lektüre totzuschlagen. Aber auch das gelang ihm nicht. Welches Buch er auch aus dem Regal nahm und aufschlug, immer mußte er an den Augenblick denken, in dem er Bossa umarmt und geküßt hatte. Das war der einzige Augenblick gewesen, in dem ihn die Erinnerung an die Eistänzerin nicht gequält hatte. Der schmächtige Körper Bossas schien die Fähigkeit zu besitzen, ihn alles vergessen zu lassen, wenn er nur nahe genug an dem seinen war. Seine Sehnsucht nach dieser Berührung war so groß, daß ihm alle Klassiker der Weltliteratur samt ihren weisen Erkenntnissen und alle modernen Franzosen mit ihrem düsteren Sinn und ihrem noch immer eleganten Stil, seine Sehnsucht nach dieser wahren, lebendigen Umarmung war so stark, daß ihm alle Bücher, die er in seiner Bibliothek hatte, verstaubt, langweilig und überflüssig vorkamen. Er brauchte ein viel wirksameres Rauschmittel, um die tote Zeit zu überbrücken. So entschloß er sich, ins Kino zu gehen. Er wußte nicht, welchen Film er sich anschauen wollte, aber er war überzeugt, der dunkle Saal, die Bilder einer fremden Welt und irgendeine aufregende Handlung mit Gangstern und viel Schießerei würden ihn eher als die Lektüre vergessen lassen, daß er nicht imstande war, die Zeiger der Uhr, die unerträglich langsam dahinkrochen, schneller durch ihren Kreis zu jagen.

Draußen war es Herbst. Die Sonne schien, es war aber kalt, und die Passanten trugen schon Übergangsmäntel. Trotzdem saß noch eine Menge Menschen vor den Kaffeehäusern auf der Straße. Mladen wunderte sich darüber, daß es so viele Müßiggänger um diese frühe Nachmittagszeit gab. Das Kino war aber fast leer. Er hatte eine ganze Reihe für sich und lehnte sich behaglich in seinem Fauteuil zurück. Die Wochenschau war schon vorbei, er hatte sich etwas verspätet, und ein Mädchen in schwarzem Kleid mit weißem Kragen schritt in der kurzen Pause durch den Mittelgang und spritzte mit bedächtigen Bewegungen aus einem blitzenden Chromgerät Perolin um sich, und Mladen spürte einen angenehmen Geruch in der Nase, als der Film anfing. Er dachte noch, wie schön es gewesen wäre, wenn er jetzt Bossa bei sich gehabt hätte, aber dann vergaß er alles.

Er sah eine Straße, die schnurgerade durch die Wüste führte. Irgendwo an dieser Straße stand ein Gasthaus, eigentlich nur eine Baracke mit einer Tankstelle und einem Raum, in dem man essen und trinken konnte, alles leer, baufällig, trostlos. Und dann gab es ein Mädchen in dieser Baracke, und das Mädchen war schön, denn es war niemand anderes als Bette Davis. Diesem

Mädchen begegnete ein Vagant, der die Straße heraufgekommen war. Er war aber kein gewöhnlicher Vagabund, sondern eine Art Dichter-Schauspieler, der in seinem Rucksack einen Band Gedichte von Villon trug. Leslie Howard, der den Vaganten spielte, konnte Villons Gedichte sehr schön und eindrucksvoll vortragen, und es war kein Wunder, daß sich das Mädchen in ihn verliebte. Mitten in dieses Idyll platzte plötzlich in einem riesigen schwarzen Auto eine von der Polizei verfolgte Gangsterbande, deren Chef Humphrey Bogart spielte. Der Gangster freundete sich bald mit dem philosophierenden Vagabunden an, erschoß ihn aber dann, weil er sich von ihm verraten fühlte. Der Vagant wollte übrigens erschossen werden. Auch der Gangster starb, und noch einige andere. Am Ende blieb nichts anderes übrig als das verwaiste Mädchen, die endlose Wüste und der Wind, der trockenes, entwurzeltes Gebüsch über den glattgefegten Sand rollte.

Mit einem traurigen Gefühl verließ Mladen das Kino. Ihm war es, als habe er soeben in einem schwindelerregenden Höhenflug ein ganzes Leben durchlebt und sei dann jäh abgestürzt; jetzt lag er in der Wüste begraben und hatte Sehnsucht nach Bossa; nur sie konnte den Tod besiegen und ihn wieder zum Leben erwecken. Es war aber noch nicht einmal fünf, und er wußte nicht, was er in dieser langen Stunde bis zu seiner Auferstehung tun sollte. Da fiel ihm ein, daß er Stanko besuchen konnte. Stankos Vater war Postbeamter und hatte eine Dienstwohnung im Gebäude der alten Hauptpost, das sich in der Nähe des Kinos befand.

Stanko war nicht allein. Bei ihm waren noch Ljubo und Weljo. Ljubo, der Vorzugsschüler war und eine Brille trug, bemühte sich gerade vergeblich, seine zwei Kameraden in die Geheimnisse der Logarithmen einzuweihen. Mladen gab vor, seine Aufgaben schon gemacht zu haben, und setzte sich auf einen Stuhl neben dem Fenster, um die drei, die an einem runden Tisch in der Mitte des riesigen Zimmers saßen, nicht zu stören; er hatte keine Lust, sich mit Mathematik zu beschäftigen. Auch der etwas dickliche Weljo schien nicht besonders begeistert bei der Sache zu sein. Während Ljubo, auf seinem Stuhl kniend und mit einem roten Bleistift fuchtelnd, den verborgenen Sinn einer mathematischen Formel erklärte, faltete er seelenruhig aus Papierschnitzeln kleine, feste Streifen zusammen, die er dann mit einem Gummiring, den er zwischen den Daumen und den Zeigefinger seiner Linken gespannt hatte, wie aus einer Schleuder abschoß. Seine Papiergeschosse schlugen dumpf auf der Schranktür auf, und das hörte sich an, wie wenn eine Fliege in panischer Angst und völlig sinnlos gegen eine Fensterscheibe anrennt.

»Weljo!« rief Ljubo mahnend. »Willst du nicht endlich damit aufhören! Ich habe nicht die Absicht, noch ein drittes Mal dasselbe zu erklären.«

»Von mir aus brauchst du dich überhaupt nicht anzustrengen«, sagte Weljo gleichgültig und schoß wieder ein Stück Papier gegen die Schranktür ab. »Ich verstehe sowieso nichts davon, auch wenn du es mir zehnmal erklärst.«

»Aber Weljo, sei vernünftig, nimm dich bitte zusammen.« Ljubo nahm seine Aufgabe anscheinend ernst. »Auf diese Weise wirst du nie das Gymnasium beenden.«

»Dann werde ich es eben nicht beenden«, sagte Weljo achselzuckend. »Was ist schon dabei? Mein Vater ist auch nur vier Jahre lang ins Gymnasium gegangen, und wie weit hat er es nun gebracht. Er hat keine Ahnung von Logarithmen, er weiß nicht einmal, daß so etwas existiert, wenn es aber um Geld geht, dann übertrifft er sogar eine Rechenmaschine. Außerdem hält er sich einige Angestellte, die sich auf verschiedenen Gebieten auskennen müssen. Nur seine Sekretärin sieht aus, als ob sie nicht bis drei zählen kann, dafür ist sie aber hübsch. Wie du siehst, braucht man keine Matura zu machen, um sich etwas anzuschaffen.« Weljo riß ein Stück Papier mehrere Male entzwei und begann neue Geschosse für seine kleine Schleuder zu drehen.

»Ich glaube nicht, daß dein Vater mit deiner Haltung einverstanden sein wird«, sagte Ljubo kalt und benützte die erzwungene Pause, um sich mit einem blaßblauen Taschentuch die Brille zu putzen. Währenddessen sah er mit seinen kurzsichtigen Augen auf Weljo hinunter. »Er wird wahrscheinlich darauf bestehen, daß du die Schule fertigmachst.«

»Er wird auf gar nichts bestehen«, antwortete Weljo frech. »Ich habe ihn vorige Woche dabei erwischt, wie er im Büro seine Sekretärin ganz ordentlich geknutscht hat. Jetzt weiß er nicht, was er alles für mich tun soll, nur damit ich der Mutter nichts sage. Er hat mir auch sofort mein Taschengeld verdoppelt und wird es noch einmal verdoppeln, wenn ich es von ihm verlange. Laßt doch diese langweilige Mathematik und kommt hinunter in die Konditorei, ich lade euch alle ein.«

»Mach, was du willst, aber laß uns in Ruhe«, sagte Ljubo ärgerlich. »Wir wollen lernen.«

Stanko nickte eifrig mit seinem blassen Gesicht, um Ljubos Worte zu bestätigen. Aber Weljo gab sich nicht geschlagen.

»Na ja, ihr müßt es tun«, sagte er. »Euch bleibt nichts anderes übrig, als fleißig zu lernen. Was wollt ihr schon werden? Stanko wird Postbeamter, wie sein Vater, und Ljubo wird Professor, steht ihm ganz gut, wenn er sich so wichtig macht und etwas erklärt und dabei seine Brille putzt. Alle Professoren machen sich wichtig vor ihren Schülern, weil sie dadurch vergessen wollen, daß sie nur arme Schlucker sind.«

»Wenn du aus keinem anderen Grund hergekommen bist, als uns zu beleidigen, dann kannst du gleich gehen«, unterbrach ihn Stanko, dessen Gesicht noch blasser geworden war.

»Bitte, bitte, ich will die Herren Gelehrten nicht stören.« Weljo legte eine Handvoll Papierschnitzel auf den Tisch und stand auf. Aber er ging nicht weg, sondern wandte sich an Mladen. »Komm wenigstens du in die Konditorei, du hast hier nichts zu tun.«

Mladen wäre gern mit ihm gegangen – die zwei lernenden Kameraden erinnerten ihn peinlich an seine versäumte Pflicht –, aber er konnte sich mit Weljo nicht solidarisch erklären. So sagte er nur:

»Ich bleibe lieber hier.«

»Aber komm, ich lade dich doch ein.«

Weljo holte seinen Regenmantel, der auf dem zerschlissenen Sofa lag, und zog ihn langsam an. Dann schritt er auf die Tür zu und öffnete sie. Er ging aber noch nicht hinaus, sondern drehte sich noch einmal um.

»Mladen, sag, was möchtest du denn werden?« fragte er spöttisch. »Auch so ein Professor?«

»Nein«, sagte Mladen. »Ich werde Technologie studieren.« Es war ihm nichts Besseres eingefallen; er konnte Weljo nicht auf die Nase binden, daß er davon träumte, ein großer Dichter zu werden.

»Der wird sein Wissen klüger anlegen«, sagte Weljo zu den zwei anderen Kameraden, die so taten, als wären sie in ihre Aufgabe vertieft. »Er kann als Technologe auch Gold graben und eines Tages noch reich werden.« Damit ging er hinaus.

»Trottel!« rief ihm Mladen nach. Er war bereit, sich mit Weljo zu schlagen, sollte es ihm einfallen, noch einmal zurückzukommen. Aber Weljo kehrte nicht zurück.

»Ich weiß nicht, was in der letzten Zeit mit ihm los ist«, sagte Stanko, mehr für sich. Er konnte es anscheinend am schwersten überwinden, daß sein bester Freund sich so schlecht benahm.

»Pubertät«, sagte Ljubo sachlich, als wäre er schon längst über dieses gefährliche Alter hinaus.

»Das verstehe ich nicht«, sagte Stanko, der seinen Freund nicht so leicht aufgeben wollte. »Früher war er doch ganz anders.«

Ljubo ließ sich aber auf keine weiteren Diskussionen

über Weljo ein. Für ihn war das Problem mit dem Abgang des Störenfrieds abgetan. »Schau, das ist doch ganz einfach«, begann er, als sei inzwischen nichts geschehen, und wandte sich wieder den Logarithmen zu. »Wenn man sie einmal richtig begriffen hat, ist jede Aufgabe kinderleicht.«

Er wird wirklich Professor werden, dachte Mladen. Er sah eine Zeitlang zu, wie Ljubo dem in sein Schicksal ergebenen Stanko mit wichtiger Miene einen kleinen Vortrag über die kristallklare Einfachheit der Mathematik hielt. Dann betrachtete er die beweglichen, gelben Flecke, die von der untergehenden Herbstsonne auf den dünnen Vorhängen gebildet wurden. Er dachte darüber nach, was aus ihm werden würde. Er wollte nicht reich werden, er wollte schreiben, wenn er auch dabei arm blieb; es genügte ihm, wenn er so viel hatte, als er zum Leben brauchte. Irgendwie würde er schon so viel verdienen, vielleicht auch mit dem, was er schrieb. Er wußte, daß er etwas zu sagen hatte, er wußte nur noch nicht was, er war überzeugt, daß er es eines Tages wissen würde.

Mit dieser Gewißheit ging er weg. Seine Kameraden nickten ihm zu, als er hinausging. Draußen mußte er einen langen Korridor passieren. Es war eigentlich ein langer, mit einem Dach versehener Balkon, der in der Höhe des ersten Stocks an der Hofseite des Gebäudes angebracht war; erst von dort aus konnte man in das Treppenhaus gelangen. Mladen blieb in der Mitte dieses schwebenden Korridors stehen und sah hinunter in den Hof, in dem einige Postbeamte gerade dabei waren, viele Pakete und Postsäcke in zwei altmodische, gelbe Autos, auf denen das Posthorn aufgemalt war, zu laden. Mladen versuchte, sich auszurechnen, wie viele Briefe es in den Postsäcken gab. Wenn er einen Brief in den Postkasten warf, befiel ihn immer die Angst, daß er nie ankommen würde – der Postkasten war für ihn ein Grab, das alle Briefe auf Nimmerwiedersehen verschluckte –, und immer wieder wunderte er sich, wenn er nach einiger Zeit Antwort auf den verschwundenen Brief bekam. Jetzt sah er auch den Männern zu, die solche Wunder vollbrachten. Tausende Belgrader schrieben Briefe nach allen Richtungen – nach Frankreich und Italien, nach Amerika und Australien –, und Tausende Belgrader bekamen Antwort aus allen Ecken der weiten Welt. Es waren Briefe, in denen man einander mitteilte, daß man noch am Leben sei und daß es einem gut gehe, in denen man einander ewige Liebe beteuerte und mit denen man einander an längst fällige Schulden erinnerte. Mladen verspürte den Wunsch, hinunterzugehen, die Postsäcke zu öffnen und allen Briefen eine geheime Botschaft hinzuzufügen, er wußte nur nicht, was diese Botschaft enthalten sollte. Er konnte doch nicht einfach schreiben, daß er sich außerordentlich glücklich schätze, durch eine günstige Gelegenheit so viele Menschen von seiner Existenz in Kenntnis zu setzen, er sei ein junger Mann aus Belgrad, er sei gerade verliebt, und im übrigen habe er die Absicht, ein großer Dichter zu werden. Für eine geheime Botschaft war das noch zu wenig, er wußte aber nicht, wie er sie vervollständigen sollte.

Indessen waren die Postbeamten mit ihrer Arbeit fertig geworden. Sie schlugen die Autotüren zu, und die altmodischen, gelben Autos mit dem aufgemalten Posthorn fuhren langsam durch das große Tor hinaus. Er bedauerte, daß er ihnen seine Botschaft nicht mitgegeben hatte, auch wenn sie noch unvollständig war. Vielleicht hätte sie genügt, um allen Menschen zur Kenntnis zu bringen, daß er da war.

Der Knabe in der Dämmerung

Auch hier, auf dem Friedhof, schien Slobodan alles kleiner zu sein, als er es in Erinnerung behalten hatte: das verrostete Gittertor, die herbstlichen Pfade, die verfallenen Grabdenkmäler und sogar der Tod, der irgendwo zwischen ihnen mit angehaltenem Atem auf der Lauer lag. Slobodan ging durch die stummen Reihen wie durch eine Bildergalerie, denn auch jene Denkmäler, auf denen keine Fotos angebracht waren, riefen in seinem Gedächtnis Bilder hervor.

Von Zeit zu Zeit blieb er stehen – der Kiespfad hörte auf, unter seinen Füßen zu knirschen – und beugte sich vor, um Namen zu lesen. Er wunderte sich darüber, wie viele seiner Jugendfreunde erstaunlich jung gestorben waren; erst hier, wo sie alle nebeneinander lagen, konnte man das richtig feststellen. Jovan, der einmal Priester werden wollte, war vierzehnjährig an den Folgen eines Hufschlags gestorben, und Rade, der eine sehr schöne Stimme gehabt hatte und vor dem kein Mädchen in Jablanowo sicher gewesen war, mit dreiundzwanzig Jahren an der galoppierenden Schwindsucht. Wie viele hatten nicht einmal die Schwelle dieses Jahrhunderts überschritten, und wie viele waren im Weltkrieg gefallen, irgendwo draußen in den galizischen Wäldern oder an den wolhynischen Flüssen; sie waren nicht einmal alle hier begraben, nur ihre Namen standen auf einer verblichenen Gedenktafel. Und wie viele hatte dann, mit kaum fünfzig Jahren, ein Herzschlag oder eine andere Krankheit in die Knie gezwungen, wie den riesenhaften, gutmütigen Todor, der Schmied geworden war und den Slobodan sehr gern gehabt hatte. Andere wieder waren in alle Windrichtungen verstreut, ohne daß er jemals etwas von ihnen gehört hatte. Nur wenige waren noch da, eigentlich nur zwei: Krsto, der Apotheker, und Arso, der Bauer geblieben war. Slobodan nahm sich vor, die beiden alten Freunde zu besuchen. Sie würden sicherlich böse auf ihn sein, wenn sie erfahren haben würden, daß er in Jablanowo gewesen war, ohne daß er sich bei ihnen gemeldet hätte. Sie konnten ihn noch für hochmütig halten, oder für feige, weil er sich nach seinen Mißerfolgen versteckte.

Vor allem aber mußte er die Toten seiner Familie besuchen. Er konnte ihr Grab nicht verfehlen, denn das größte und hervorstechendste Grabmal auf dem Friedhof von Jablanowo gehörte der Familie Raikow; sie war nicht besonders zahlreich, aber sie war reich, und Slobodans Mutter hatte gewollt, daß jeder es sehen könne. Ihre fixe Idee war es gewesen, die ganze Familie in einem Grab zu vereinigen; wie eine Henne, die auch das letzte ihrer Kücken in ihrem Schutz wissen muß, hatte sie alle sterblichen Überreste der Familienmitglieder, die in verschiedenen Gräbern gelegen waren – oft hatte man von ihnen nicht mehr als einen Haufen verfaulter Erde gefunden – unter diesem marmornen Ungeheuer von einer Gruft versammelt. Dann hatte sie die Namen aller toten und lebenden Raikows, die bis zu ihrem eigenen Tod noch geboren worden waren, in einen besonders schönen Stein meißeln lassen. Links standen die Geburtsdaten und rechts die des Todes. Es gab insgesamt fünfzehn Namen, aber nur bei den ersten sieben waren die Todesdaten verzeichnet und dann noch beim dreizehnten – es war das von Slobodans Sohn Bogdan, der mit zwölf Jahren gestorben war –, bei allen übrigen Namen war die rechte Seite leer; diese leeren Flächen schrien geradezu nach Vollendung. Auf diese Weise sollten alle noch lebenden Raikows gezwungen werden, sich nach ihrem Tod in diese Gruft legen zu lassen. Auf der Liste fehlte auch nicht der abtrünnige Sohn Dragutin, genannt Dragi; ihre Mutter hatte nicht die Hoffnung aufgegeben, daß er wenigstens zum Sterben noch einmal und endgültig aus Amerika heimkehren würde. Wenn er nicht kam, dann würde die rechte Seite bei seinem Namen ewig leer bleiben und er würde auf diese Weise in der Familienchronik ewig leben.

Die Genealogie der Familie Raikow sah, in goldenen Lettern gemeißelt, recht eindrucksvoll aus. Der erste Raikow, der darin verzeichnet war, Slobodans Urgroßvater, kam gleichsam aus dem Nichts. Seine Vorfahren waren im Zuge der großen serbischen Völkerwanderung aus Südserbien in die fruchtbare Ebene des Banats gekommen, wo sie sich als Bauern und Soldaten (manchmal waren sie auch beides zugleich) zu behaupten versucht hatten. Sie hatten einst einem mächtigen Stamm angehört, aber die Kämpfe mit den Türken und zuletzt die Erbfolgekriege, in die sie für Österreich gezogen waren, hatten ihre Reihen erheblich gelichtet. Slobodans Urgroßvater – er hatte übrigens ebenso Slobodan geheißen – war jedenfalls der einzige Nachkomme gewesen, der sich, wahrscheinlich von den vielen schönen Pappeln angezogen, in Jablanowo niedergelassen und die dünne Linie der Raikows fortgesetzt hatte. Sein einziger Sohn war 1848 von den Ungarn hingerichtet worden. Er hatte nach Ausbruch der ungarischen Revolution dem Kaiser in Wien, der nicht sein Kaiser gewesen war, Treue geschworen, weil er als Serbe in den Ungarn seine Feinde und in den Österreichern, die immer sehr weit waren und sich um die serbischen Angelegenheiten wenig kümmerten, seine natürlichen Verbündeten gesehen hatte. Die Ungarn hatten ihn dann nach seiner Gefangennahme als einen Führer der serbischen Konterrevolution nach Groß-Kikinda verschleppt und ihn dort mit fünf anderen Mitgliedern des serbischen Revolutionsrates auf dem Hauptplatz gehängt. Sein Vater war ein Jahr darauf vor Gram gestorben, und seinem Sohn, den er als fünfjährigen Knaben hinterlassen hatte, war später vom dankbaren Kaiserhaus die Würde eines Barons verliehen worden; er hatte aber den Titel nie getragen, weil er diese Ernennung sein Leben lang für ein Mißverständnis gehalten hatte. Das war Slobodans Vater gewesen, der letzte der Raikows, die hier lagen. Seine Frau Jula hatte ihn um siebzehn Jahre überlebt und diese Zeit dazu benützt, um ihm und allen seinen Vor- und Nachfahren – sie hatte dabei nicht einmal seine Schwester, die noch in der Wiege gestorben war, vergessen – diese eindrucksvolle Gruft zu errichten.

Slobodan starrte auf den mattglänzenden Marmor und versuchte für diese acht Toten zu beten, es fielen ihm aber keine passenden Worte ein. So begnügte er sich damit, sich zu bekreuzigen, etwas Öl aus der kleinen Flasche, die er mitgenommen hatte, in das Ewige Licht zu gießen und es anzuzünden. Dann holte er den Rotwein aus der Aktentasche und besprengte damit das kleine Quadrat Erde, das eigens für diesen Zweck im Marmor offen gelassen worden war, indem er ein Zeichen des Kreuzes machte. Die trockene Erde sog gierig den Wein ein; die toten Seelen waren durstig, er hatte ihnen schon lange keinen Wein gebracht. Damit sie nicht hungrig blieben, legte er auch einen Laib Brot auf die nun nasse Erde. Einige geschwätzige Spatzen, die sich in seiner Nähe aufhielten, warteten nicht ab, bis er wegging, sondern stürzten sich gleich balgend auf das Brot und begannen fieberhaft daran zu picken. Um ihnen eine mühselige Arbeit zu ersparen, holte Slobodan noch einmal das Brot, brach es mehrmals entzwei und zerkrümelte darauf noch die einzelnen Stücke. Dann ging er weg; er wollte die Spatzen bei ihrem Festmahl nicht stören.

Als er sich von der Gruft entfernt hatte, fiel ihm plötzlich ein, daß er gar nicht nachgesehen hatte, wer in der unmittelbaren Nachbarschaft seiner Familie lag. Er ging zum Grab und beugte sich darüber, um das Bild, das daran angebracht war, zu betrachten, und erblickte im kleinen Rahmen sein eigenes Gesicht. Es war grau, unrasiert, aufgedunsen, schief und verzerrt wie in einem Zerrspiegel des Lachkabinetts, ganz weit und fremd, es war aber sein Gesicht. Es sah ihm von dem kleinen Stein entgegen, als stünde es jenseits des Grabes. Slobodan erschrak zuerst, begann aber gleich zu lachen. Sein alter Lehrer hatte noch zu seinen Lebzeiten einen kleinen Spiegel statt eines Bildes an seinem eigenen Grab anbringen lassen, um den Neugierigen Angst einzujagen und sie daran zu erinnern, daß sie ihm bald in den Tod folgen würden.

Der alte Lehrer, ein runzliges Männchen mit Schlapphut und Künstlermasche, hatte immer gern übermütige Streiche gespielt, besonders aber nachdem er pensioniert war. Einmal hatte er aus Kerek ein Telegramm an den Bürgermeister von Jablanowo geschickt, in dem er ihm als Gemeindesekretär von Kerek mitgeteilt hatte, daß der neue Landwirtschaftsminister noch am selben Abend incognito in Jablanowo eintreffen werde, um sich dort ein bißchen umzusehen. Der Bürgermeister hatte vergeblich versucht, den Gemeindesekretär von Kerek telefonisch zu erreichen; die ausweichenden Antworten anderer Beamten hatten ihn nur in dem Glauben bestärkt, daß die Meldung richtig sei. Der Gemeindesekretär war zu dieser Zeit auf der Jagd, das hatte der alte Lehrer gewußt. Ohne zu zögern organisierte der strebsame Bürgermeister in aller Eile einen großen Empfang für den Landwirtschaftsminister. Als der Eilzug am Abend in Jablanowo angehalten hatte, war auf dem Bahnhof fast ganz Jablanowo versammelt gewesen. Die Feuerwehrkapelle hatte sofort die Nationalhymne intoniert. Der Bürgermeister war ganz aufgeregt inmitten von angesehenen Mitbürgern und Dorfschönheiten auf einem improvisierten Podium gestanden, in der zitternden Hand eine feierliche Begrüßungsrede, die er für den Minister mit Hilfe zweier Gemeindeschreiber verfaßt hatte. Dem Zug war außer einem Bauernpaar nur noch der alte Lehrer entstiegen und hatte sich für den großartigen Empfang bedankt. Wäre er nicht schon pensioniert gewesen, dann hätte schon der wütende Bürgermeister für dessen sofortige Entlassung gesorgt. So war ihm nichts anderes übriggeblieben, als sich mit einem sauren Lächeln dem allgemeinen Gelächter anzuschließen. Slobodan war zufällig mit demselben Zug angekommen und hatte sich das ganze Theater angesehen. Der alte Lehrer hatte offensichtlich einen Heidenspaß daran gehabt; das war seine Art gewesen, jung zu bleiben.

Slobodan hatte nicht geglaubt, daß der letzte Spaß seines einstigen Lehrers bei ihm einen so tiefen Eindruck hinterlassen würde; während er aber langsam in das Dorf zurückging, mußte er unentwegt an den Spiegel auf dem Grabmal denken, und an sein eigenes Gesicht, das ihn daraus so fremd angestarrt hatte. Er war nicht gewillt, so bald seinen letzten Weg zur Familiengruft anzutreten; er wollte noch lange leben, er hatte noch vieles vor. Es wurde ihm plötzlich klar, daß er durch seine starre Haltung sich selbst jede Verbindung mit der lebendigen Welt abgeschnitten hatte; er sollte den Hopfen um jeden Preis verkaufen und mit dem Erlös etwas anderes anfangen. Er mußte aus diesem unmöglichen Zustand, der dem Tod ähnlich war, endlich ins Leben zurückkehren. Je früher er den entscheidenden Schritt tat, desto eher würde er wieder zu leben anfangen. Unwillkürlich ging er immer schneller und schneller und trat fast laufend ins Postamt.

Er wollte zuerst ein Gespräch mit Kerek anmelden, entschied sich aber dann für ein Telegramm; er hätte die Stimme eines der Direktoren der Brauerei Baldoni nicht ertragen können, sie hätte ihn leicht dazu verleitet, ihm Grobheiten zu sagen. Ein Telegramm war unpersönlicher. Während er sich von dem verschlafenen Beamten, der hinter seinem Schalter neben einem kleinen Ofen hockte, ein Telegrammformular holte, legte er sich schon den Text zurecht, den er an die Baldoni-AG abschicken wollte: »Akzeptiere Ihr letztes Angebot stop Hopfen transportbereit stop erwarte Ihren Vertreter zwecks Übergabe«.

Als er aber in einer Ecke des muffigen Zimmers vor dem Schreibpult stand, das Telegrammformular darauf legte und die verbogene Feder in das schmutzige Tintenfaß tauchte, begann alles in ihm sich gegen diesen Text aufzulehnen, und seine Hand schrieb wie nach einem zwingenden Diktat einen ganz anderen Text in großen Blockbuchstaben:

IHR HABT EUCH ZU FRÜH GEFREUT STOP
ICH LEBE NOCH SLOBODAN RAIKOW

Erschöpft legte er die Feder nieder und ging mit dem Formular zum Schalter. Der Beamte hörte auf, in seiner Nase zu bohren und begann die Worte auf dem Telegramm zu zählen. Slobodan bezahlte die errechnete Summe und schritt langsam hinaus. Er hatte sich mit einigen Federstrichen wieder auf den Ausgangspunkt zurückgesetzt; jetzt hatte er unendlich viel Zeit. Er konnte hinüber ins Gasthaus gehen, etwas trinken und alles an sich herankommen lassen.

Die Straße war breit und lief schnurgerade durch das Dorf von Osten nach Westen. Slobodan saß hinter dem letzten Fenster des Gasthauses, trank seinen Schnaps aus einem Wasserglas und sah auf die monotone Zeile ebenerdiger Häuser, die von einem feuerroten Schein beleuchtet waren. Die Sonne war soeben untergegangen, aber der Himmel brannte noch im Westen. Die purpurrote Brandwunde, von der das milde Licht, in dem alle Dinge seltsam hell und klar erstrahlten, ausging, war von einem violetten Kreis umzingelt. Darüber war der Himmel orange und etwas weiter, in der Mitte wieder blau. Gegen Osten wurde das Blau immer blasser, bis es in ein Grau überging. Im Osten war der Himmel ganz dunkel.

Den hellen Lichtschein in seinem runden, glatten, bebrillten Gesicht und den langen bläulichen Schatten in seinem Rücken, kam der Lehrer schräg über die

Straße und blieb dann plötzlich auf der gesprungenen Oktobererde der Fahrbahn stehen. Er senkte den Kopf mit den langen und fetten braunen Haaren und blickte auf seine Schuhe, deren Spitzen leicht nach oben gebogen waren; seine Finger zuckten immerzu an einem Lederknopf seines zerschlissenen Hubertusmantels. Sicherlich war er auf dem Weg ins Gasthaus, kämpfte aber jetzt gegen den Wunsch, so früh schon zu trinken. Er durfte doch nicht so oft als erster im Gasthaus erscheinen, er war immerhin der Lehrer. Aber was sollte man anderes tun in diesem gottverlassenen, herbstlichen Dorf, was sollte man anderes tun als trinken? Auch ein Lehrer hatte ein Anrecht darauf, manchmal einen Schnaps zu trinken, um sein trockenes Lehrerherz ein bißchen zu erwärmen. Er war doch auch ein Mensch. Die rosa schimmernden Finger des Lehrers drehten so stark den Lederknopf hin und her, daß Slobodan glaubte, er würde jeden Augenblick abreißen.

Wenn der Knopf abreißt, wird er umkehren, dachte Slobodan. Wenn der Knopf nicht abreißt, wird er hereinkommen.

Der Knopf riß nicht ab, aber der Lehrer kehrte trotzdem um. Er hatte den täglichen Kampf gegen sich selbst gewonnen, wenigstens für eine Stunde. Dann würde er noch einmal kommen, mitten auf der Straße stehenbleiben und mit sich kämpfen. Und dann würde er verlieren. Jetzt ging er schleppenden Schrittes nach rechts ab, gegen Osten, und sein Schatten, der inzwischen etwas länger und verschwommener geworden war, lief vor ihm her.

Slobodan winkte dem Lehrer nach und wollte ihm etwas zurufen, aber da war er schon mit den sehnigen Waden einer jungen Bäuerin beschäftigt, die, einen Eimer in der Hand, den Weg des Lehrers kreuzte. Slobodan prostete ihr ungesehen zu und trank sein Glas leer. Doch der Schnaps schmeckte ihm bitter. Während er den Rest aus der Halbliterflasche einschenkte und einen kurzen Blick auf die Straße warf, schien es ihm, als wäre die Luft ein Wasser, in dem der Lehrer und die Bäuerin lautlos und erschreckend blaß umherschwammen. Dann wurde die Straße plötzlich leer.

Slobodan stellte die Flasche auf den Tisch und blickte zum Himmel hinauf. Und dann sah er, wie das Licht vom Dunkel gefressen wurde, Stück um Stück, Zentimeter um Zentimeter, langsam und rasch zugleich, zugleich blitzartig und im Zeitlupentempo kroch und lief das Dunkel von Osten nach Westen, bis es den letzten Streifen fahlen Lichts an die Wand des Horizonts drückte, bis es auch den letzten schwachen Sonnenstrahl, der jenseits der Grenze hervorzubrechen versuchte, verbog, brach und zerstäubte und ihn in einen grauen Rauch verwandelte. Der ganze Himmel war mit mausgrauer Asche bedeckt, die wie ein feiner Regen auf die Erde niederrieselte. In diesem Augenblick starb der Tag.

Slobodan spürte, wie dieser Aschenregen, der draußen geräuschlos fiel und durch die Tür- und Fensterritzen, durch alle Poren der Mauern und Wände wie ein dunkler Nebel in die Häuser hineinkroch, ihn lähmte. Die Lähmung fing an irgendwo in der Magengegend – er spürte sie zuerst nur wie einen leichten Druck gegen die Magengrube – und breitete sich dann aufwärts aus, er spürte also den Druck auf seiner Brust – sein Herz krampfte sich zusammen und blieb sekundenlang still –, dann auf den Armen und Händen, die plötzlich keine Kraft mehr hatten, nach dem Schnapsglas, das er jetzt so gern zu seinem ausgetrockneten Mund geführt hätte, zu greifen. Von einem panischen Schrecken getrieben, versuchte er aufzuspringen, und da bemerkte er, daß die Lähmung auch auf seine Beine übergegangen war. Er konnte sich überhaupt nicht rühren. Er konnte nur dasitzen und schauen.

Die Straße war leer. Dann stand plötzlich auf dem Rand des Gehsteigs drüben ein Knabe in zerrissenem Pullover und kurzer Hose, barfuß. Er sah vorsichtig nach links und rechts und trat auf die Straße. Dabei strauchelte er und breitete rasch seine Arme aus, wie ein Seiltänzer, um sich aufzufangen. Behutsam, als habe er Wunden auf den Fußsohlen, schritt er über die ausgedörrte Erde und die hartgewordenen Spuren von Hufen und Rädern. Mit kleinen, tänzelnden Schritten und flatternden Armen, die ihm das Aussehen eines blassen Vogels gaben, überquerte der Knabe die verlassene Straße.

Slobodan hörte ihn nicht hereinkommen, er sah ihn auf einmal in der Tür stehen.

»Guten Abend«, sagte der Knabe in den Raum hinein, und seine dünne Stimme hallte wie in einer Kirche.

Der Gruß war eigentlich an niemanden gerichtet. Der Wirt saß, die Arme auf der Brust verschränkt, hinter seiner Theke und döste, doch der Knabe sah weder ihn noch Slobodan an, sondern starrte verloren auf die von Fliegen beschmutzte Reklame mit dem lächelnden Mädchen, das ein riesiges Glas schäumenden Biers in der Hand hielt.

»Was möchtest du denn?« fragte der Wirt heiser. Der Knabe blickte nun in die Richtung, aus der die Stimme des Wirts gekommen war, und schwieg.

»Na, weißt du denn nicht, was du willst?«

»Nein, ich wollte nichts kaufen«, sagte der Knabe. »Ich suche jemanden, ich suche Herrn Slobodan Raikow, ich meine den Großvater Raikow.«

»Er ist nicht da«, antwortete der Wirt mürrisch.

»Ah so«, sagte der Knabe traurig. »Und ich habe geglaubt, daß er hier sitzt.«

»Er war hier. Er ist aber schon weggegangen.«

Der Knabe sah sich ungläubig um und stellte verlegen die geröteten Zehen seines rechten auf den Rücken seines linken Fußes. Es mußte ihm sehr kalt sein; unter dem Pullover hatte er kein Hemd.

»Was schaust du so dumm drein?« sagte der Wirt. »Siehst du nicht, daß es hier außer mir niemanden anderen gibt?«

Das ist nicht wahr! wollte Slobodan endlich rufen. Ich bin da, hier in der Ecke, gleich neben dem Fenster! Aber er konnte kein einziges Wort aussprechen. Er konnte nur dasitzen, kraftlos, ohnmächtig, ausgeliefert. Die leeren Augen des Knaben waren jetzt auf ihn gerichtet, aber der Knabe schien ihn nicht zu sehen. Slobodan war nahe daran, zu glauben, der Knabe sei blind – war er nicht so komisch hastend über die Straße gegangen –, aber dann fiel ihm schmerzlich ein, daß auch der Wirt dabei war und daß der ganz gut sah und also wissen mußte, was er sprach und was er dem Knaben antwortete.

»Worauf wartest du noch?« Der Wirt war ungeduldig. Er wollte gern seinen Schlaf fortsetzen und konnte kaum erwarten, daß der Knabe wegging.

»Entschuldigen Sie, bitte«, sagte der Knabe leise und ging hinaus.

Slobodan sah ihm nach, er sah, wie der barfüßige Knabe wieder zögernd und vorsichtig über die getrocknete Erde der Straße schritt, wie er mit seinen leeren Augen nach links und nach rechts spähte, als habe er Angst, von einem unsichtbaren Fahrzeug – oder einem scheu gewordenen Pferd überfahren und zu Tode getrampelt zu werden, er sah ihm nach, bis der Knabe auf der anderen Seite zwischen zwei Häusern verschwand.

Er muß blind sein, dachte Slobodan Raikow, und dieser Gedanke tröstete ihn. Er ist tatsächlich blind, ein normaler Mensch kann doch nicht so über die Straße gehen.

Dann war es ihm, als habe es auf dieser Straße und in dieser Stunde der Dämmerung niemals einen Knaben gegeben.

Marko war nicht zu Hause. Vielleicht hatte er doch ein Mädchen, das er heimlich besuchte. Und wenn er keines hatte, dann sollte er bald eines finden, ehe es zu spät war; er sollte sich beeilen. Es wäre schade, wenn er kein Mädchen fände; er war ein braver Bursche, obwohl er von dem Königssohn Marko nichts hatte außer seinem Namen.

Während Slobodan in seinem Zimmer im alten Schaukelstuhl seiner Mutter saß und auf die dunklen Umrisse des Tisches vor sich starrte, beschäftigte er sich in Gedanken noch eine Zeitlang mit Marko, nur um nicht an seine heutigen Erlebnisse denken zu müssen. Er wollte sich nicht an die Familiengruft erinnern und nicht an die Marmortafel, auf der neben seinem Namen die Todesdaten noch fehlten, und er wollte nicht an den Knaben denken, der durch die Dämmerung gegangen war, um ihn zu suchen.

Er war müde, sehr müde. Seine Augen waren müde, seine Beine waren müde, seine Hände und sein Herz. Er wollte nichts anderes tun als schlafen, tief, ohne Traum. Er hatte aber Angst, sich niederzulegen, er hatte Angst, aufzustehen und ins Bett zu gehen. Sobald er die Augen schloß und zu schlafen versuchte, wehrte sich alles in ihm gegen die Ruhe. Sein müdes Herz begann plötzlich stärker zu klopfen, seine müden Beine und Hände zuckten und seine müden Augen öffneten sich wieder und starrten unablässig in die Dunkelheit. Und sein müdes Hirn, das sich so sehr nach tiefem Schlaf gesehnt hatte, begann wieder auf Hochtouren zu arbeiten. Das Gefühl, daß er etwas sehr Wichtiges zu erledigen habe, ließ ihn nicht los, er konnte sich nur nicht erinnern, was er eigentlich tun sollte. Er war müde, seine Augen brannten, aber dieses

Unerledigtsein gab ihm keine Ruhe. Vergeblich versuchte er, sich einzureden, daß es nichts von Bedeutung sein könne. Er konnte nicht schlafen, er konnte nicht sitzen, er konnte nicht mehr im Zimmer bleiben; er mußte hinaus, um atmen zu können.

Der Mond glänzte metallisch am nackten Himmel. Unter seinem fahlen Licht schien der Hof entsetzlich leer zu sein.. Slobodan flüchtete in den Garten, wo er sich in den dünnen Schatten eines Baumes stellte. Er wußte nicht mehr, warum er eigentlich sein Zimmer verlassen hatte; er konnte auch im Garten nicht viel freier atmen. Er stand da und rang nach Luft, und sein Schatten lag lang und still auf der Erde wie der Schatten eines alten, trockenen Baumes.

Es war ihm gar nicht bewußt, wie lange er so reglos verharrt hatte, als seine Beine auf einmal nachgaben und er auf die Knie fiel. Es schien ihm, als sei irgendwo in seiner Brust plötzlich eine Quelle aufgegangen. Worte, die lange verschüttet waren, sprudelten hervor und überfluteten seine Lippen so heftig, daß er zu stammeln begann.

»Oh, Gott, Vater, du hast mich schwer bestraft – ich will es dir aber vergeben und ich will dich um Verzeihung bitten, weil ich auf dich und deine Welt böse war. Ich will Abbitte leisten – ich will alle, zu denen ich hart und unbarmherzig war, alle denen ich Kummer und Sorgen bereitet habe, alle, die ich verletzt und getreten habe, ich will sie alle, die Lebenden und die Toten um Vergebung bitten. Ich will vor dir und vor ihnen knien und euch bitten, mir zu verzeihen.«

Er verbeugte sich nach links und er verbeugte sich nach rechts und bat um Vergebung für seine Sünden. Dann begann er zu beten: »Vater unser, der du bist im Himmel...« Es war das einzige Gebet, das er noch kannte. Als er es beendet hatte, verbeugte er sich noch einmal, so tief, daß seine Stirn die Erde berührte.

Dann richtete er sich auf, er fühlte sich jetzt leichter und ging langsam zurück ins Haus. Dort setzte er sich an den Tisch und begann einen Brief zu schreiben. Es war kalt, und er fröstelte, er wollte aber nicht ins Bett gehen, sondern schrieb weiter. Es war ein Brief, den er schon lange seiner Frau schuldete. Er wollte ihn, sobald er fertig war, zum Bahnhof bringen, damit er noch mit dem Frühzug abgehen könne.

DONNERSTAG

Eine Welt zu verkaufen

Sascha war kein Freund der raschen Entschlüsse. Jeder Entschluß hatte irgendeine Änderung zur Folge, und er mochte keine Änderungen, er wollte, daß alles so blieb, wie es war. Deshalb haßte er nichts so sehr wie Situationen, in denen man von ihm eine Entscheidung erwartete, wie Menschen, die ihn so lange bedrängten, bis er die Geduld verlor und ein Ja oder ein Nein sagte.

Seit Willis Tod hatte sich anscheinend alles gegen ihn verschworen; er fühlte sich mehr denn je bedroht. Um allen Entscheidungen auszuweichen, war er vorgestern, kaum hatte er Margit verlassen, wieder zu Ilona gegangen. Er wäre lieber bei Margit geblieben, aber damit hätte er eine Entscheidung getroffen. Bei Ilona war es ganz anders. Das Zusammensein mit ihr brachte keine Verantwortung mit sich; es war schwerelos und frei und konnte beliebig unterbrochen oder fortgesetzt werden. Er trank mit ihr, tanzte mit ihr, schlief mit ihr und trank wieder, bei ihr zu Hause, in mehreren Lokalen und dann wieder bei ihr. So ging es vierundzwanzig

Stunden lang, und von ihr aus wäre es noch weiter so gegangen, wenn er nicht in einem nüchternen Augenblick von diesem leeren Spiel plötzlich genug bekommen hätte. Weder ihr burschikoses Benehmen noch ihre so offen zur Schau getragene Leidenschaft waren echt. Alles bei ihr war übertrieben; ihre übergroßen Brillantohrgehänge, die klirrten, wenn sie den Kopf schüttelte, um ihre langen Haare, die ihr immer wieder ins Gesicht fielen, zurückzuwerfen, ebenso wie ihre Hingabe. Auch störte es ihn, daß Ilona ihn bei jeder Gelegenheit in den Arm zwickte, ihm »Édes, Édes – Süßer, Süßer«, zuflüsterte und ihn mit ihren großen, schwarzen, glänzenden Augen unentwegt so gierig ansah, als wollte sie ihn auf der Stelle auffressen. Er wußte, daß bei ihr alles nur Spiel war, er mochte aber nicht einmal im Spiel aufgefressen werden. Als sie gerade dabei waren, am zweiten Tag in der »Rosza« zu Abend zu essen, ließ er sie einfach stehen und ging nach Hause. Er hatte genug von allem.

So wie er vorher in den Rausch geflüchtet war, flüchtete er nun in den Schlaf. Gegen Morgen wachte er einige Male auf, drehte sich aber gleich auf die andere Seite und schlief weiter; er wollte nicht wach werden, er wollte nicht die Augen öffnen, um in einen Tag zu blicken, der ihm feindlich gesinnt war, er wollte ewig schlafen und von der bösen Welt, die aus lauter unerfüllbaren Pflichten bestand, nichts wissen. Dann träumte er von Margit. Sie stand, in schwarze, raschelnde Seide gehüllt, an seinem Bett, beugte sich über ihn und machte ihm mit blassem Mund Vorwürfe, weil er sie mit einem Leichnam verkuppeln wollte. Zuletzt träumte er, daß er schwer krank war und daß seine Mutter an seinem Bett wachte.

Als er wieder einmal wach wurde und die Augen aufschlug, sah er, daß seine Mutter wirklich an seinem Bett saß und ihn beobachtete. Kaum hatte sie bemerkt, daß er sie ansah, beugte sie sich zu ihm und reichte ihm ein Tablett, auf dem ein Einsiedeglas mit in Zucker eingelegten Nüssen, ein Glas Wasser und ein Kaffeelöffel standen. Er griff automatisch nach dem Löffel, fischte sich eine Nuß aus dem Glas, aß sie und trank dann Wasser. Seine Mutter nahm ihm das Tablett aus den schlaffen Händen und stand auf.

»Ich bring dir gleich einen Kaffee«, sagte sie. »Ich muß mit dir sprechen.«

»Wie lange sitzt du schon an meinem Bett?«

»Ich weiß nicht. Fünf Minuten, vielleicht auch zehn. Ich war schon vorher einmal in deinem Zimmer, ich wollte dich aber nicht wecken.«

Sascha erschrak. Es war schon lange her, daß seine Mutter ihn in seinem Zimmer aufgesucht hatte, um mit ihm zu sprechen.

»Ist Vater etwas passiert?« fragte er.

»Nein, nein. Ich habe aber etwas Wichtiges mit dir zu besprechen. Ich habe dich schon gestern einige Male gesucht, aber du warst nicht da.« Damit ging sie hinaus.

Sascha zündete sich eine Zigarette an. Er wollte mit Fassung die Rückkehr seiner Mutter abwarten; er war überzeugt, daß sie ihm nichts Erfreuliches mitzuteilen hatte.

Als sie mit dem Kaffee zurückkam, ließ sie ihn zuerst die Tasse austrinken, ehe sie zu sprechen begann. Dann kam dieser Augenblick, und er wünschte sich eine noch volle Tasse, die er langsam, ganz langsam austrinken wollte; die Tasse war aber leer, und seine Mutter sprach zu ihm.

»Immer, wenn man dich braucht«, sagte sie, »kann man dich nicht finden. Wir könnten im Zimmer nebenan ruhig sterben, ohne daß du es überhaupt merkst.«

Während seine Mutter eine kurze Pause machte, um seine Reaktion zu beobachten, sah Sascha betroffen auf die leere Kaffeetasse, die er noch immer in der Hand hielt. Der Kaffeesatz war dick und klebte fest am Boden der Tasse. Wenn er nun die Tasse umkippte, um, wie die meisten Frauen in Kerek es taten, aus den skurrilen Figuren, die der Kaffeesatz bildete und die wie Scherenschnitte aussahen, sein Schicksal zu erfahren, so würde er nichts anderes feststellen können, als daß sein Leben leer und seine Zukunft düster war.

»Du könntest dich etwas mehr um uns kümmern«, fuhr seine Mutter fort.

»Wie kann ich mich um euch kümmern«, sagte Sascha, »wenn Vater mir ausdrücklich verboten hat, meine Nase in seine Angelegenheiten zu stecken.«

»Kannst du nicht diese alten Geschichten endlich vergessen, wenigstens jetzt, wo wir genug andere Sorgen haben?«

»Alte Geschichten! Vater hat es mir erst vor zwei Wochen gesagt, als ich ihn gefragt habe, ob ich ihm in irgendeiner Weise behilflich sein kann.«

»Was hätte er dir auch antworten sollen? Er wollte euch beiden nur eine Enttäuschung ersparen. Was hättest du denn getan, wenn er deine Frage bejaht und dich um Hilfe gebeten hätte?«

»Dann hätte ich ihm selbstverständlich geholfen«, sagte Sascha und fühlte zugleich, wie wenig überzeugend seine Behauptung klang. Um seine Verlegenheit zu verbergen, beschäftigte er sich lange und umständlich damit, seine Zigarette im Aschenbecher, den er sich auf den Bauch gestellt hatte, zu zerdrücken.

Seine Mutter ließ es sich nicht anmerken, daß sie ihn durchschaute. Sie rückte einen Stuhl näher an sein Bett heran, setzte sich darauf und sagte ganz schlicht:

»Ich möchte dich um einen Rat bitten.«

Er sah erleichtert zu ihr auf, und sie fuhr fort:

»Vorgestern war ein Steuerexekutor bei uns.«

»Was wollte er?«

»Pfänden, was sonst? Ich habe ihn aber zum Vater geschickt.«

»Wohin?«

»Nach Jablanowo. Er ist am Montag hingefahren. Ich habe nicht gewußt, was ich mit dem Exekutor machen soll. Er war zwar sehr höflich, ich konnte ihn aber nicht bei uns alles pfänden lassen. Das ist in unserer Familie noch nie vorgekommen, ich weiß nicht einmal, wie das vor sich geht.«

»Das ist ganz einfach«, sagte Sascha. »Der Exekutor klebt kleine Zettelchen auf verschiedene Gegenstände, die er für wertvoll hält. Das ist ein Zeichen, daß sie von nun an dem Staat gehören. Falls die Steuerschuld innerhalb einer Frist nicht bezahlt wird, ist der Staat berechtigt, die Sachen zu versteigern und an den Meistbietenden zu verkaufen.«

»Das weiß ich doch«, unterbrach ihn seine Mutter. »Ich wollte nur wissen, ob man noch etwas unternehmen kann, um den Verkauf zu verhindern.«

»Wenn es einmal so weit ist, dann kann man nichts mehr machen als zahlen, wenn man die Versteigerung verhindern will.«

Sascha wunderte sich über den ruhigen, sachlichen Ton, in dem sie über Pfändung und Zwangsversteigerung sprachen, als handle es sich um Vorkommnisse, die andere, fremde Leute betrafen.

»Siehst du, ich glaube, ich habe einen Fehler gemacht, als ich diesen Exekutor nach Jablanowo geschickt habe. Ich hätte ihn lieber hier die Möbel, oder was er sonst gefunden hätte, pfänden lassen sollen. Dort wird er sicherlich den Hopfen pfänden, und Vater wird glauben, ich hätte das Ganze so eingerichtet, um ihn auf diese Weise zu zwingen, seinen Hopfen zu verkaufen.«

»Er darf ihn nicht mehr verkaufen, wenn der Hopfen einmal gepfändet ist. Aber vielleicht kann ich noch vor der Versteigerung etwas Geld auftreiben und den Hopfen freibekommen. Vater soll damit machen, was er will, ich will mich in seine Sachen nicht einmischen.«

»Glaubst du wirklich, daß du bis dahin Geld auftreiben könntest?« fragte seine Mutter. »Wie willst du das überhaupt machen?«

»Laß das meine Sorge sein«, sagte Sascha selbstsicher und fügte dann schüchtern hinzu: »Ich kann es dir nicht hundertprozentig versprechen, ich werde aber alles versuchen, um Vater zu helfen. Ich fahre auf jeden Fall in den nächsten Tagen nach Jablanowo, um zu sehen, wie die Sache steht.«

»Kannst du nicht heute schon hinfahren – oder morgen?«

»Gut. Ich fahre so bald wie möglich.«

Seine Mutter war schon an der Tür, als sie sich noch einmal umdrehte und ihn fragte:

»Hast du mir das alles nicht nur erzählt, um mich zu vertrösten?«

»Nein, Mutter, ich tue es wirklich.«

Sie sah ihn halb zweifelnd und halb gläubig an und ging hinaus. Als sie sein Zimmer verlassen hatte, war es ihm, als sei sie gar nicht dagewesen, so unwirklich erschien ihm das Gespräch, das er mit ihr geführt hatte. Dieses Gefühl, etwas Unwirkliches zu erleben, konnte Sascha an diesem Tag nicht mehr loswerden.

Während er sich rasierte, ärgerte er sich darüber, seiner Mutter ein Versprechen gegeben zu haben, das er vielleicht nicht einlösen würde, weil seine Möglichkeiten, Geld aufzutreiben, sehr beschränkt, wenn nicht vollkommen aussichtslos waren. Er hatte sich zwar entschlossen, seine Pferde zu verkaufen, er war aber nicht sicher, daß er so bald einen Käufer finden würde. Auf Miko war doch kein Verlaß. Dann durchfuhr ihn die Hoffnung, sein alter Freund Willi habe ihn zum Universalerben eingesetzt, er verwarf aber gleich diesen Gedanken. Hätte ihn Willi in seinem Testament bedacht, dann hätte er es schon erfahren. Willi hatte keine

Veranlassung gehabt, ihn zum Erben zu machen. Wahrscheinlich hatte er sein ganzes Vermögen seiner Braut hinterlassen. Sascha dachte eine Weile daran, gleich an diesem Morgen zu Margit zu gehen und sie zu bitten, seine Frau zu werden. Sie würde ihn sicherlich nicht abweisen; er hatte den Eindruck, daß sie eigentlich nur darauf wartete. Bald aber verwarf er auch diesen Gedanken. Es widerstrebte ihm, Margit wegen ihres Geldes zu heiraten. Sollte sich jedoch kein Käufer für seine Pferde einfinden, konnte er noch immer zu Margit gehen, um sie anzupumpen. Das war etwas anderes, als sie zu heiraten. Würde er dann nicht doch in eine Art Abhängigkeit von ihr geraten? Es war besser, daß er sich an seine Pferde hielt. Da fiel ihm ein, daß er sich schon seit einigen Tagen nicht mehr um sie gekümmert hatte.

Es war acht Uhr, als er sich auf den Weg zum Fußballplatz machte, auf dem sein Jockei allmorgendlich seine Pferde trainierte. Der Fußballplatz lag auf einer schönen Wiese am Stadtrand und hatte auch eine Aschenbahn. Rund um diese Bahn und um die Zuschauertribünen herum hatten Saschas Pferde vor einigen Jahren schon eine andere Piste festgetreten. Sascha hatte dort zweimal Trabrennen veranstaltet, es war ihm aber, wegen des zu geringen Interesses, nicht gelungen, dieses Rennen zu einer ständigen Einrichtung in Kerek zu machen. So mußte er seine Pferde immer in Neusatz, Belgrad oder Zagreb laufen lassen. In zwei Wochen sollte das große Herbstrennen der Traber in Belgrad stattfinden. Wenn seine »Schwalbe« den ersten Preis gewann, konnte er mit dem Geld den Großteil der Steuerschulden seines Vaters bezahlen, und wenn sie nicht gewann, konnte er ihr keinen Vorwurf machen; sie war noch zu jung und unerfahren. Sie war aber klug und würde ihn sicherlich verstehen, wenn er ihr erklärte, was alles auf dem Spiel stand. Sie würde ihn verstehen und besser laufen als je zuvor; vielleicht würde sie dann doch gewinnen.

Die Morgenluft war milchig, und Sascha hatte den Eindruck, daß die Menschen, die auf der Straße geschäftig hin und her eilten, nicht auf den Asphalt traten, sondern lautlos dahinschwammen. An der Ecke stand ein Scherenschleifer vor seinem fahrbaren Gestell; sein rechter Fuß sprang zusammen mit dem hölzernen Pedal, das er immer wieder drückte, in regelmäßigen Abständen auf und ab. Über dem rotierenden Schleifstein hielt er ein langes Küchenmesser, unter dem, beinahe geräuschlos, unzählige winzige Funken sprühten. Als Sascha an dem Mann vorbeiging, fuhr er gerade mit dem Daumen über die Messerklinge, um zu prüfen, ob sie scharf genug war. Dann setzte er seine Arbeit fort. Etwas weiter sah Sascha durch das offene Tor in den Hof eines Hauses hinein. Ein rothaariger, sommersprossiger Knabe saß dort auf dem Kutschbock eines alten Fiakers; er saß mit ernster Miene und vorgestreckten Händen und hüpfte von Zeit zu Zeit auf dem Sitz, als wolle er seine Pferde anfeuern oder als fahre er über eine unebene Straße. Während Sascha sich den Eisenbahnschienen näherte, die die Hauptstraße kreuzten, sah er, wie die Bahnschranken heruntergingen. Er wartete geduldig, bis ein kleiner, fast leerer Personenzug vorbeigefahren und die rot-weiß-gestrichenen Bahnschranken hochgezogen waren, und ging dann weiter. Auch der Zug schwamm dahin, wie alles an diesem Morgen. Im Fenster eines der letzten Häuser am Stadtrand sah Sascha eine junge Frau, die ihr Kind stillte. Sie stand da, mit entblößter Brust und einem heiteren Lächeln, als wolle sie der ganzen Welt zeigen, wie glücklich sie war.

Dann sah Sascha seine Pferde. An der Spitze lief die »Schwalbe«, und hinter ihr, in größerem Abstand, ihr Vater »Südwind«. Der »Südwind« trabte in einem schöneren Stil, er war aber zu schwerfällig, während seine Tochter viel schneller über die Bahn lief, als wolle sie dem Gig, in dem der Jockei, ein kleiner, gedrungener Ungar, saß, entkommen und über die Pappelallee, die den Fußballplatz auf der einen Seite umzäunte und der sie von rechts und in einem rechten Winkel entgegenstrebte, hinwegfliegen.

An das Geländer vor den Zuschauertribünen gelehnt, stand Branko, ein Freund von Miko, und sah dem improvisierten Rennen zu. Er war, genauso wie sein Busenfreund Miko, ein Nichtstuer, leidenschaftlicher Kartenspieler und Anhänger von Fußballspielen, Boxkämpfen und Pferderennen. Er kam sehr oft morgens zum Fußballplatz, um zu sehen, wie Saschas Pferde trainiert wurden, und immer erschien er in stilgerechter Kleidung. Er trug nicht nur Breecheshose, Stiefel, karierte Tweedjacke und Sportmütze, er hatte um den Hals auch ein Tuch gebunden, das mit lauter kleinen Hufeisen gemustert war. Miko beneidete ihn sehr um dieses Tuch; sie hatten schon oft darum Karten gespielt, aber Miko war es nie gelungen, es ihm abzugewinnen.

Als Sascha näher gekommen war, richtete sich Branko auf. Er war groß und sehr mager, so daß die Kleider an ihm wie an einem Vogelschreck herunterhingen. Dabei galt er als ein großer Esser, und alle, die ihm zusahen, wie er allerlei Speisen in großen Mengen hinunterschlang, wunderten sich darüber, daß er nicht dikker wurde. Branko erzählte jedem, ob er es wissen wollte oder nicht, daß er an einer Überfunktion der Schilddrüse leide und deshalb so viel essen müsse. Viele behaupteten jedoch, diese Geschichte von der Schilddrüse sei nur eine Entschuldigung für seine Freßlust. Was allerdings nicht die Tatsache erklärte, daß er trotz dieser Vielfresserei nicht zunahm. Auch jetzt aß er gerade Speck und Brot. Er schnitt zuerst eine Scheibe Brot und dann eine Scheibe Speck mit seinem Taschenmesser ab und schob sie zusammen in den Mund. Da er schneller aß, als er die neuen Stücke abschneiden konnte, fand er noch Zeit, dazwischen, wenn auch nur einsilbig, zu reden.

»Ihre ›Schwalbe‹«, sagte er, »einfach großartig. Ich fahre mit nach Belgrad, setze dort auf sie, mein ganzes Vermögen.«

»Das ist sehr klug von Ihnen«, sagte Sascha. »Wir werden nicht verlieren.«

»Nein«, murmelte Branko mit vollem Mund. »Ich setze auf Sieg, mein ganzes Vermögen.«

Sascha wußte, daß Branko nichts Nennenswertes besaß, es erfüllte ihn aber mit Stolz, wenn er hörte, daß jemand bereit war, sein ganzes Vermögen auf die »Schwalbe« zu setzen.

»Ich glaube, daß die Quote sehr günstig sein wird«, sagte er. »Die ›Schwalbe‹ hat noch keinen Namen, aber sie wird das Rennen machen, und Sie werden einen Haufen Geld gewinnen.«

»Das glaube ich«, sagte Branko ernst. Er kramte in seinen Taschen nach etwas Eßbarem, und als er nichts mehr fand, begann er mit seinem Taschenmesser Kerben in das Geländer zu schneiden.

Der Jockei, der nun von der anderen Seite mit der »Schwalbe« herausgeschossen kam, bemerkte Sascha und verlangsamte allmählich die Fahrt. Die »Schwalbe« trabte nun leicht verspielt daher, blieb vor Sascha stehen und schnaufte übermütig, als wollte sie sagen: Na, hab ich es gut gemacht?

»Das hast du wunderbar gemacht«, sagte Sascha. »Wenn du es so beim Rennen machst, haben wir gewonnen.« Er holte aus der Tasche ein Stück Zucker – er hatte immer Zucker bei sich – und gab ihn ihr. Während sie mehrere Stücke nacheinander zerknackte, streichelte er ihre Stirn und die Stelle zwischen ihren klug dreinblickenden Augen.

»Mein braves Pferdchen.«

»Sie muß nur lernen, sich ein bißchen zu beherrschen«, sagte der Jockei. Er wirkte oft etwas unwirsch, er war aber ein gewissenhafter und verläßlicher Mann. Da die »Schwalbe« noch erhitzt war, ließ er sie nicht lange stehen, sondern fuhr mit ihr fort. Der »Südwind«, den Saschas Knecht lenkte, war soeben vorbeigefahren, und die »Schwalbe« beeilte sich, ihn zu überholen. Eine Zeitlang liefen sie nebeneinander her, die junge, schlanke, hellbraune Stute und der dunkelbraune, kraftvolle Hengst, aber bald preschte die »Schwalbe« vor und ließ ihren Vater weit hinter sich zurück.

Sascha sah ihnen nach, bis sie beide vor der Pappelallee nach rechts einbogen und hinter den Tribünen verschwanden. Dann sah er, wie ein roter Wagen mit beigefarbenem, schmutzigem Dach aus Zeltplane die Pappelallee entlang und auf den Fußballplatz zuraste. Als er die Mitte des Fußballplatzes erreichte, bog er ein und fuhr in einem verwegenen Bogen quer über die Wiese auf die Gruppe zu, die bei der Zuschauertribüne stand. Sascha kannte den Wagen – es war ein alter, frisch lackierter Fiat mit Speichenrädern, der zu den wenigen Taxis von Kerek zählte – und fragte sich, wen er wohl so früh und in einem so großen Tempo auf den leeren Fußballplatz brachte.

Als der rote Wagen sich den beiden Männern schon bedrohlich genähert hatte, bremste er plötzlich quietschend und blieb dann nach einem kurzen Aufbocken, etwa fünf Meter von dem Geländer entfernt, stehen. Der Wagenschlag, der noch während der Fahrt geöffnet worden war, ging ganz auf, und Miko sprang auf die Wiese. Er stürzte mit offenem, flatterndem Trenchcoat auf Sascha zu, wie ein großer, ungelenker Vogel, der Anlauf nimmt, um sich von der Erde zu erheben.

»Sie können ruhig schlafen, saufen und huren!« schrie er wie ein Verrückter. »Die Miko-GmbH. arbeitet für Sie!«

Miko gehörte nicht zu den Menschen, die nachtragend sind, er schien aber die Ohrfeige, die Sascha ihm vorgestern gegeben hatte, doch nicht vergessen zu haben. Deshalb führte er jetzt dieses Theater auf.

»Schrei nicht so«, sagte Sascha ruhig. »Du wirst noch meine armen Pferde erschrecken.«

»Die Pferde gehören nicht mehr dir«, sagte Miko, noch immer schrill. »Ich habe sie soeben verkauft.«

»Darf ich fragen: wem?«

»Dem jungen Seifert. Er ist gestern abend aus Neusatz gekommen. Wir haben gerade in der ›Rosza‹ zusammen gefrühstückt. Ich habe ihn gestern angerufen, wegen deiner Pferde. Er will sie kaufen. Deshalb ist er gekommen. Na, was sagst du zu deinem Freund Miko? Ist er ein tüchtiger Bursche oder nicht?«

»Ich will meine Pferde nicht verkaufen«, sagte Sascha.

Miko fuhr erschrocken zusammen und blieb eine Sekunde lang mit leicht ausgebreiteten Armen in einer starren Pose stehen, ein Seiltänzer, der plötzlich bemerkt, daß er die Balance verloren hat. Dann faßte er sich wieder, trat einen kleinen Schritt vor und sagte:

»Aber vorgestern hast du mir ausdrücklich gesagt, ich soll dir einen Käufer für deine Pferde finden. Das kannst du doch nicht leugnen.«

Dem Chauffeur schien die Konversation zu lange zu dauern. Er stieg aus, schlug die hintere Wagentür, die offen geblieben war, zu, kletterte wieder auf seinen Sitz zurück und breitete eine Zeitung über dem Lenkrad aus. Er trug eine schwarze Mütze mit lackiertem, glänzendem Schirm. Sascha zündete sich eine Zigarette an.

»Das leugne ich auch nicht«, sagte er. »Ich habe dich gebeten, einen Käufer für meine Pferde zu finden. Der junge Seifert ist für mich kein Käufer.«

»Was soll das heißen? Ein Käufer ist jeder, der dir für gutes Geld deine Pferde abkauft.«

»Dem jungen Seifert verkaufe ich nichts, und wenn er mit purem Gold bezahlt.«

Miko trat ganz nahe an Sascha heran und sagte:

»Sascha, hast du heute nacht schlecht geschlafen –, oder hast du noch nicht gefrühstückt? Du kannst doch deine schlechte Laune nicht an mir auslassen. Du hast mir einen konkreten Auftrag gegeben, und ich habe alles in Bewegung gesetzt, um ihn auszuführen. Der junge Seifert ist deinetwegen nach Kerek gekommen. Ich bin heute früh zu dir gefahren und dann hierher. Und jetzt schickst du mich zurück.« Er machte eine Geste in Richtung Stadt und fügte dann mit weinerlicher Stimme hinzu: »Wer soll mir überhaupt das Taxi bezahlen?«

»Geh damit zum jungen Seifert. Er hat dich zu mir geschickt.«

»Sascha, du hast den Verstand verloren!« schrie Miko pathetisch. »Das kannst du doch nicht machen!«

»Was kann ich nicht machen?«

»Du kannst nicht die ganze Welt zum besten halten.«

»Die Pferde gehören mir, und es steht mir frei, sie

zu verkaufen oder zu behalten. Und ich habe vor allem das Recht, mir den Käufer auszusuchen.«

»Du wirst nicht so schnell einen Käufer finden.«

»Dann werde ich eben keinen finden.«

»Sascha, sei vernünftig, ich flehe dich an.«

Sascha hatte seine Zigarette zu Ende geraucht, warf den Stummel auf den Boden und zertrat ihn sorgfältig mit seiner Stiefelspitze.

»Der junge Seifert will also meine Pferde kaufen«, sagte er. »Was bietet er mir dafür?«

Miko freute sich so sehr über diese Wendung, die das Ende des Katz- und Mausspiels zu bedeuten schien, daß er sich beim Sprechen mehrmals verhaspelte.

»Was du willst, ich meine, was die Pferde wert sind, das heißt, wieviel du für sie verlangst. Seifert ist ein durchaus seriöser Käufer.«

»Na, schön. Wenn er mir für meine Pferde eine runde Million gibt, können wir das Geschäft machen.«

»Eine Million?« fragte Miko und riß die Augen auf, so daß man ihr trübes Weiß deutlich sehen konnte. »Ist das nicht zu viel?«

»Er muß ja nicht, wenn er nicht genug Geld hat.«

»Entschuldigen Sie bitte, daß ich mich einmische«, sagte Branko und richtete sich auf; er hatte inzwischen schon einige tiefe Kerben in das Geländer geschnitzt. »Ich glaube, Miko hat recht. Eine Million ist zu viel für Ihre Pferde. Eigentlich ist nur die ›Schwalbe‹ etwas wert, aber sie hat bisher noch kein Rennen mitgemacht.«

»Sie wird in Belgrad gewinnen«, unterbrach ihn Sascha.

»Ja, das glaub ich auch«, sagte Branko, »aber sie hat eben noch kein Rennen gewonnen. Der ›Südwind‹ ist schon passé, und die übrigen zwei Pferde sind nur Halbblut.«

»Wenn du eine halbe Million bekommst«, sagte Miko eifrig, »kannst du von Glück reden – für die ›Schwalbe‹ zweihundertfünfzigtausend, für den ›Südwind‹ einhundertfünfzig und für die die anderen zwei Pferde je fünfzigtausend. Alles zusammen macht eine halbe Million aus. Du verlangst aber das Doppelte.«

»Der junge Seifert hat das Doppelte zu bezahlen«, sagte Sascha böse, »oder er bekommt die Pferde nicht.«

»Er ist ein Narr«, schrie Miko plötzlich, »wenn er dir eine Million gibt! Aber bitte, ich werde ihn fragen.« Darauf stapfte er zum Taxi, öffnete die Tür und stieg ein. Ehe der Wagen abfuhr, beugte sich Miko noch einmal zum Fenster, als wolle er etwas sagen, er winkte aber nur ab.

In der nächsten halben Stunde fuhr Miko noch einige Male hin und her, und jedesmal, wenn er abfuhr, hoffte Sascha, daß das rote Auto nicht mehr zurückkehren würde. Es kam aber immer wieder, und Sascha schien es, daß die Abstände zwischen den Ab- und Rückfahrten des Taxis immer kürzer wurden.

Während dieser Zeit rauchte er eine Zigarette nach der anderen. Branko schnitzte noch eine Menge Kerben in das Geländer, und die »Schwalbe« trabte, einmal ganz langsam und einmal schneller, über die Bahn, gefolgt von ihrem Vater »Südwind«. Zweimal blieb der Jockei bei Sascha stehen, um sich mit ihm über den

Gang der »Schwalbe« zu unterhalten, aber Sascha verstand ihn nicht richtig und gab ihm zerstreute Antworten, so daß der Mann beide Male beleidigt abfuhr.

Dann geschah, was Sascha befürchtet hatte: Seifert ging auf seinen Preis ein. Er hatte ihm durch Miko zuerst sechshunderttausend angeboten, dann achthundert, und als Sascha auf einer Million beharrte, willigte er schließlich ein. Sascha schickte jedoch Miko noch einmal zurück. Er verlangte von Seifert, der die ganze Zeit im Frühstücksraum der »Rosza« saß, daß er sein Personal übernehme. Als ihm auch dieser Wunsch erfüllt wurde, weigerte sich Sascha, den Scheck auf eine Million Dinar, den Seifert ihm geschickt hatte, von Miko zu übernehmen, und verlangte das Geld in bar. Miko versuchte, ihn zu überreden, den Scheck doch anzunehmen, aber Sascha blieb hartnäckig bei seiner Forderung, so daß Miko, an dem der Trenchcoat nur mehr zerdrückt und schlaff herunterhing, nichts anderes übrigblieb, als noch einmal in die Stadt zurückzukehren.

Zum letztenmal flackerte in Sascha die verrückte Hoffnung auf, daß Miko nicht mehr erscheinen würde. Diesmal zündete er sich keine Zigarette an, sondern stand unbeweglich und steif da und starrte auf die Pappelallee, auf der sich nichts rührte. Aus der Ferne hörte er das Hufegetrappel seiner Pferde und etwas näher das Schaben des Taschenmessers von Branko, der noch immer das hölzerne Geländer bearbeitete. Dann hörte er und sah gleich darauf das knallrote Fahrzeug zwischen den Pappeln; es fuhr noch schneller als sonst und hielt bald darauf vor den Zuschauertribünen. Der Chauffeur nahm die Mütze ab und strich sich mit der flachen Hand über die gerötete, schweißnasse Stirn.

Miko stieg aus mit einem Paket im Arm, das er auf den Wagensitz zurücklegte und öffnete; es enthielt lauter funkelnagelneue Geldscheine, die in zehn beinahe ziegelgroße Bündel zusammengeschichtet waren. Das Spiel war aus, Sascha hatte verloren. Er unterschrieb die Quittung, die ihm der Seifert-Erbe geschickt hatte.

»Der junge Seifert hat nicht so viel bei sich gehabt«, erklärte Miko. »Wer schleppt auch eine Million mit sich herum? Aber die Baldoni-Brauerei hat sofort seinen Scheck eingelöst.«

Auch das noch, dachte Sascha. Dann nahm er ein Bündel Geld aus dem Paket und übergab es Miko.

»Das ist deine Provision.«

»Du willst mir hunderttausend geben?«

»Das sind zehn Prozent.«

»Sascha, wir sind doch Freunde, ich kann nicht so viel von dir nehmen.«

»Wieviel willst du haben?«

»Die Hälfte genügt mir vollkommen. Ich habe nicht einmal damit gerechnet, ich habe nicht geglaubt, daß Seifert so viel zahlen wird. Wir haben Glück gehabt.«

»Ja«, sagte Sascha, »wir haben Glück gehabt. Nimm dir jetzt heraus, so viel du willst. Machen wir Schluß.«

Er wartete ab, bis Miko mit fahrigen Händen fünfzig Scheine abgezählt und in seine Tasche gesteckt hatte, hob dann das Paket vom Wagensitz, verschnürte es wieder und ging weg.

»Ich fahre dich doch nach Hause!« rief Miko ihm nach.

Aber Sascha schüttelte nur den Kopf.

»Sascha überleg es dir noch einmal!« rief Miko ihm wieder nach. »Geh nicht nach Spanien! Denk an die Kamille!«

Sascha sagte nichts, er drehte sich nicht um und winkte niemandem zurück. Miko würde dem Jockei schon alles erklären, und von der »Schwalbe« konnte sich Sascha nicht verabschieden; er hatte Angst, ihr in die Augen zu sehen. So nahm er wortlos Abschied von einer Welt, die ihm nicht mehr gehörte. Er hatte sie gegen ein Paket Papier eingetauscht, das schwer an seinem Arm hing.

Die junge Frau, die am Fenster des kleinen Hauses am Stadtrand ihr Kind gestillt hatte, war nicht mehr da. Das Fenster war offen, und der Wind bauschte die weißen Vorhänge. Sascha ertappte sich dabei, daß er die Pflastersteine zählte. Als er am Tor, durch das er den Knaben auf dem Kutschbock des alten Fiakers gesehen hatte, vorbeiging, sah er, daß der Knabe nicht mehr da war; auf dem zerschlissenen Ledersitz sprang nur ein Spatz umher und pickte nach Nahrung. Sascha hätte sich gefreut, wenn er wenigstens den Scherenschleifer in seiner Gasse, in die er von der Hauptstraße eingebogen war, angetroffen hätte. Aber auch der war nicht mehr da, und Sascha fühlte, wie ihn eine grenzenlose Trauer überkam, als hätte er mit ihm einen guten alten Freund verloren.

Noch nie hatte Mladen sein Zimmer so sehr als Gefängniszelle empfunden wie an diesem Tag. Das trübe Herbstwetter, das sich nach einigen schönen Tagen an diesem Morgen endgültig durchgesetzt hatte, konnte die Menschen eigentlich nur dazu verleiten, sich in ihre Wohnungen zurückzuziehen und dort zwischen den vertrauten, schützenden Wänden wie in einer Höhle den Frühling abzuwarten. Angesichts dieses tristen Graus, das draußen herrschte, konnte man die Bären gut verstehen, die sich irgendwo zum Winterschlaf verkrochen. Auch die Heiducken verließen um diese Zeit den laublosen Wald und übersiedelten in die Wohnungen ihrer Freunde, wo sie ihre Pistolen ölten und ihre krummen Dolche schliffen, damit sie im Frühjahr, wenn die Berge wieder zu grünen begannen, zum Kampf gegen die Türken bereit seien. Sobald die herbstlichen Nebel kamen, blieb jeder lieber zu Hause. Die Freude schien in die engen, gemütlichen Stuben verbannt zu sein.

Bei Mladen war alles umgekehrt. Sein Zimmer bot ihm keine Geborgenheit; sein Glück war draußen.

Gestern abend hatte er Bossa unter den kahlen nassen Bäumen des Vratschar-Parks geküßt. Es war nicht wie der erste, schüchterne, traumwandlerische Kuß, den er ihr einen Tag zuvor in der Kunsthandlung seiner Mutter gegeben hatte; diesmal war es ein Kuß, der ihn durchdrang wie ein heißes Fieber, das in seinem Blut noch kreiste, lange nachdem er seine Lippen von Bossas weichem, herbem Mund gelöst hatte. Diesmal war er sich dessen, was geschah, mit allen Sinnen bewußt gewesen und hatte so diesen Augenblick, in dem man sich mit dem Pulsschlag des Lebens eins fühlt, voll auskosten können. Sie waren dann durch die Straßen gegangen, die ihm vertraut und zugleich so fremd erschienen waren, als habe er sie noch nie gesehen. Während sie schweigend nebeneinander gingen und er ganz leicht ihre Hand in der seinen hielt, mußte er mit einemmal an das Geräusch denken, das entsteht, wenn man mit dem Kamm durch die Haare fährt: der hautenge Raum zwischen ihren Fingern war voll knisternder Elektrizität.

Nicht weit von dem Haus, in dem Bossa wohnte, war ein großer Platz, auf dem ein neues Haus gebaut wurde. Dort, zwischen den Gerüsten, küßte er sie wieder. Vor wenigen Jahren noch hatte er auf solchen Bauplätzen Indianer gespielt, und wenn es manchmal später geworden war, hatte er gesehen, wie die großen Burschen ihre Mädchen geküßt hatten. Jetzt küßte er selbst ein Mädchen; es waren aber keine Buben da, die ihn hätten beneiden können. Bossa schien Angst zu haben, von jemandem gesehen zu werden, nicht von unbekannten Kindern, sondern von ihrem Vater. Diese Furcht, die sie zuweilen in seinen Armen erschauern ließ, drängte sie noch stärker an ihn und erhöhte die Lust, die sie beim Küssen verspürten.

Bossa mußte dann nach Hause gehen, und er machte allein den Weg zurück, noch immer den bittersüßen Geschmack ihres letzten Kusses auf den Lippen.

Der Vormittag in der Schule war sehr rasch verflogen, und als er dann nach Hause geschlendert war, hatte er ein bisher noch nicht gekanntes Glücksgefühl empfunden, das seine Schritte federleicht und seine Gedanken heiter gemacht hatte. Er wunderte sich nur, daß dieses Glücksgefühl nicht so sehr mit Bossa zusammenhing. Die Straße war zum Bersten voll von schönen, zarten, schwarzhaarigen oder blonden Mädchen, die er am liebsten alle auf einmal umarmen und küssen wollte. Er hatte am Abend zuvor ein Geheimnis ergründet, das er nicht für sich behalten konnte, er hatte eine neuartige Freude entdeckt, die er mit all diesen schlanken, blauäugigen oder schwarzhaarigen Mädchen teilen wollte. Als er ihnen auf der Straße begegnet war, hatten sie schüchtern zur Seite geblickt oder ihn frech und herausfordernd angesehen, und er hatte mit trunkenem Blick ihre Lippen und ihre Brüste und ihre Fesseln sich für immer einzuprägen versucht.

Die Mädchen waren draußen geblieben, und er war in seinem Zimmer eingesperrt. Er war zu jedem Abenteuer bereit, nur nicht zum Lernen. In früheren Jahren hatte er gleich nach dem Essen seine Aufgaben erledigt, ehe er zum Spiel hinausgegangen war, jetzt dachte er ganz zuletzt an seine Aufgaben und wunderte sich darüber, daß er, abgesehen von der schlechten Note in Geschichte, die er vorgestern bekommen hatte, noch immer einer der besten Schüler in der Klasse war. Obwohl er am liebsten weggegangen wäre, blieb er doch zu Hause, um seine Eltern glauben zu lassen, daß er auch jetzt so gewissenhaft war wie früher. Er mußte also noch eine gewisse Zeit verstreichen lassen, ehe er hinausging, zu Bossa oder zu einer anderen.

Um diese Zeit des Wartens auszufüllen, widmete er sich einer Arbeit, die er schon früher vorbereitet hatte. Er hatte vor längerer Zeit im Schreibtisch seines Vaters, in dem er damals nach Briefumschlägen gesucht hatte, um darin seine Gedichte an zwei Zeitschriften abzuschicken, eine silberne Zigarettendose entdeckt. Die Dose hatte sein Vater einst von seinem Großvater geschenkt bekommen. Sie war groß und bauchig, weil man damals keine Zigaretten, sondern Tabak darin aufbewahrt hatte; die Zigaretten hatte man selbst gedreht. Mladens Vater rauchte schon längst fertige Zigaretten, die er in einem flachen Etui trug; so war die alte Tabakdose, die er nicht mehr brauchte, in eine Schublade seines Schreibtischs geraten, in der er allerlei nutzlose Dinge aufgehoben hatte, lauter Dinge, die vergeblich auf nochmalige Verwendung warteten: kaputte Feuerzeuge und Füllfederhalter, verrostete Büroklammern und vergilbte Weihnachtskarten. Mladen hatte seit Monaten gewußt, daß die Dose dort lag, er hatte sie aber erst heute aus der Lade geholt; sein Vater hatte sich nach dem Mittagessen ein bißchen aufs Sofa gelegt.

Der goldbraune, feingeschnittene Tabak, den sein Vater in der Dose vergessen hatte, roch nach fernen Ländern und verbotenen Abenteuern. Mladen versuchte einige Male, eine Zigarette zu drehen, er brachte aber trotz aller Mühe nur viel zu dicke oder viel zu dünne Zigaretten zustande, die zwischen seinen Fingern zerfielen. Er mußte ein halbes Dutzend Blättchen Zigarettenpapier opfern, bis es ihm schließlich gelang, eine brauchbare Zigarette zu drehen.

Er hatte natürlich schon früher zu rauchen versucht. Das war in Kerek gewesen. Dort hatte er einen Freund, einen dicken, sanguinischen Knaben, der in derselben Straße wohnte wie seine Großeltern. Jantschi war gleichen Alters mit Mladen, er hatte aber einen Freund, der um drei Jahre älter war. Mit diesem Freund, einem häßlichen, hinkenden Burschen, hatten sie zum erstenmal geraucht. Sie hatten bei Jantschi im Garten einen unterirdischen Gang gegraben, in dem sie geheimnisvolle Sitzungen abhielten. Jantschis Freund war der Hohepriester dieser geheimen Bruderschaft. Er besorgte die Zigaretten, zündete eine an und reichte sie von Mund zu Mund. Mladen konnte damals nicht verstehen, was die Erwachsenen am Rauchen fanden, er mußte sich sogar einmal erbrechen.

Am lustigsten fand er die Zusammenkünfte, bei denen sie Grammophon spielten. Die Schallplatten »Valenzia« und »Ça c'est Paris« hatte er am liebsten. Jantschi pflegte dabei als verschleierte Frau zu tanzen; er sah, so dick wie er war, sehr komisch aus. Es waren aber seither einige Sommer vergangen.

Ehe Mladen seine mühsam verfertigte Zigarette anzündete, ging er noch einmal zur Tür, um sich zu vergewissern, daß sein Vater noch immer schlief. Der erste Zug schmeckte ihm nicht; er mußte sich sehr beherrschen, um nicht zu husten. Er zog darauf nur ganz kurz an der Zigarette und paffte den Rauch, der seinen

Gaumen zu verbrennen schien, gleich wieder aus. Die Zeit, in der er imstande sein würde, blaue Ringe in die Luft zu blasen, war noch sehr weit. Bald hörte er auf zu rauchen, ging zum Fenster, öffnete es und warf die halb gerauchte Zigarette auf die Straße. Dann wandte er sich seinen Büchern zu.

Er suchte unter seinen Büchern etwas aus, das ihm den Verlust des vibrierenden Lebens, auf das er freiwillig verzichtet hatte, ersetzen konnte. Ein solches Buch schien ihm die »Empfindsame Reise durch Frankreich und Italien« von Lawrence Sterne zu sein. Er hatte das Buch, das er einmal der Bibliothek seines Großvaters entnommen hatte, schon früher gelesen, so daß es ihm jetzt genügte, es nur durchzublättern. Auf der ersten Seite fand er die Eintragung seines Großvaters: »12. II. 1927, Kerek« und darunter seine schlichte und doch etwas gezierte Unterschrift. Auf einigen Seiten des Buches fand Mladen Rufzeichen und Striche, sein Großvater hatte es anscheinend aufmerksam gelesen und seiner begeisterten Zustimmung freien Lauf gelassen. Mladen hatte Lawrence Sterne gern. Er war ein Bursche, der in vollen Zügen gelebt und nur darüber geschrieben hatte, was er selbst erlebt und erfahren hatte.

Mladen dachte darüber nach, daß es ihm niemals gegenügen würde, über das Leben anderer zu schreiben, er wollte selbst leben, er wollte kein Zuschauer, sondern ein Beteiligter sein, er wollte in dieses blaue, warme, harte, zähe, grausame, blutige Leben hineingreifen und aus dem Kampf als Sieger hervorgehen, er wollte Häuser bauen und sie zerstören, er wollte Kinder zeugen und nach Gold graben, er wollte von der Liebe mit verhaltener und donnernder Stimme reden, er wollte aber vor allem handeln.

Er wollte das große Spiel spielen, Rennfahrer werden oder Bergsteiger, der die höchsten Gipfel der Erde erklimmt, oder Seefahrer, der die Weltmeere von Sonnenaufgang bis Sonnenuntergang kennt, oder Flieger, der sich unter Wolken und Sternen wohlfühlt, oder ein Alchimist, der das Elixier der ewigen Jugend erfindet, oder ein Gärtner, der die schönsten Rosen züchtet, die das menschliche Auge jemals gesehen hat, oder ein Diplomat, Gangster, Professor, Priester, Revolutionär, er wollte alles werden oder nichts.

Er wußte, daß er jetzt nur in Gedanken damit spielte, daß dieses Spiel aber eines Tages Wirklichkeit sein würde. Er freute sich darauf und hatte zugleich Angst vor diesem Augenblick, in dem er die Wahrheit über die anderen und sich selbst erkennen würde.

Wie das Licht erloschener Sterne

Militza war gerade in der Küche damit beschäftigt, Quittenkäse in verschiedenen Formen zu machen, als der Briefträger erschien. Sie erschrak natürlich sehr, als sie erfuhr, der Expreßbrief sei für sie bestimmt – sie hatte schon lange keine Briefe mehr bekommen –, beruhigte sich aber etwas, als sie auf dem Umschlag Slobodans Schriftzüge erkannte. Da sie dem Briefträger, einem langen, noch jungen und lustig dreinblickenden Burschen, den sie bisher noch nicht gesehen hatte und der hier neu sein mußte, keinen Schnaps anzubieten hatte, suchte sie in der Speisekammer einige schöne Äpfel aus und steckte sie ihm, obwohl er sich dagegen wehrte, in die Tasche, in der er die Post austrug. Er bedankte sich überschwenglich und ging.

Als sie allein blieb, überfiel sie wieder die Angst. Was hatte ihr Slobodan so dringend mitzuteilen? Wenn alles in Ordnung war, brauchte er nichts zu schreiben. Vielleicht war er aber krank und brauchte ihre Hilfe. Vielleicht hatte er den Brief gar nicht geschrieben, sondern jemand anderes. Die Adresse stammte offenbar von seiner Hand. Vielleicht konnte er aber nichts mehr schreiben außer der Adresse. Vielleicht wollte er, in betrunkenem Zustand, sein Herz bei ihr ausschütten. Das hatte er aber noch nie getan.

Sie erfand alle möglichen Gründe, um den Augenblick aufzuschieben, in dem sie diesen unheilvollen Brief öffnen mußte. Zuerst wusch sie sich umständlich die Hände, dann suchte sie lange ihre Brille, und schließlich kramte sie in der Lade nach einem spitzen Messer, das ein Papiermesser ersetzen konnte. Als sie keinen Grund mehr zum Aufschub finden konnte, setzte sie sich an den Küchentisch, den sie vorher noch aufgeräumt hatte, nahm den Brief in die Hand und betrachtete eingehend den Umschlag. Die Adresse war eindeutig von Slobodans Hand geschrieben, und der Poststempel besagte, daß der Brief in Jablanowo abgeschickt worden war. Sie zögerte noch, ehe sie mit dem Messer den Umschlag aufschnitt, und wartete dann noch eine

Weile, bis sie den Brief herauszog. Sie faltete das weiße Blatt auseinander und sah, daß es mit Slobodans kleiner Schrift beschrieben war. Sie konnte sich aber noch immer nicht entschließen zu lesen, was ihr Mann schrieb.

Lange betrachtete sie die rechte Ecke, in der »Jablanowo, im Oktober 1936« vermerkt stand. Slobodan hatte schon wieder das Datum nicht gewußt, er hatte wahrscheinlich nicht einmal gewußt, welcher Tag der Woche gestern gewesen war. Wie oft hatte er sie, wenn er abends in seinem Arbeitszimmer noch Briefe geschrieben hatte, gebeten, in der Zeitung nachzusehen, welches Datum an diesem Tag gewesen war. In Jablanowo las er anscheinend keine Zeitung, und Marko konnte ihm keine Auskunft über das Datum geben; ihm kam es gar nicht darauf an. Das war auch wirklich nicht so wichtig. Militza ertappte sich dabei, daß sie sich absichtlich mit nebensächlichen Dingen beschäftigte, um dadurch den Augenblick hinauszuzögern, in dem sie den Brief lesen sollte.

Sooft ihr Slobodan früher, in den ersten Jahren der Ehe, einen Brief geschrieben hatte, von einer seiner Geschäftsreisen nach Wien oder Budapest, hatte sie ihn gleich aufgerissen und schnell durchgelesen, um darin einen neuerlichen Beweis seiner Liebe zu finden und zu erfahren, daß er auch in der Fremde immer an sie dachte. Einige Jahre zuvor, sie waren noch nicht verheiratet gewesen, hatte sie sich noch vor ihm gefürchtet, vor seinem dichten, leicht herunterhängenden Schnurrbart, der ihn älter erscheinen ließ, und vor seinem Blick, der von allem, was er erfaßte, Besitz zu ergreifen schien. Ihre Angst war verständlich gewesen; sie hatten einander nicht einmal richtig gekannt. Ihre Eltern hatten gewünscht, daß sie heirateten, und so hatten sie geheiratet. Er war ihr aber schon in der Kirche während der Trauung so vertraut geworden, daß sie von da an keine Angst mehr vor ihm gehabt hatte. Sie waren mit den Kronen auf dem Kopf um einen kleinen, in die Mitte des Kirchenschiffs vorgeschobenen Altar dreimal ganz langsam herumgegangen, begleitet von den Trauzeugen, die in den Händen lange Kerzen gehalten hatten. Slobodans Rechte war an Militzas Rechte mit einem weißen Seidentuch gebunden, und da er rechts von ihr gewesen war, hatte er nur in einer schiefen Haltung gehen können. Er hatte mit seiner Krone, die ihm zu groß gewesen und bis auf die Augenbrauen gerutscht war, sehr komisch ausgesehen, so daß sie sich nur mit Mühe hatte beherrschen können, nicht zu lachen, vor allem über seinen feierlichen Blick, den er trotz seiner unmöglichen Haltung beibehalten hatte. Plötzlich hatte er ihr jedoch zugezwinkert und ihr so zur Kenntnis gebracht, er sei sich seines lächerlichen Aussehens bewußt. Sie hatte ihm darauf die Hand gedrückt, und in diesem Augenblick war sie wirklich seine Frau geworden.

Später hatte sie nur Schwierigkeiten mit ihrer Schwiegermutter, die auch weiterhin den ganzen Haushalt führte und Militza nur eine untergeordnete Rolle zuwies. Sie durfte Kinder gebären und ihrer Schwiegermutter helfen, aber sie hatte nicht viel zu sagen. Da sie sich aber ihren Platz als Hausfrau erkämpfen wollte, kam es oft zu Streitereien, die im Hause eine unangenehme Atmosphäre schufen. Slobodan nahm sie zu dieser Zeit meistens mit auf seine Geschäftsreisen, um sie von seiner Mutter zu trennen, die ihre Alleinherrschaft im Haus hartnäckig zu behaupten verstand. Manchmal schickte er Militza mit den Kindern nach Abazzia oder Karlsbad, und einige Male fuhr er ganz allein mit ihr nach Venedig oder nach Triest, weil man dort billiger einkaufen konnte. Und wenn Slobodan allein wegfuhr, brachte er ihr immer etwas mit, zum Trost dafür, daß sie die Zeit seiner Abwesenheit allein mit seiner Mutter verbringen mußte. Einmal hatte er einen Koffer, in dem sich gerade das Geschenk für sie befand – ein Kaffeeservice aus Augarten-Porzellan –, in seinem Wiener Hotel vergessen, aber er wurde ihm nachgeschickt, und das Porzellan, das er in seine Hemden eingepackt hatte, kam unversehrt an. Und dann hatte er ihr immer ellenlange Briefe geschrieben, Briefe, die sie lange aufgehoben hatte, um sie später, wenn sie einmal alt geworden war, wieder zu lesen. Sie lagen noch in einer Kommode in ihrem Zimmer; sie hatte sie seit langem nicht mehr hervorgeholt, um in ihnen zu blättern. Die Briefe waren schon vergilbt, sie rochen aber nach frischer Wäsche, neben der sie lagen. Dieser Brief, den sie jetzt in den Händen hielt, war noch ganz neu. Wenn sie ihn gelesen hatte, würde sie ihn auch zu den andern legen. Endlich begann sie den Brief zu lesen.

Liebe Militza!

Vor einigen Augenblicken habe ich genau gewußt, was ich Dir schreiben wollte, aber jetzt, da ich über diesem weißen Blatt sitze, weiß ich nicht mehr, wie ich anfangen soll. Vor allem wollte ich Dich wegen des Exekutors beruhigen. Er hat mir noch einige Wochen Zeit gegeben, und ich glaube, daß bis dahin alles erledigt wird. Marko ist sehr brav, er hat mich schön empfangen und bewirtet, wie ein richtiger Hausherr. Er hält alles in bester Ordnung. Er ist treu und zuverlässig, und wir dürfen ihn, was immer auch geschieht, nicht vergessen. Ich möchte ihm gern mit einem Geschenk eine Freude machen, ich weiß nur nicht, was ich ihm schenken soll. Es müßte etwas Besonderes sein. Vielleicht eine silberne Zigarettendose? Er raucht aber nicht – ich habe es zumindest nicht bemerkt. Denk bitte ein bißchen darüber nach, Dir wird es vielleicht eher einfallen, was einem jungen Mann wie Marko Freude machen könnte.

Das Wetter hier ist sehr schön. An dem Abend, an dem ich angekommen bin, hat es noch geregnet, aber gestern und heute war es hell und sonnig. Gestern war ich auf der Jagd. Ich habe nichts geschossen. Ich bin aber gar nicht hinaus auf die Felder gegangen, um Beute nach Hause zu bringen, sondern um ein bißchen frische Luft zu schnappen. Das hat mir gut getan. Die Luft hier draußen tut mir überhaupt sehr gut. Ich fühle mich viel frischer. Das hat mir, glaube ich, gefehlt. Am Abend war dann der Exekutor bei uns. Wir haben ein bißchen Karten gespielt. Marko hat natürlich gewonnen. Hoffentlich wird er im Leben auch sonst Glück haben. Ich wünsche es ihm von ganzem Herzen. Heute war ich auf dem

Friedhof. Unsere Familiengruft kommt mir jedesmal, wenn ich sie sehe, häßlicher vor. Aber was sollen wir machen? Meine Mutter hat es so gewollt. Sie wollte uns alle beisammen haben. Ich muß in diesen Tagen auch einige alte Freunde besuchen, damit sie sich nicht beleidigt fühlen, wenn sie erfahren, daß ich da war, ohne mich bei ihnen gemeldet zu haben.

Bitte erinnere mich daran, daß ich Grujo 2000 Dinar schulde. Es könnte geschehen, daß ich es vergesse, und für den Armen ist das viel Geld.

Ansonsten gibt es hier nichts Neues, außer, daß ich mir wünsche, noch einmal jung zu sein und alles wieder von vorne anzufangen; ich bezweifle aber, daß ich es diesmal anders machen würde. Ich weiß, daß ich viele Fehler gemacht habe, ich weiß aber nicht, wie ich hätte alles besser machen sollen. Die Zeit ist zu kurz, als daß man die Einsicht noch in die Tat umsetzen könnte. So bin ich, schuldig und zugleich unschuldig, auf der Strecke geblieben. Um weiterzukommen, müßte man sich selbst ändern, und das kann man nicht immer, später überhaupt nicht mehr. Es wird einem auch keine Chance mehr gegeben, noch einmal von vorne anzufangen. Vor allem würde ich wieder Dich zur Frau wählen, weil ich mir nicht vorstellen kann, daß ich eine bessere bekommen könnte. Ich weiß, ich habe Dir oft schon Sorgen gemacht und viel Leid zugefügt, so daß es Dir nicht leichtfallen wird, daran zu glauben, daß ich keine andere Frau so sehr hätte lieben können wie Dich. Man ist sich dessen meistens gar nicht bewußt, weil man das Zusammensein mit einem geliebten Menschen für selbstverständlich hält. Erst wenn man von ihm getrennt ist, merkt man, wie sehr er einem fehlt. Ich werde mich beeilen, um bald wieder bei Dir zu sein. Hoffentlicht wirst Du meine Gegenwart auch so angenehm empfinden wie ich Deine. Ich möchte am liebsten die Koffer packen und Dich nach Paris oder Rom entführen, oder nach Ägypten, denn dort ist jetzt Sommer, der Dich unsere triste Umgebung vielleicht vergessen lassen könnte. Hab bitte noch etwas Geduld mit mir.

In Liebe, Dein alter, müder

Slobodan.

Natürlich lügt er, der alte Charmeur, dachte Militza. Wahrscheinlich hat er etwas getrunken, bevor er den Brief geschrieben hat.

Sie glaubte ihm nicht alles, was er schrieb. Er hielt sie noch immer für so naiv, wie sie zur Zeit ihrer Hochzeit gewesen war; er redete um den Brei herum, um sie zu beruhigen, und vertuschte die Wahrheit. Er schrieb zuerst, er fühle sich frisch, und am Ende seines Briefes, er sei müde. Irgend etwas stimmte in Jablanowo nicht, vor allem nicht die Geschichte mit dem Exekutor. Sie wollte lieber gleich ihrem älteren Sohn Sreten schreiben und ihn bitten, sich um seinen Vater zu kümmern. Auf Sascha konnte man sich doch nicht verlassen, obwohl er bestimmt guten Willens war.

Ehe sie jedoch daran ging, den Brief an Sreten zu

schreiben, las sie noch einmal Slobodans Zeilen durch, und den Schlußteil, der sie betraf, noch ein drittes Mal. Sie wußte, daß Slobodan in dieser indirekten und mit einigen Phrasen durchsetzten Liebeserklärung log, doch allein die Tatsache, daß er sich bemühte, ihr zuliebe zu lügen, machte ihr große Freude. Lange noch hielt sie den Brief in den Händen, und es war ihr, als habe das Licht eines Sterns sie beleuchtet, den sie schon längst für erloschen gehalten hatte.

Der grosse Bär

Es war der dritte Tag seines Aufenthalts in Jablanowo, und er hatte schon alles getan, was er hier hätte tun können; er wollte nichts mehr wiederholen. Natürlich hätte er noch etwas erfinden können, was er noch nicht getan hatte, aber er hatte keine Lust dazu. So saß er in seinem Zimmer im Schaukelstuhl, trank von Zeit zu Zeit einen Schluck Schnaps und wartete. Er hatte Angst vor der Stunde, in der der Tag sterben würde, und trank immer mehr, je näher der Abend kam, um diesen Augenblick nicht nüchtern erleben zu müssen. Sein Kopf blieb dabei erstaunlich klar, er konnte alles überscharf sehen und hören, er konnte sich nur schwer bewegen, aber das brauchte er gar nicht. So saß er und wartete, wie einer, der die Letzte Ölung bekommen hat, auf seine letzte Stunde wartet. Er wartete nicht auf den Tod, er wartete auf nichts. Er hatte nur Angst vor der Abenddämmerung. Als sie aber langsam ihre Asche in sein

Zimmer zu streuen begann, machte er kein Licht, um sie zu vertreiben. Es war ihm ganz angenehm, sich von dem trockenen, kühlen Staub der Dunkelheit berieseln zu lassen.

Er dachte an die Gräfin Stransky, eine Witwe, die er einmal vor dem Krieg in Wien kennengelernt hatte. Sie war brünett und ein bißchen mollig gewesen, und auf ihrem Nachtkästchen hatte sie immer eine Schachtel Schokoladebonbons gehabt, von denen sie eine Menge vor dem Einschlafen verzehrt hatte. Er konnte sich nicht mehr erinnern, was sie nach den flüchtigen Augenblicken der Lust noch getrieben hatten, aber an einen Morgen erinnerte er sich ganz genau. Es war Allerseelentag gewesen, und sie hätte gleich nach dem Frühstück zum Friedhof gehen sollen, um das Grab ihres Mannes, des verstorbenen Grafen Stransky, zu besuchen. Die trübe Stimmung dieses Novembermorgens hatte sie zu einer Äußerung veranlaßt, die er ganz deutlich im Gedächtnis behalten hatte.

»Ich möchte nicht in einem Sarg liegen und mich von den Würmern zerfressen lassen«, hatte sie zwischen zwei Bissen ihrer Buttersemmel gesagt und dann feierlich hinzugefügt: »Ich werde mich verbrennen lassen. Ich will mich dem Vorgang der natürlichen Verwesung entziehen. Ich bin aus Nichts entstanden und werde wieder zu Nichts werden. Ich will in Schönheit sterben.«

Sie hatte ihm darauf eine schöne Urne aus schwarzem Marmor gezeigt, in der einmal ihre Asche ruhen sollte. Am Abend hatte sie natürlich wieder alles vergessen, und er vergaß auch gleich, warum er sich eigentlich gerade in dieser Abendstunde, in der er sich über ganz andere Dinge Rechenschaft geben wollte, an sie erinnert hatte. Wahrscheinlich wegen der Urne. Die Arme hatte eine Heidenangst vor dem Tod gehabt und hatte deshalb so viel Schokolade gegessen, um nicht hungrig sterben zu müssen. Er hatte keine Angst mehr, er wollte auch keinen Schnaps mehr aus Angst trinken; er war nur müde, unendlich müde.

Zuerst träumte er, daß die zwei in Schwarz gekleideten Herren aus Belgrad wieder bei ihm waren. Der Dicke hielt genauso wie damals seine neue Aktentasche auf den Knien, und das Schloß sprang in kurzen Abständen auf, und der Dicke drückte es wieder zu. Slobodan wußte, daß sie ihm etwas sehr Wichtiges mitzuteilen hatten, die zwei Herren sahen einander vielsagend an, sprachen aber nichts. Auf der Glatze des Dicken glänzten Schweißperlen und rollten langsam in einer gewundenen Linie über seine Schläfen hinunter, während er immer schneller das widerspenstige Schloß auf seiner neuen Tasche zudrückte. Slobodan wachte auf, stellte fest, daß er noch immer allein mit der Dunkelheit war, und schlief beruhigt wieder ein. Dann spielte er mit Baldoni eine endlose Billardpartie. Baldonis Hemdärmel wurden von runden Papieretiketten, wie sie auf einer Bierflasche kleben, hochgehalten. Auf den Etiketten stand, er konnte es ganz deutlich sehen: PILSNER BIER. »Ich habe keine Angst vor der Konkurrenz«, sagte Baldoni. »Ich werde sowieso bald sterben, und was nach mir kommt, ist mir egal.« Sie jagten die Billardkugeln über das dunkelgrüne Tuch, und die Kugeln prallten auseinander und stießen immer wieder zusammen.

Als er die Augen öffnete, sah er, daß er nicht mehr allein war. Auf dem Stuhl neben ihm saß sein Bruder Dragi. Er hatte einen Frack an, dessen Schöße, säuberlich geteilt, von dem Stuhl herunterhingen. Er hatte seinen Zylinder nicht abgenommen und saß leicht vornübergebeugt, wobei er sich auf einen Stock mit silberbeschlagenem Knauf stützte. Unter seiner linken Hand, die er lässig auf seine rechte gelegt hatte, ragten die Finger seiner weißen Handschuhe hervor. Aus seinen Augenhöhlen stieg ein Rauch auf wie von den Wiesen im Morgengrauen. Er saß unbeweglich da, seine Lackschuhe glänzten matt neben dem Stock, und sah durch den Nebel, der aus seinen Augenhöhlen stieg und seine Augenbrauen und seine Stirn verdeckte, unentwegt auf Slobodan.

Er muß schon tot sein, ging es Slobodan durch den Kopf. Seltsam, ich bin wach, ich kann jeden Augenblick aufstehen, wenn ich will, und doch träume ich. Er könnte mich nicht besuchen, wenn ich wach wäre. Ich träume also doch. Oder sind wir schon so weit, daß es keine Trennung mehr gibt zwischen dem Wachsein und dem Traum? Sind wir schon so weit? Ich bin wach, und er ist doch bei mir und sieht mich an aus seinen toten Augen.

So saßen sie eine Zeitlang nebeneinander und schwiegen. Slobodan wußte nicht, wie er nach der letzten Begegnung mit seinem Bruder, die vor dreizehn Jahren unter sehr peinlichen Umständen stattgefunden hatte, beginnen sollte. Er fühlte sich schuldig, er konnte aber nicht gleich von seiner Schuld sprechen und den jüngeren Bruder um Verzeihung bitten; Dragi war auch nicht frei von Schuld. Wenn ihre Mutter sich damals nicht eingemischt hätte, dann wäre Dragi wahrscheinlich nie zum zweitenmal in die Fremde gezogen, Slobodan hätte ihn gern bei sich behalten und ihm geholfen, wieder auf die Beine zu kommen. Das Geld, das Dragi damals von Baldoni gewonnen hatte, hatte wahrscheinlich nicht sehr lange gereicht. Ihre Mutter war grausam gewesen. Aber das konnte er jetzt nicht sagen. De mortuis nil nisi bene. Sie hatte sicherlich ihre impulsive Intervention schon hundertmal bereut. Jetzt war sie über jeden Vorwurf erhaben. De mortuis nil nisi bene.

»Mutter hat dich nicht vergessen«, begann endlich Slobodan. »Sie hat oft an dich gedacht und sich Sorgen um dich gemacht. Sie hat niemals die Hoffnung aufgegeben, daß du wieder zurückkommen wirst.« Er schämte sich, weil seine Worte so unüberzeugend klangen.

»Ich weiß«, sagte Dragi leise. »Sie hat auch meinen Namen an der Familiengruft anbringen lassen. Ich werde mich aber dort nicht hineinlegen lassen.«

»Ehrlich gesagt, ich möchte es auch nicht tun«, sagte Slobodan. »Es wird mir aber nichts anderes übrigbleiben. Ich habe mich damit schon abgefunden. Vielleicht ist es aber gar nicht so schlecht, neben den eigenen Vätern im Grab zu liegen. Das wirkt beruhigend.«

»Ja, solange du lebst. Nachher kann dir alles gleichgültig sein.«

Slobodan suchte vergeblich nach Worten, die seinen Bruder überzeugen könnten. Das schlimmste dabei war, daß er gar nicht wußte, wovon er Dragi überzeugen sollte; es lag ihm fern, sich in diesem Augenblick als der Ältere aufzuspielen und ihm nutzlose Ratschläge zu erteilen.

»Du kannst mich nicht mehr schlagen«, sagte Dragi, als habe er seine Gedanken erraten. »Wir sind schon längst über dieses Alter hinaus.«

Slobodan war damals zwanzig und Dragi vierzehn gewesen, und es war selbstverständlich gewesen, daß der ältere Bruder auf den jüngeren achtgegeben hatte. Einmal hatte Dragi ein wildes, ungesatteltes Pferd reiten wollen, und Slobodan hatte versucht, ihn davon abzubringen; als alle seine Ermahnungen fehlgeschlagen waren, hatte er in einem Zornausbruch dem jüngeren Bruder eine Ohrfeige gegeben. Er wunderte sich jetzt darüber, daß Dragi diese Ohrfeige nicht vergessen hatte. Oder hatte er auf ein ganz anderes Ereignis anspielen wollen, auf einen Zwischenfall, der noch viel weiter zurücklag? Dragi hatte einmal eine Katze gequält – oder war das ein kleines Mädchen gewesen, das er an den Haaren gezogen hatte? –, und Slobodan hatte ihn geschlagen, um ihm beizubringen, daß man so etwas nicht tun dürfe. Wie konnte sich Dragi noch daran erinnern, er war doch damals kaum fünf oder sechs Jahre alt gewesen. Slobodan wollte gerade die ganze Angelegenheit mit einem »Aber ich bitte dich!« abtun, als jemand an der Tür klopfte.

Slobodan sprang auf, ging zur Tür und sperrte sie zu.

»Großvater, was ist denn mit Ihnen. Sie sind schon so lange drinnen. Ist Ihnen nicht gut, sind Sie krank?« fragte die Stimme besorgt. »Kann ich Ihnen helfen?«

»Nein, nein, danke. Mir ist ganz gut. Ich arbeite. Ich muß die Bilanz machen. Ich habe viel zu tun.« Da fiel ihm ein, daß diese Ausrede völlig unpassend war, und er erschrak. Sein Herz begann laut zu trommeln, und er ärgerte sich darüber, weil Marko es vielleicht hören konnte. Er wollte nicht zeigen, daß er Angst hatte, ihn hereinzulassen.

»Brauchen Sie wirklich nichts?«

»Nein, nein, danke. Es ist sehr lieb von dir, daß du dich um mich kümmerst. Aber ich brauche wirklich nichts.«

»Wenn Sie etwas brauchen, rufen Sie mich!«

»Ja, ja, ich werde es bestimmt tun, falls ich etwas brauche.«

Er horchte, bis Markos Schritte sich entfernt hatten, und atmete dann auf.

»Er darf dich nicht sehen«, sagte er zu Dragi. »Er würde es nicht verstehen.«

Dragi hatte sich während dieser Szene nicht gerührt. Er saß noch immer in einer steifen Haltung da, leicht vornübergebeugt und auf seinen silberbeschlagenen Stock gestützt. Plötzlich begann er zu sprechen:

»Dir wäre es lieber, wenn ich tot wäre. Dann müßtest du dich nicht schämen, einen so schlechten Bruder zu haben. Wenn ich wirklich tot wäre, müßtest du keine Geschichten über mich erfinden, nicht nur für die anderen, sondern auch für dich selbst, um dein Gewissen zu beruhigen. Dir wäre es viel lieber, wenn ich gar nicht geboren worden wäre. Gib es zu. Dann hättest du keine Sorgen gehabt.«

»Dragi, wie kannst du nur so etwas sagen? Ich habe dich nicht fortgeschickt! Ich habe dich gebeten, zu Hause zu bleiben. Wir hätten alles zusammen gemacht.«

»Ja, und du hättest mir auf die Finger geschaut und mir darauf geschlagen, wenn ich etwas Falsches gemacht hätte. Ich bin deinetwegen gegangen. Deinetwegen wollte ich dann zurückkommen, und deinetwegen habe ich diese Heimreise so in die Länge gezogen, weil ich Angst gehabt habe, dir, meinem anständigen, sauberen, klugen, älteren Bruder, zu begegnen.«

»Das ist nicht wahr! Dich hat es einfach in die Ferne getrieben, du wärst auch weggegangen, wenn du der einzige Sohn gewesen wärest. Du wolltest dein Leben leben.«

»Ja, ich habe gelebt, ohne daß mich jemand darum gebeten hätte, aber ich habe gelebt. Ich habe gut gelebt und ich habe schlecht gelebt, ich habe gelebt wie ein König, und ich habe gelebt wie ein Hund. Wie immer ich auch gelebt habe, ich kann mein Leben nicht mehr ändern, ich kann nichts mehr gutmachen; dazu ist es zu spät. Aber ich habe gern gelebt.«

Slobodan schien es plötzlich, als sehe Dragi jünger aus als zu Anfang ihrer Unterhaltung, er konnte jetzt durch den zarten Rauch, der aus seinen Augenhöhlen stieg, seine Augen sehen; sie glänzten, als wären sie mit klarem Tau bedeckt.

»Ich habe dich immer beneidet, weil du dein eigenes Leben leben konntest«, sagte er. »Ich habe ein fremdes Leben gelebt. Ich bin dageblieben, um etwas Dauerhaftes zu schaffen. Und was habe ich schon getan, was habe ich hinterlassen? Nackte Masten und verrostete Drähte. Ich habe in den Wind gesät. Alles war vergeblich.«

»Und die Kinder? Du hast doch Kinder.«

»Ach, die gehen ihre eigenen Wege. Aber du hast schon recht. Vielleicht wird in einem meiner Nachkommen die Saat aufgehen, die ich gestreut habe, vielleicht wird einer das erreichen, was ich schon immer seit jeher erreichen wollte. Vielleicht wird einer von ihnen die Welt erobern. Er soll sie ganz einfach sein eigen nennen. Er soll sie kennen wie seine eigene Tasche. Sie soll ihm gehören von einem Pol zum anderen, mit allen Bergen und Flüssen, mit allen Kontinenten, allen Ozeanen und Meeren und allen Schiffen, die darauf schwimmen. Er soll ein Seemann sein, einer, der in jedem Hafen Bescheid weiß, der in jedem Hafen zu Hause ist. Ich habe gesät und nichts hinterlassen. Sein Same soll auf einen fruchtbareren Boden fallen. Er darf nicht untergehen. Und zu den Frauen soll er freundlich sein. Er soll niemals bereuen, daß er diese oder jene von ihnen nicht besessen hat. Er soll sie alle besitzen – die schönen Italienerinnen, die zarten Französinnen und die blonden Schwedinnen, die zierlichen Japanerinnen und die kühlen, verkrampften Amerikanerinnen. Er soll sie alle besitzen, er soll ihnen nichts schuldig bleiben. Er soll mit ihnen ein neues Geschlecht von Männern zeugen, stolze und furchtlose Männer, über die ganze Welt verstreut. Und wenn er versagt, dann soll er vergehen wie das Gebell der Hunde im Wind.«

Er hatte lange gesprochen. Indessen war die Nacht gefallen, und die Dunkelheit lastete schwer auf ihm.

O Gott, Vater, laß mich bitte nicht allein in dieser Stunde, betete er lautlos. Er war aber allein. Sein Zimmer war weg und sein Schaukelstuhl, und sein Bruder hatte ihn verlassen. Niemand war da, der ihm beistehen wollte. Das erfüllte ihn mit tiefer Trauer, er wußte aber zugleich, daß es so sein mußte und daß ihm niemand helfen konnte. Er war allein. Er stand im eisigen Wind auf einer schwankenden Eisscholle, und ein großer Eisbär kam ihm entgegen. Er hatte keine Angst vor ihm, der Bär sah ganz freundlich aus. Je näher er aber an ihn herangetappt kam, desto bedrohlicher wuchs seine unförmige Gestalt. Seine großen Zähne blitzten im roten Fleisch, und seine riesigen Pranken, die er plötzlich gegen Slobodan erhoben hatte, waren mit messerscharfen Krallen bewaffnet. Slobodan hatte auf einmal einen Dolch in der Hand und stieß ihn mehrere Male heftig in die Brust des Bären, um sich von seiner grausamen Umarmung zu befreien. Er sah das Blut spritzen, heiß und rot, und spürte zugleich einen ungeheuren Schmerz in seiner linken Brustseite; die Pranke des Bären hatte in seiner Brust eine Wunde aufgerissen und drückte nun mit aller Wucht sein Herz zusammen. Mit letzter Kraft hob er noch einmal das lange Messer gegen den Bären und fühlte dabei, wie er den Boden unter den Füßen verlor; die Eisscholle schaukelte wie verrückt hin und her, sie erhob sich in eine schwindelnde Höhe und kippte plötzlich ganz um. Dann wußte er nichts mehr.

Allmählich kam er wieder zu sich. Er lag in seinem Schaukelstuhl, erschöpft und hilflos. Er wünschte sich noch einmal den großen Bären herbei, um ihm den Todesstoß zu geben; er fühlte sich stark genug, um es mit ihm noch einmal aufzunehmen. Doch niemand war da, niemand wollte an ihm seine Kraft erproben. Er war besiegt, erledigt, ein Wrack am Strand der Unendlichkeit. Er lag verlassen da und fühlte, daß der Kreis sich geschlossen hatte und daß es keinen Aufschub mehr gab. Irgendwo draußen, sehr weit, hörte er seinen Hund winseln. Er wollte aufstehen, um ihn hereinzulassen. Mit den Fingern seiner linken Hand griff er nach der Wunde in seiner Brust, als wolle er versuchen, den Schmerz, der sein Herz eisig umklammerte, ein wenig zum Stillstand zu bringen. Diese Geste erfolgte ganz automatisch, ohne irgendwelche Absicht. Er wußte, daß er im Sterben lag, und das tat ihm nicht leid, jetzt, wo es so weit war. Nichts mehr lehnte sich in ihm auf, und die Ruhe der Jahrtausende senkte sich auf seine Lider.

FREITAG MORGEN

Nichts als Erinnerung

Mladen hatte Onkel Sascha zuerst auf dem Perron gesehen. Er stand ungerührt inmitten hastender und schwitzender Menschen, die sich in den Zug drängten, und sah interessiert auf die Lokomotive, als wollte er ergründen, wie eine Dampfmaschine eigentlich funktioniert. In seinem gutgeschnittenen grau-grünen Sportanzug, zu dem er eine ockerfarbene Krawatte trug, und mit seiner eleganten Schweinsledertasche paßte er nicht zu dem schäbigen Bahnhof von Kerek. Er sah aus wie ein Fremder, der sich aus der großen Welt und aus unerklärlichen Gründen in diese balkanesische Provinzstadt verirrt hatte.

Mladen kurbelte schnell das Fenster seines Abteils herunter und rief, so laut er nur konnte:

»Onkel Sascha, Onkel Sascha!«

Dann wandte er sich zu seinem Vater, der inzwischen auch ans Fenster getreten war, um und sagte: »Dort ist Onkel Sascha, siehst du ihn denn nicht?« Aus Angst, daß Onkel Sascha sie gar nicht bemerken würde, begann er mit den Händen zu fuchteln und seinen Namen hinauszuschreien.

Onkel Sascha löste endlich seinen Blick von der Lokomotive, sah zu ihnen auf und winkte ihnen mit der freien Hand zu. Er schien gar nicht erstaunt zu sein, sondern tat so, als sei es die selbstverständlichste Sache auf der Welt, in einem vorbeifahrenden Zug seinem Bruder und seinem Neffen zu begegnen und sich ihnen anzuschließen, um gemeinsam mit ihnen nach Jablanowo zu fahren.

Als er zu ihnen ins Abteil trat, umarmte er zuerst seinen Bruder und dann Mladen und küßte sie beide flüchtig auf die Wange. Er war glatt rasiert und verbreitete einen angenehmen und erfrischenden Geruch von Rasierwasser. Kaum hatte er aber schwungvoll seine Tasche und seinen Regenmantel, den er über dem Arm getragen hatte, ins Gepäcknetz geworfen, als ein neuer Passagier in der Tür erschien.

Es war ein kleiner, dicker Mann mit Basedow-Augen, die wie zwei gelbliche Kugeln aus seinen Augenhöhlen hervortraten und auf denen die Pupillen – zwei schmutzig-graue Metallplatten – ziemlich lose befestigt zu sein schienen und auf den nassen Augäpfeln gefährlich herumrutschten. Er fragte höflich, ob es im Abteil noch einen freien Platz gebe, und sagte dann, als das bejaht wurde, zu Mladen:

»Junger Mann, helfen Sie mir bitte, meinen Koffer hinaufzugeben, ich kann es nicht allein schaffen.«

Mladen hob den großen Koffer, den der Dicke mit verzweifeltem Gesicht hereingezerrt hatte, und stellte ihn ins Gepäcknetz. Der Koffer war schwer, als sei er mit Blei gefüllt – oder mit Büchern.

»Ich danke Ihnen herzlichst«, sagte der Mann mit den Basedow-Augen und stellte sich dann, zu Mladens Vater und Onkel Sascha gewandt, vor: »Dr. Simonowitsch, Tierarzt.« Wahrscheinlich schleppte er im Koffer seine Instrumente mit, deshalb war er so schwer.

Mladens Vater und Onkel Sascha nannten ihre Namen und gingen nach einer kurzen Verbeugung in den Gang hinaus, um dort zu rauchen. Das war offenbar eine Ausrede, sie wollten nur ungestört miteinander sprechen.

Der dicke Mann plumpste auf die Polsterbank und starrte, seine fetten Finger auf den Knien, mit pfeifendem Atem vor sich hin. Mladen wäre am liebsten auch hinausgegangen, er konnte den Blick der großen, rollenden Basedow-Augen nicht ertragen, sie hatten ihm die Wiedersehensfreude mit Onkel Sascha vollkommen verdorben, es wäre aber unhöflich und taktlos von ihm gewesen, wenn er den armen Tierarzt allein gelassen hätte. So setzte er sich auf die gegenüberliegende Bank nieder und stellte sich schlafend. Jedesmal aber, wenn er verstohlen die Augen öffnete, blickte er in die hervorquellenden Augen des Tierarztes; diese riesigen Wasserblasen von Augen schienen allgegenwärtig zu sein, sie sahen ihn aus jedem Winkel gütig und mitleidheischend an, er konnte ihnen nicht entkommen. Und der asthmatische Atem des dicken Mannes schien im Rhythmus des Zuges, der sich in Bewegung gesetzt hatte, zu röcheln: »Schau nur, wie ich leide, schau nur, wie ich leide.« Mladen verspürte Übelkeit; es machte ihn krank, wenn er sah, daß jemand litt.

Er verfiel wieder in die trübselige Stimmung, die ihm die letzte Nacht den Schlaf gestört hatte. Er war gestern abend mit Bossa verabredet gewesen und hatte voll Freude im Vratschar-Park auf sie gewartet, aber mit ihr war auch ihr Vater erschienen. Er hatte ihm ohne Umschweife gedroht, daß er ihm alle Knochen im Leibe brechen würde, wenn er seine brave und unschuldige Tochter nicht in Ruhe ließe. Mladen hatte sehr ungeschickt zu leugnen versucht, aber das hatte ihm nichts genützt, der kleine drahtige Schuhmacher mit dem dicken, herunterhängenden Schnurrbart (wie war dieser schreckliche, bramarbasierende Vater zu einer so zarten Tochter gekommen?) hatte alles ganz genau gewußt; er hatte sie am Abend zuvor beobachtet und hatte gesehen, wie Mladen Bossa geküßt hatte. Bossa hatte nun hilflos und händeringend zusehen müssen, wie Mladen inmitten von nackten Bäumen, auf derselben Stelle, auf der er ihr vor genau vierundzwanzig Stunden einen Kuß gegeben hatte, von ihrem Vater, der sich in den Kopf gesetzt hatte, die gefährdete Ehre seiner Tochter um jeden Preis verteidigen zu müssen, wie ein Straßenjunge beschimpft wurde. »Und so etwas will einmal ein Intellektueller werden! Wenn ich dich noch einmal mit Bossa erwische, werde ich zu deinem Vater gehen und ihm alles erzählen!« Darauf hatte er seine Tochter an der Hand genommen und war, sie hinter sich herziehend, mit energischen Schritten davongegangen.

Mladen hatte sich gedemütigt und erniedrigt gefühlt. Er hätte sich gern zur Wehr gesetzt, um Bossa, sich selbst und ihre Liebe zu verteidigen, er hatte aber einfach keine Kraft dazu gehabt; man hatte ihn in die Schranken eines fünfzehnjährigen Schülers verwiesen, und von da aus hatte er sich nicht gut gegen einen entrüsteten Vater auflehnen können. Vielleicht war auch seine Liebe zu Bossa nicht stark genug, um sich mit der Liebe ihres Vaters zu messen. Er hatte sich vorgenommen, am Nachmittag vor dem Geschäft seiner Mutter so lange zu warten, bis sie weggegangen war – sie ging öfters Kunstgegenstände besichtigen, die ihr angeboten worden waren –, um mit Bossa zu sprechen; er wollte sich Gewißheit verschaffen. Doch der Eilbrief seiner Großmutter, der in aller Frühe angekommen war, hatte seinen Plan vereitelt.

»Möchtest du deinen Großvater besuchen?« hatte sein Vater gefragt. »Ich fahre heute zu ihm. Meine Mutter hat mir geschrieben, daß es ihm nicht gut geht. Vielleicht wird er nicht mehr lange leben. Ich meine nicht, daß er bald sterben wird, er ist noch nicht so alt; er ist aber nicht ganz gesund... Jedenfalls würde er sich sicher sehr freuen, wenn du ihn besuchtest. Willst du mitkommen?«

So war Mladen nicht in die Schule gegangen, er mußte sich im Augenblick nicht den Kopf darüber zerbrechen, wie und was er mit Bossa nach dem gestrigen Vorfall sprechen sollte; er saß im Zug, und sie hatten schon Kerek passiert, und bald würden sie schon in Jablanowo sein, und wenn der asthmatische Herr Simonowitsch mit den grauen- und mitleiderregenden Basedow-Augen nicht dagewesen wäre, dann hätte er sich ganz wohl gefühlt.

Mladen schwor sich feierlich, seine Augen nicht mehr zu öffnen, und wenn er sie öffnete, auf die Seite zu blicken. Er rückte mehr zur Tür, legte sich eine Hand vor die geschlossenen Augen, als wolle er sie vor einem viel zu starken Licht schützen, und lauschte, was sein Vater und Onkel Sascha miteinander sprachen. Eigentlich sprach nur Onkel Sascha; er sprach schnell und ziemlich durcheinander.

»Erinnerst du dich an Willi Weiß?« fragte Onkel Sascha.

»Ich kann mir nur sehr schwer die Namen merken«, sagte Mladens Vater.

»Du mußt doch den kleinen Willi Weiß kennen. Das ist der, mit dem ich immer in die Synagoge gegangen bin, weil mir die Messe in diesem exotischen Kauderwelsch so gut gefallen hat.«

»Ja, ich weiß, aber ich kann mir deinen Freund nicht vorstellen.«

»Sein Vater hat doch das große Kaufhaus auf dem Marktplatz gehabt, Siegismund Weiß und Co.«

»Das Kaufhaus kenne ich gut, aber an Willi Weiß kann ich mich beim besten Willen nicht erinnern. Es tut mir leid.«

»Das wundert mich. Er war doch mein bester Freund. Sicher hast du ihn schon gesehen.«

»Schon möglich. Aber ich weiß nicht mehr, wie er aussieht.«

»Das macht nichts. Also dieser mein Freund Willi Weiß hat vor vier Tagen Selbstmord begangen, nein, vor sechs Tagen, das war am Sonntag abend gewesen. Er hat sich aufgehängt. Ich habe ihn heruntergeholt, es war aber schon zu spät.«

»Das tut mir wirklich leid.«

»Er hat keine Sorgen gehabt, sein Geschäft ist sehr gut gegangen, Geld hat er genug gehabt, mit einem Wort, er hat keinen Grund gehabt, sich umzubringen. Er hatte kein Recht dazu. Während unsereiner ... Ich wollte zuerst nach Spanien gehen, um dort zu kämpfen, aber dann habe ich mir gedacht, daß es keinen Sinn hat, gleich die Flinte ins Korn zu werfen, und so habe ich mich entschlossen hierzubleiben. Ich will unserem Vater helfen. Neulich war ein Exekutor da. Ich habe eine gute Verbindung aufgenommen, mit einer deutschen Firma, die durch mich Kamille einführen will. Wir könnten in unseren Trockenanlagen auch Kamillen trocknen. Ich könnte das Ganze leicht in Schwung bringen. Ich möchte überhaupt alles in Ordnung bringen ... Dieser Willi hat auch eine Braut gehabt, Margit, du wirst sie nicht kennen, du bist schon so lange weg, ich werde sie heiraten, nach einer gewissen Zeit natürlich. Es ist erst eine Woche her, daß er sich umgebracht hat. Er hat ihr nichts hinterlassen, ich meine gar kein Testament, ein Cousin wird ihn beerben, er lebt in Groß-Kikinda, hat dort ein Geschäft. Was wollte ich eigentlich sagen? Wir haben uns schon lange nicht gesehen, und es ist doch ziemlich viel inzwischen passiert. Ja, ich habe meinen Stall verkauft, dem Sohn des alten Seifert, er hat mir bezahlt, was ich verlangt habe, und alles in bar – ein komischer Kerl.«

Mladen hatte schon vor einer Weile die Augen geöffnet und seinen Vater und Onkel Sascha durch einen Spalt zwischen den Fingern beobachtet. Sie hatten schon längst aufgehört zu rauchen und standen nun regungslos nebeneinander, während Onkel Sascha erzählte. Sie sahen nicht aus wie zwei Brüder, und doch bestand zwischen ihnen eine gewisse Ähnlichkeit, die man nicht im Äußeren suchen konnte, sie waren eben zwei Brüder. Der dicke Tierarzt saß dem Fenster zugewandt; er schien zu schlafen, mit offenen Augen (wie sollte er auch diese riesigen Kugeln hinter den dünnen Lidern verstecken können?); sein Atem ging etwas leiser.

Onkel Sascha sprach weiter:

»Ein verrückter Kerl, dieser junge Seifert. Er wollte eigentlich nur meine ›Schwalbe‹ haben und hat ihretwegen meinen ganzen Stall gekauft. Einen Haufen Geld hat er mir dafür gegeben. Keinen Scheck. Alles in bar.« Er griff aufgeregt in seine Brusttasche, holte eine prallgefüllte Brieftasche hervor und öffnete sie ruckartig, so daß ein dickes Bündel großer, funkelnagelneuer Scheine zum Vorschein kam. Zwei, drei Scheine rutschten vom Stapel und flatterten auf den Boden. Onkel Sascha bückte sich, hob sie auf und steckte sie mit einer fast verächtlichen Gebärde zu den andern.

»Wenn ich das gewußt hätte«, sagte Mladens Vater, »dann hätte ich nicht eine so hohe Hypothek auf das Geschäft meiner Frau aufgenommen.«

»Du hast eine Hypothek aufgenommen?«

»Was hätte ich sonst tun sollen, um schnell zu Geld zu kommen. Ich habe gewußt, warum unser Vater krank ist, ich wollte ihm helfen.«

»Wieviel hast du?«

»Zweihunderttausend.«

»Das ist nicht viel, aber du kannst dich an meinem Geschäft beteiligen. Die Geschichte mit der Kamille kann ganz gut gehen«, sagte Onkel Sascha. »Mit diesem Geld vom jungen Seifert und vielleicht auch mit deinem, werde ich einen neuen Anfang machen.«

»Ich fürchte nur, wir kommen damit ein bißchen zu spät«, sagte Mladens Vater.

Onkel Sascha schwieg betroffen, während er seine dicke Brieftasche in der Rocktasche verstaute. Dann starrte er eine Weile auf die vorübersegelnden Telegrafenmasten und sagte plötzlich:

»Weißt du, ich kann es mir gar nicht vorstellen, daß unser Vater sterben könnte.«

Darauf schwiegen sie und sahen hinaus auf eine Straße, die unter der Mittagssonne wie ein maisgelbes Band über den frischgeackerten Feldern lag. Mladen konnte noch ein Stückchen dieser Straße in der Ferne schimmern sehen, ehe er wieder die Augen schloß. Er dachte an den Tod.

Als Kind war er oft den Sommer über auf dem Lande gewesen. Sein Vater hatte in der Nähe von Neusatz in mehreren Dörfern Silos für reiche Bauern gebaut. Sein Hauptquartier war im Dorf St. Georg gewesen. Vor dem Haus, in dem sie damals wohnten, rauschten unaufhörlich vier hohe schlanke Pappeln. Ihre eigenartige Musik schläferte ihn immer ein und begrüßte ihn freudig an jedem Morgen.

Eines Tages gingen die zwei Töchter des Popen ein totes Kind besuchen und nahmen ihn mit. In einem halbdunklen Zimmer lag in einem kleinen Sarg ein Säugling mit einem seltsam großen Kopf. Er drehte sich um. Niemand sah ihm zu. Jetzt! sagte er zu sich – jetzt! Und er streckte den Zeigefinger und berührte den großen Kopf des toten Kindes. Der Kopf war ganz weich, und sein Finger drang tief hinein. Er fuhr auf und sah sich wieder um. Seine Knie zitterten. Er bemerkte, daß ihn die Mutter des toten Kindes beobachtete. Er konnte nicht mehr atmen, die Luft war dumpf und stickig, und er lief hinaus. Draußen war alles grün.

»Hihi, was für einen großen Kopf der Kleine nur hat«, sagten die Töchter des Popen kichernd. Die Pappeln nahmen ihre Zylinder ab und verbeugten sich respektvoll. Im Traum erschienen sie ihm wieder. Sie nahmen wieder ihre Zylinder ab, verbeugten sich tief, zeigten mit dem Finger auf ihn und lachten im Chor.

Zwei Jahre später war er wieder in demselben Dorf. Er hatte dort wenig Freunde, nur ein paar Straßenbuben, die zwar sehr schmutzig, aber doch gute Kameraden waren. Sie verdarben nie das Spiel, wenn sie als Indianer und Weiße gegeneinander Krieg führten. Die Weißen mußten immer durch den Würfel bestimmt werden. Alle wollten Indianer sein, weil sie, ihrer Ansicht nach, für eine gerechte Sache kämpften: sie waren

Unterdrückte und die Weißen Eindringlinge. Niemand wollte ein Unterdrücker sein.

In der Nähe des Dorfes lag ein Teich, der fast so groß war wie ein See, einer der vielen, die einmal das alte Bett der Theiß gebildet hatten oder die der Fluß nach einer seiner großen Überschwemmungen hinterlassen hatte. Dieser Teich hieß ganz einfach: »Trübes Wasser«. Dort spielten sie Piraten. Woja, ihr Anführer, Sohn eines armen Sattlers, hatte einen Onkel, der ein leidenschaftlicher Fischer war und der ihnen ab und zu sein Boot lieh. Andere Erwachsene hätten ihnen nie erlaubt, allein im Boot zu fahren. Wojas Onkel war nicht wie die anderen Großen, deshalb hatten sie ihn gern. Die Großen wußten anscheinend nicht, was für ein Vergnügen es ist, wenn man als Pirat über das Wasser dahinfliegt, mit einem einzigen Gebot im Herzen: die Reichen auszuplündern und die Armen zu beschenken.

Die schönste Aufgabe von der ganzen Mannschaft hatte der Beobachter. Da ihr Boot keinen Mast hatte, auf den er klettern konnte, mußte er ganz vorne im Boot sitzen und von da aus alles betrachten. Man konnte dabei auch auf dem Bauch liegen, über den Rand geneigt, und die Hände durch das grau-grüne Wasser gleiten lassen. Man hatte dann den Eindruck, daß man nicht mit den anderen im Boot, sondern ganz allein über dem unendlichen Wasser ausgestreckt lag. Mladen spielte oft den Beobachter.

Jeden Tag kamen Bauernburschen zum Teich, um ihre Pferde zu baden. Sie zogen sich aus und ritten nackt auf dem Pferderücken durchs Wasser. Die Pferde schwammen sehr gut. Die Burschen spritzten einander an, lachten und machten Witze und sangen manchmal lustige Volkslieder.

An diesem heißen Julitag sah er, wie einer von ihnen vom nassen Pferderücken ins Wasser rutschte. Dabei schrie er etwas Unverständliches. Er konnte anscheinend nicht schwimmen. Das Pferd erschrak und schwamm davon. Der Bursche schlug ein paarmal mit den breiten Händen über das Wasser und versank, ehe seine Kameraden ihm zu Hilfe eilen konnten.

Man brauchte zwei Stunden, um den Burschen mit einem großen Netz herauszufischen. Als man die bleiche und nackte Leiche auf den Sand legte, kam eine Frau vom Hügel gestürzt, schlug sich auf die Brust, riß sich die Haare aus und begann fürchterlich zu schreien, wie ein verwundetes Tier.

»Warum schreit die Frau so sehr?« fragte er den Onkel.

»Das ist seine Mutter. Deine Mutter würde auch so nach dir weinen, wenn dir etwas passierte.«

Mladen glaubte ihm, daß seine Mutter sich auch die Haare ausreißen würde, wenn ihm etwas passierte, und entschloß sich, sie nie traurig zu machen. Der Tod war grausam und ungerecht. Er wollte nicht sterben.

Seitdem waren viele Sommer vergangen, und er saß jetzt im Zug und fuhr zu seinem Großvater, der im Sterben lag.

»Was macht Mladen?« hörte er plötzlich Onkel Sascha fragen.

»Laß ihn nur, ich glaube, er schläft.«

Aber Mladen schlief nicht. Er dachte an seinen Großvater, er dachte daran, wie ihn der Alte Sonntag vormittags zur »Rosza« geführt hatte und wie er dort immer eine sehr gute Fleischpastete gegessen hatte. Der Großvater hatte immer einen Wermut getrunken. Sie waren schweigend dagesessen und hatten durch die breiten Fenster auf den Rathausplatz geschaut, auf die Kirchenuhr, deren große, steife Zeiger sich kaum bewegten, und auf den kleinen Mann unten, der aus einem langen Schlauch die Blumen des kleinen Parks in der Mitte des Platzes bespritzte, auf die Frauen, die Kinderwagen durch die Alleen vor sich herschoben, und auf die gelben, roten und blauen Luftballons, die wie eine riesige Traube über der Verkaufsbude vor der Kirche schwebten. Dann waren sie wieder nach Hause gegangen, er und sein Großvater. Er konnte sich noch an den dunklen Anzug seines Großvaters erinnern und an seine Hand, die ihn geführt hatte. Diese Hand hatte ihm einmal aus Bambusrohr eine Angel verfertigt und aus einer alten Konservenbüchse ein Gefäß, damit er darin gefangene Fische nach Hause bringen könne. Sie hatten zusammen Fliegen und Regenwürmer gesucht und waren dann Fischen gegangen. Mladen war auf einem kleinen Schemel, die Konservenbüchse neben sich, gesessen und hatte, das kühle Bambusrohr in der Hand, auf das grau-grüne Wasser gestarrt, und wenn das Rohr zu zittern angefangen hatte, war die Hand des Großvaters schon dagewesen, um ihm zu helfen. Sie hatte auch die kleinen, zappelnden Fische vorsichtig von der Angel gelöst und sie in die Konservenbüchse gesteckt. Einige alte Männer, die ebenfalls mit Angelruten am Ufer gesessen waren, hatten von großen Karpfen und Aalen erzählt, die sie einmal vor langer Zeit im Bega-Kanal gefangen haben wollten, doch niemand hatte ihren Märchen geglaubt. Die Fische, die sie und Mladen gefangen hatten, waren klein und voller Gräten gewesen, so daß man sie nur hatte den Katzen zum Fressen geben können. Mladen und sein Großvater hatten sie gar nicht mitgenommen, sie hatten sie wieder ins Wasser geworfen und hatten ihnen zugesehen, wie sie nach ein paar freudigen Schlägen ihrer Flossen im tiefen Wasser verschwunden waren. An das alles konnte sich Mladen noch ganz deutlich erinnern, er wußte aber nicht, wie sein Großvater wirklich ausgesehen hatte. Er wußte noch, daß der Alte immer weiße, frischgestärkte Hemden getragen und daß er eine Zeitlang einen Schnurrbart gehabt hatte; er war grau gewesen und hatte immer Mladens Wange gekitzelt, wenn sein Großvater ihn geküßt hatte. Später aber hatte er keinen Schnurrbart mehr gehabt. Bald würde das alles nicht mehr so wichtig sein. Mladen dachte an die Vergänglichkeit der Augenblicke, die man nicht festhalten konnte. Er dachte daran, wie ihm sein Großvater zum erstenmal ein hellbraunes Pony vorgeführt und ihn in den kleinen Sattel gehoben hatte, damit er reiten lerne, und er dachte daran, wie sein Großvater einmal für ihn einen schönen, dunkelroten Apfel gepflückt, ihn mit einem schneeweißen Taschentuch abgewischt und ihn dann ihm, rein und glänzend, gereicht hatte. Die Hand seines Großvaters hatte auch immer wieder die schönsten Blumen aus dem feuchten Boden des Gartens hervorgezaubert: Maiglöckchen und Flieder, die geheimnisvollen Tag- und Nachtblumen, Pfingstrosen und Astern, je nach Jahreszeit. Jetzt gab es dort nur noch Astern, aber auch die würden bald verwelkt sein, und allein der Schnee würde im Garten liegen.

Alles war vergangen wie der Augenblick, in dem Mladen die Eistänzerin zum erstenmal erblickt hatte, wie der Augenblick, in dem er unter den kahlen Bäumen des verlassenen, herbstlichen Parks Bossa geküßt hatte, das alles war vergangen und würde nie mehr zurückkehren. Das alles war einmal Leben gewesen, und jetzt war es nichts als Erinnerung, die immer schwächer und flüchtiger wurde.

INHALT